FSC
www.fsc.org
MIX
Papier aus ver-
antwortungsvollen
Quellen
Paper from
responsible sources
FSC® C105338

AF194544

Impressum:

©2022 Dagmar Dornbierer
https://dagmar-dornbierer.jimdofree.com
dagmar.dornbierer@dolphins.ch

ISBN 9 783755 797319
Herstellung und Verlag: BoD Books on Demand, Norderstedt

Prolog

Mein Name ist Nasheela. Ein häufiger Frauenname. Ein Name mit dem es sich gut leben lässt, wenn man unbehelligt seine eigenen Wege gehen will. Doch gepaart mit meinem Familiennamen, ändert er plötzlich Sinn und Richtung. Besonders dann, wenn andere hinter dem Namen eine Bedrohung vermuten. Das entspricht jedoch keineswegs der Tradition unserer Familie – andere zu bedrohen. Ausserdem ist von dieser Familie nicht gerade viel übriggeblieben. Sollte sich aber jemand vor der Wahrheit fürchten, seine eigenen Taten vertuschen wollen oder sich geltungssüchtig und unberechtigt nach vorne drängen – dann ja, dann mag es vielleicht richtig sein in unserem Namen eine Bedrohung zu sehen.

Der Name meiner Familie ist Ondas. Wir Valoraner achten die die Familienverbindung sehr. Deshalb setzten wir den Namen der Familie vor unsere individuellen Namen. Wir gehen sogar so weit, dass unsere Herrscher, einmal ins Amt gewählt, den Anspruch auf Individualität verlieren und fortan nur mit ihrem Titel und dem Familiennamen angesprochen werden.

Der Name meiner Familie hat einen guten Klang auf Valor, obwohl wir während der Besetzungszeit das Schicksal vieler Valoranischer Familien teilten, indem wir aufgesplittert und einzeln in verschiedene Flüchtlingslager verfrachtet wurden. So versuchte man unseren Widerstand und unsere Identität zu brechen. Es gelang nicht.

Ein Mann unserer Familie sorgte dafür, dass unser Name jetzt auf dem ganzen Planeten geachtet wird. Je weiter die Zeit voranschreitet, umso mehr Achtung erweist man diesem Namen, sehr zum Missfallen einer hochgestellten Persönlichkeit, deren Hände sich um die Geschicke Valors krallen, um sie freiwillig nicht loszulassen. Haben wir uns denn von der Besetzungsmacht der Korvasier befreit, nur damit eine kleine Gruppe Valoraner sich über die Freiheit ihrer Mitbürger hinwegsetzt? Genau dies wollte mein Bruder verhindern. Mein Bruder – Ondas Naril.

Es ist eine Ironie des Schicksals, dass jener Mann, der unseren Familiennamen berühmt machte, ihn bei seiner Priesterweihe ablegte, um danach nur noch mit seinem Ehrentitel und dem Rufnamen angesprochen zu werden. Der Ehrentitel eines Priesters wurde ihm zum Familiennamen. Jener Mann, dem wir alle so viel zu verdanken haben, mein Bruder, war ein Welek unserer Propheten, der sein Amt aus Ehrerbietung ihnen gegenüber und aus wirklicher Liebe zu seiner Welt annahm. Diese Welt, der gesamte Planet Valor, wird nun auf die Dienste meines Bruder verzichten müssen, denn er starb vor kurzem bei einem tragischen Unfall an Bord eines Schiffes, welches ihn zur Valoranischen Raumstation bringen sollte. An Bord dieses Schiffes befand sich mit ihm zusammen auch jene hochgestellte Persönlichkeit, für die ich zur Zeit nur bittere Gefühle hege, so sehr ich mich auch anstrenge der Gedankenweise meines Bruders zu folgen und mich in Vergebung zu üben. Doch jedes Mal, wenn ihr Name fällt, krampft sich mein Herz zusammen und eine dunkle Wolke scheint sich vor die strahlende Sonne Valors schieben. Diese hochgestellte Persönlichkeit ist das neue Oberhaupt Valors – Herrscherin Rinn.

Welek Naril, der Friedensstifter – so beginnt man ihn schon zu nennen. Ein Beiname, den er verdient wie kein anderer. Ich weiss nun aus eigener Erfahrung, dass unsere neue Herrscherin diesen Beinamen nicht unbedingt gerne hört, war sie doch selbst darauf erpicht. Doch die Mehrheit der Valoraner lässt sich nicht mehr täuschen. Wir machten zwar in der Vergangenheit unsere Fehler, und wir können noch nicht mit unserer neugewonnenen

Freiheit umgehen, doch trotz all dem haben wir dazugelernt. Möglicherweise haben wir von zwei Übeln das Kleinere gewählt, als wir zuliessen, das die Priesterin Rinn zur neuen Herrscherin gewählt wurde. Einige Bereiche des öffentlichen Lebens sind nun klarer und straffer organisiert und funktionieren besser als unter einer ewig zerstrittenen, provisorischen Regierung. Unser aller Hoffnung ist darauf gerichtet, dass es unter den jungen Valoranern eine Persönlichkeit geben wird, die der Herrscherin Rinn die Stirn bietet und die Visionen meines Bruder verwirklicht.

Wenn die Zeremonien abgeschlossen sind, die nach dem Tode eines angesehenen Valoraners abgehalten werden, und wenn ich mich von meinen Verpflichtungen in der Hauptstadt lösen kann, habe ich beschlossen zur Raumstation zu fliegen, um die Hintergründe von Narils Tod näher zu untersuchen. Ich fühle, dass man mir bewusst Informationen vorenthält – nicht seitens der Leitung der Raumstation, die wissen dort kaum von meiner Existenz – aber ich vermute stark, dass es mehr gibt, was ich wissen sollte.

Ich wurde kurz nach dem Tod meines Bruders von einem Sekretär der Herrscherin aufgesucht, der mir den tragischen Unfall zwar sehr höflich mitteilte, dies jedoch auf eine so professionelle und heuchlerische Weise tat, dass es mich sofort gegen die Herrscherin einnahm. Der Mann war nur eine Marionette, die Befehle ausführte. Meine Wut wandte sich aber augenblicklich gegen Valors oberste geistige Führerin, die nicht einmal soviel Feingefühl besessen hatte, um mir eine persönliche Nachricht zu übermitteln. Wir waren uns noch nie persönlich begegnet, doch ich nahm an, dass sie über Narils familiäre Verhältnisse genauestens unterrichtet war.

Bis dahin hatte ich Herrscherin Rinn als ein zwar unbequemes aber rechtmässig gewähltes Oberhaupt anerkannt. Mein Bruder hatte sich jedweden negativen Kommentars über sie enthalten. Wie ich bemerkte, wechselte er lieber das Thema, wenn in einem Gespräch die Rede von ihr war. Zuerst hatte ich darin professionelle Rücksichtnahme gesehen, doch je länger ich nun darüber nachdenke, fühle ich, dass er einfach nicht ärgerlich, oder sogar wütend werden wollte. Ein weises Verhalten. Werde ich wohl auch soviel Selbstbeherrschung aufbringen?

Bleibt noch die Frage, was mit meinem Quartier hier im Kloster bis auf weiteres geschehen soll. Es ist Narils ehemaliges Quartier, ich durfte hierher ziehen, obwohl ich keine Ordensangehörige bin. Der Ordensleiter bat mich, die Hinterlassenschaft meines Bruders durchzusehen und zu ordnen. Er weiss, dass ich meine Arbeit im Valoranischen Zentralarchiv habe und auch eine Dienstwohnung. Der Ordensleiter bot mir an zu bleiben, gleich wie lange ich für die Durchsicht brauchen mochte. Ich nahm das Angebot an, obwohl es anfangs schmerzte in der Privatsphäre meines Bruders zu leben. Doch etwas in mir überzeugte mich es trotzdem zu tun. Ich hegte auch den berechtigten Verdacht, dass Herrscherin Rinn vielleicht schon vor mir hier gewesen war, und so galt es jetzt noch das zu retten, was sie übersehen haben mochte. Mein Bruder hatte sicher Aufzeichnungen hinterlassen, er war als sehr ordnungsliebend bekannt. Aufzeichnungen, die für die Herrscherin möglicherweise von Interesse sind. Ich habe mir vorgenommen dafür zu sorgen, dass Narils Erbe in Ehren behandelt wird, und das schliesst allzu neugierige Augen von vorneherein aus.

Meine Hoffnung auf Hilfe bei der Aufklärung des plötzlichen Todesfalls meines Bruders richtet sich nun auch auf Merys Alani, Narils Freundin und die Liebe seines Lebens, wie er sie zu nennen pflegte, als er manchmal von ihr sprach. Dies war nur einige Male geschehen seit er sie kennen gelernt hatte. Er bemerkte dann jeweils lächelnd und sich entschuldigend, dass es ihn wie einen verliebten Schuljungen drängte von der Gefährtin seines Herzens zu sprechen, und ich sollte ihm deshalb nicht böse sein. Nun, ich war es gewiss nicht, denn ich gehöre nicht zu jener Sorte Schwestern, die eifersüchtig auf die Freundinnen ihrer Brüder sind. Sie muss auch sicher eine bemerkenswerte Frau sein, denn mein Bruder hatte sich im Laufe seines Lebens als Welek eine grosse Menschenkenntnis angeeignet, die keine charakterlose Frau durcheinander bringen konnte. Naril schien oft genau zu wissen, was die Personen um ihn herum fühlten und dachten — zumindest kam es mir so vor. Merys Alani ist Angehörige der Armee und dient im Rang eines Offiziers im Leitungsteam der Valoranischen Raumstation. Sie weiss, was Verantwortung heisst. Mein Bruder hatte sich mehrmals lobend über die Leitung der Raumstation geäussert.

Naril war auch ein grosser Befürworter des Beitritts Valors zur Interplanetaren Föderation. Eigentlich ist die Mehrheit der Valoraner dafür, doch eine kleine Minderheit, eine Gruppe um die Herrscherin Rinn, sowie Angehörige ihres geistigen Ordens, wehren sich noch dagegen. Die Raumstation spielt hierbei eine grosse Rolle. Diese Raumstation wurde von unseren Vorfahren errichtet, um den Tempel der Propheten im All zu schützen. Die terranischen Wissenschaftler nennen dieses Phänomen im Weltraum ein Wurmloch, doch für uns ist es der Himmelstempel. Ein Wurmloch ist eine Art Passage durch Raum und Zeit, es erlaubt der Raumfahrt ungeahnte Möglichkeiten. Das Valoranische Wurmloch ist dazu noch bewohnt von sehr hoch entwickelten Wesen, die wir unsere Propheten nennen. Sie wachen über die Geschicke des Valoranischen Planetensystems und lehren uns. Diese Wesen haben keine körperliche Gestalt.

Sie können mit uns nur mittels der Heiligen Energiefiguren kommunizieren. Diese Figuren haben eine spindelartige Form, sie sind halb so hoch wie ein erwachsener Valoraner und bestehen aus uns unbekannten Materialien und Technologien. Vor der militärischen Besetzung Valors durch die Korvasier, hatte es in jedem unserer Klöster eine solche Energiefigur gegeben. Sie waren natürlich das erste Angriffsziel der Korvasier. Einige der Heiligen Energiefiguren wurden von Korvasias Armee entführt, bevor es den Valoranischen Weleks gelang sichere Verstecke zu finden. Einige wenige der Heiligen Energiefiguren wurden nach dem Friedensschluss wieder an uns zurückgegeben. Von Zeit zu Zeit wählen unsere Propheten ein Individuum zu ihrem Abgesandten aus. Gegenwärtig ist es ein Terraner, ein Regierungsvertreter der Interplanetaren Föderation. Die Wahl dieses Mannes galt den meisten Valoranern als ein deutlicher Hinweis darauf, dass der Beitritt zu der Gemeinschaft, die sich Interplanetare Föderation nennt, von den Propheten gewünscht wird und für Valor von Vorteil ist. Nur die Minderheit der konservativen Partei um die Herrscherin Rinn will dies nicht wahrhaben. Die frühere Herrscherin, die verstorbene Welek Ilaka, hatte die Konservativen gegen sich aufgebracht, weil sie die Föderation um Unterstützung bat, als Korvasia unsere Raumstation zu besetzen und die Passage zum Himmelstempel zu zerstören drohte. Herrscherin Ilaka hatte die Hilfe meines Bruders. Gemeinsam mit ihren und seinen Anhängern erreichten sie schliesslich, dass es zu Friedensgesprächen zwischen Valor und Korvasia kam und ein Abkommen unterzeichnet werden konnte. Danach verstarb die Herrscherin Ilaka auf ungeklärte Weise, als auf Valor eine Rebellion ausbrach. Die politischen Wirren drohten Valor wieder in die Not der Korvasianischen Besetzungszeit zurückzuwerfen. Es gelang nur mit Mühe die Situation zu klären. Auch hierbei hatte sich mein Bruder mit all seiner Kraft eingesetzt. Nur wenige Jahre später erlitt er den tödlichen Unfall an Bord eines Shuttles, das ihn zur Raumstation und zur Kommunikation mit unseren Propheten bringen sollte. Ich habe demnach allen Grund anzunehmen, dass ich auf der Station Unterstützung finden kann, und vielleicht wird es mir möglich sein Offizier Merys näher kennenlernen.

Ich weiss nicht, wohin mich diese Reise tatsächlich führen wird, aber ich fühle genau, dass ich sie antreten muss. Mit Reise meine ich auch die Entscheidung zu einem wichtigen Lebensschritt: Man hatte mir nahe gelegt in einen der geistigen Orden Valors einzutreten. Als Erbin meines Bruders und einzigen Familienmitglieds wäre es nur natürlich, dass ich mich für den Lebensweg einer Welek entscheide. Ich weiss es nicht. Es ist ein bedeutender Schritt, und ich möchte mir sehr sicher darüber sein, was ich tue. Die Beschäftigung mit Narils Nachlass wird mir dabei helfen, dessen bin ich mir gewiss. Deshalb werde ich auch diese Einträge weiter führen, als ein Zeugnis für das Vermächtnis meines Bruders, des Welek Naril, und seiner Arbeit.

回

Kapitel 1

Die Sachen meines Bruders, die er in seinem Quartier im Ordenskloster aufbewahrte, waren schnell durchgesehen. Weleks haben nur wenige Besitztümer. Das Kloster stellt die Ordenskleidung, die Nahrung und den äusseren Komfort, damit sich die Ordensmitglieder ungehindert ihren wissenschaftlichen und geistigen Aufgaben widmen können. Ich musste lächeln, als mir die Ähnlichkeit der Versorgung an meiner Arbeitsstelle auffiel. Wir, die wissenschaftlichen Mitarbeiter des Valoranischen Zentralarchivs, gehören zwar keinem Orden an, doch auch wir werden mit allem Notwendigen versorgt, damit unsere Arbeitsleistung ganz in unsere Aufgaben einfliessen kann.

Nachdem ich Narils Alltagsbesitz geordnet an seinem Platz zurückliess, wandte ich mich interessanteren Dingen zu. Im Bücherschrank fand ich Speichermedien, Schriftrollen und eine Anzahl Bücher. Die Bücher waren allesamt alte Werke, es waren wertvolle Originalhandschriften darunter aber auch Nachdrucke, die selbst zu Antiquitäten zählten. Vorsichtig und neugierig öffnete ich sie alle auf der Titelseite, um mir eine Übersicht über ihre Themenkreise zu verschaffen. Es war mir nicht bekannt, dass Naril solche Schriften besass. Er hatte die Titel nie erwähnt, obwohl es der Stolz so mancher Weleks und einfacher Ordensangehöriger war, alte und neue Schriften über geistige Themen zu sammeln. Ich vertiefte mich in eine der Originalhandschriften, die eine sehr alte Prophezeiung behandelte. In dieser Form hatte ich sie jedoch noch nie gelesen.

„... die Zeit ist eine Illusion, die notwendig war, um eurem physischen Dasein einen Rahmen zu geben. Für uns ist die lineare Zeit nicht von Bedeutung, da wir auf einer anderen Ebene leben. Ihr denkt, dass ihr nach eurem Tode mit uns vereinigt sein werdet, doch das trifft nur für wenige von euch zu. Dies werden Jene sein, die schon so viele

Lebenserfahrungen gesammelt haben, dass sie dadurch befähigt werden auf unserer Ebene weiter zu leben, auch wenn sie ihre Körper zurücklassen. Denn das ist euer Ziel, lernend durch viele Leben hindurchzugehen, um euch schliesslich von der aufsteigenden Spirale zu befreien und so zu wahrhaftig freien Wesen zu werden, ungebunden an Ort oder Zeit. Bewahrt diese Lehre wohl und unterrichtet darin eure Kinder und eure Enkel. Lasst nicht zu, dass Machtstreben und Selbstsucht unwürdiger Lehrer und Anführer, die solche Titel nicht verdienen, diese Lehre in ihr Gegenteil verkehren... "

Es folgten genaue Angaben über Tag, Jahr, Sonnenstand und Mondphasen, wann die Schrift verfasst worden war und darunter der Name des Schreibers. Der Name sagte mir nichts. Es war jedoch allgemein bekannt, dass die Valoraner der früheren geschichtlichen Epochen an eine Wanderung des Geistes durch verschiedene materielle Leben geglaubt hatten. In Herrscherin Ilakas Regierungszeit war diese Diskussion wieder aufgeflammt, und sowohl Weleks als auch Laien lieferten sich heisse Rededuelle dafür und dawider. Ich denke, dass es uns deshalb wieder ins Bewusstsein kam, weil unsere, von den Korvasiern gemarterte Existenz nach Gerechtigkeit schrie und nach jedem Hoffnungsschimmer griff, wie entfernt und schwach er auch scheinen mochte.

Als ich schon die halbe Nacht in den Büchern geblättert hatte, kam ich zum Schluss, dass Naril selbst ein Anhänger dieser Lehren gewesen sein musste, denn ich fand Hinweise auf viele seiner eigenen, ungewöhnlichen Auslegungen der Unterweisung unserer Propheten. Es war mir bekannt, dass Viele mit Narils eigenwilligen Meinungen nicht einverstanden waren, doch ich wusste auch, dass sein Geist sich nie in die engen Grenzen der Ansichten einer Herrscherin Rinns zwängen liess. Ohne ihre Gegnerschaft wäre Naril der Reformator Valors geworden, den wir alle so notwendig brauchten. Durch die intensive geistige

Ausbildung waren es die Weleks, die berechtigt waren unser Volk zu führen, und ich begann zu begreifen, dass diese Ausbildung Lehren beinhalten musste, die Laien noch vorenthalten blieben. Plötzlich stand die Frage meines eigenen Eintritts in den Orden wieder vor mir. Gab es einen Grund dafür, der vielleicht Narils Ordensvorsteher, Welek Talren, bekannt war, so dass er mich zwar sanft aber doch bestimmt zu einer Entscheidung drängte? Ich beschloss es herauszufinden.

Das Wichtigste war im Augenblick, endlich Narils Speicherchips durchzusehen, und dann wollte ich eine Entscheidung treffen, wie weiter vorzugehen war. Ich stellte auf meinem Computerpad eine Liste der Bücher meines Bruders zusammen. Im Zentralarchiv wollte ich dann überprüfen, was es mit diesen Schriften auf sich hatte. Eine innere Ahnung sagte mir, dass die Bücher nicht mehr öffentlich zugänglich waren, aber um das zu beweisen musste ich den Computer in meinem Büro im Zentralarchiv verwenden. Ich hätte es auch vom Hausterminal des Klosters tun können, doch ich befürchtete, dass jemand trotz meines eigenen Zugangscodes die Spur bis zu mir verfolgen konnte. Was mochte wohl die Herrscherin Rinn über diese Bücher denken. Wäre sie fähig Narils Andenken sogar nach seinem Tod zu verleumden? Ich musste mir klopfenden Herzens eingestehen, dass ich es ihr zutraute.

Ich packte die Bücher behutsam in eine Tasche und schloss sie im Schrank ein. Danach besorgte ich mir eine neue Kerze aus den Vorratsräumen, und in mein Zimmer zurückgekehrt, zündete ich die Flamme an und sprach das Ritual für Verstorbene. Die Worte bekamen auf einmal einen völlig anderen Sinn. Es waren dieselben Worte, die ich in den vergangenen Tagen mehr als einmal ausgesprochen hatte, doch nun boten sie ein völlig verändertes Bild. Das Gebet sprach von

Schutz für die in den Himmelstempel zurückkehrende Seele, sie sollte Kraft finden, um auf ihr vergangenes Leben zurück zu blicken. Danach sollte sich die Seele in Frieden einem neuen Leben stellen. Die Gnade der Propheten würde sie begleiten und schliesslich nach Hause führen.

Kapitel 2

Ich hatte nicht damit gerechnet, dass sich meine Abreise zur Raumstation verzögern würde, doch ich darf nicht überstürzt handeln. Ich hatte mir einige Tage freigenommen um die Seele meines Bruders im Stillen zu ehren, um zu planen, und um mir einfach über die nächsten Schritte Klarheit zu verschaffen. Ich durfte mich nicht einfach davonmachen. Mir war klar geworden, dass ich mehr Einfluss auf die Dinge nehmen konnte, wenn ich auf Valor blieb. Wenn auf der Raumstation wirklich versucht worden war, den Unfall im Nachhinein anders darzustellen als in der offiziellen Version, dann war dies bereits geschehen. Wichtiger war jetzt hier zu bleiben und auf Narils Eigentum achtzugeben, mochte es noch so bescheiden sein. Eine innere Ahnung bestätigte meinen Entschluss.

In meinem Beruf habe ich im Laufe der Zeit einen Spürsinn für das Vorhandensein besonderer Aufzeichnungen entwickelt, und dieser Spürsinn sagte mir, dass mein Bruder Texte, Notizen, Entwürfe und sonstige Aufzeichnungen hinterlassen haben musste. Texte, die sich mit Reformplänen für Valor befassten. Jemand in Narils Position notiert seine Gedanken, Eindrücke, führt ein Tagebuch oder ähnliches über seine Projekte und pflegt immer wieder seine Notizen durchzusehen. Eine Art geistiger Buchhaltung kann dabei sehr wichtig sein. Dass Narils Reformpläne nicht auf bereitwillige Zustimmung der Herrscherin stossen mochten, war ebenfalls offensichtlich.

Zwischen mir und dem Ordensleiter, dem Vorsteher des Klosters, Welek Talren, entwickelte sich vom ersten Augenblick unseres Zusammentreffens eine Art stillen Einvernehmens. Ich gebann Welek Talren als meinen geistigen Lehrer zu betrachten. Er wusste, dass ich nach Narils Aufzeichnungen suchte und ich wusste, dass er nichts davon in seinem Besitz hatte. Wir verloren kein Wort darüber, aber beiden war klar, was der andere dachte. Welek Talren war ein weiser Mann, und Naril hatte oft seine zutreffenden, wenn auch manchmal ungewöhnlichen Entscheide lobend erwähnt.

Es ist Sitte, dass die Hinterlassenschaft eines verstorbenen Valoraners von seinen Angehörigen geordnet wird. Die geistigen Orden tun dies nur, wenn sich keine Familienmitglieder mehr finden lassen. Nun war ich die einzige Verwandte meines Bruders. Wir hatten unsere Angehörigen während der Besetzungszeit verloren. Ich war demnach rechtmässig dazu bestimmt mich um Narils Nachlass zu kümmern.

Mein Bruder arbeitete meistens und gerne alleine. Nur während der Friedensverhandlungen mit Korvasia hatten ihm Mitarbeiter der Herrscherin geholfen all die langen Protokolle und Berichte zu schreiben, ihm Organisationsprobleme abzunehmen und viele andere Arbeiten zu erledigen. Früher, als er noch ein Schüler der Herrscherin Ilaka war, hatte Naril selbst solche Arbeiten getan, zusätzlich zu seinem Dienst im Palast der Herrscherin und dem selbstgewählten Verantwortungsbereich als Gärtner seines Klosters. Naril arbeitete gerne unabhängig, nach seinem eigenen Rhythmus. Er wollte flexibel sein, um plötzlichen Inspirationen nachgehen zu können. Er vertrat die Ansicht, dass man um sich herum Platz schaffen musste, um schnell und wirkungsvoll zu handeln. Aus diesem Grund konnte alles, was er an frei zugänglichen Aufzeichnungen hinterliess nur sehr allgemein gehalten sein, oder es würde bereits die Ergebnisse seines Wirkens darstellen, die in der Öffentlichkeit bestens bekannt waren.

Doch ich kannte meinen Bruder gut genug, um zu wissen, dass es unter seinem ruhigen Äusseren oft von Fragen und Zweifeln brodelte. „Wenn du deine Entscheidungen nicht von Zeit zu

Zeit in Frage stellst, so wirst du nur selbstzufrieden werden und unfähig dich zu verbessern", hatte er mir einmal gesagt. Er hatte sich oft zur Meditation in das Kloster von Dakhin zurückgezogen. Die kühle, klare Bergluft von Dakhin wäre eine ausgezeichnete Hilfe für verwirrte Gedanken, pflegte er zu betonen. Ausser Welek Talren und Offizier Merys konnte ich mir niemanden vorstellen, dem mein Bruder erlaubt hätte in die Tiefen seiner Seele zu blicken. Und ich, seine Schwester? Dazu muss ich bemerken, dass es Zeiten gab, in denen wir lange ohne Verbindung zueinander waren. Wir waren beide oft so sehr mit unseren Aufgaben beschäftigt, dass es schwierig war dem Kontakt zu pflegen. Dies änderte sich während der letzten Jahre, und vor allem kurz bevor Naril seine Verhandlungen mit den Korvasiern aufgenommen hatte. Damals konnte auch ich ihm teilweise eine Hilfe bei seinen Vorbereitungen sein.

Meine Arbeit im Zentralarchiv umfasste damals wie heute die Verarbeitung der Korvasianischen Besetzungszeit. Es soll endlich Licht in diese fünfzig dunklen Jahre gebracht werden, damit sich diese Zeit nie mehr wiederholt. Zusammen mit einigen Mitarbeitern arbeite ich mich täglich durch verschlüsselte Berichte in der Korvasianischen Hauptsprache und allen Sprachen Valors. Zum Glück unterscheiden sich die Valoranischen Sprachen nicht sehr voneinander. Man versteht sich auch gut, auch ohne die Sprache seiner Nachbarn gelernt zu haben. Der Umstand, dass ich Korvasianisch und den Föderation-Sprachstandard studiert hatte, erleichterte mir meine Arbeit sehr. Oft mussten wir auch kompliziert verschlüsselte Dateien dechiffrieren, mehrfache Sicherheitssperren umgehen und autorisierte Zugangscodes durchbrechen. Es liegt eine gewisse Würze im Neutralisieren dieser Codes, und ich hatte in den letzten beiden Jahren ein Talent dafür entwickelt. Die Dokumente, die wir in den verschiedensten Archiven Valors zutage förderten, wobei wir auch auf die Archive der Armee und der Welekversammlung zurückgreifen konnten, waren für Narils Verhandlungen ebenfalls wichtig. Die Korvasier konnten ihn nicht täuschen. Sie vermochten lediglich Zeit zu gewinnen, in der Hoffnung auf Verringerung ihrer Wiedergutmachung an Valor.

Der Schluss lag nahe, dass jemand, der in Staatsgeheimnisse eingeweiht war, und der sein geistiges Amt sehr ernst nahm, sich hin und wieder mitteilen wollte. Die Last der Verantwortung wenigstens stückchenweise teilen, um nicht darunter zusammenzubrechen. Ich nahm aber auch an, dass Naril viel zu pflichtbewusst war, um mit beliebigen Personen über diese Dinge zu sprechen. Mit mir beredete er nur allgemeine Dinge und Tatsachen, die mir von meiner Arbeit her bekannt waren. Entweder fand mein Bruder Trost in der Meditation, indem er seine Sorgen, Befürchtungen und Hoffnungen an unsere Propheten weitergab, oder er schrieb sie auf, um Ungreifbares zu formulieren und es somit erkennbar zu machen. Es sähe meinem Bruder ähnlich. Ich war überzeugt, irgendwo, irgendwie, verschlüsselte Texte oder versteckte Speicherchips zu finden, gut gesichert vor unerwünschten Blicken.

Ich erinnere mich auch an die Umstände bei der Herrscherwahl vor etwa zehn Valoranischen Monaten, und wie Naril damals seine Kandidatur zurückgezogen hatte. Für viele war das ein Schock gewesen, doch er hatte eine öffentliche Stellungnahme dazu abgegeben und der neuen Herrscherin seine Unterstützung bei all ihren aufbauenden Massnahmen zugesichert. Als Antwort auf ihre Frage, ob sie nun über seine uneingeschränkte Mitarbeit verfügen könnte, erhielt sie lediglich Narils unnachahmliches Lächeln. Er bemerkte lediglich, dass seine uneingeschränkte Mithilfe dem Wohl aller Valoraner dienen sollte, und dem Frieden mit den Nachbarwelten. Herrscherin Rinn hatte zwar süss gelächelt, doch ich fühlte – obwohl ich diese Szene nur auf einem Bildschirm des Nachrichtennetzes beobachtete – wie sie innerlich mit den Zähnen knirschte. Es war ihr nicht gelungen meinen Bruder zu einer öffentlichen Unterwerfung zu zwingen. Ich fragte mich, warum sie ihn überhaupt dazu bringen wollte. Aber wenigstens waren die Sympathien der Valoraner daraufhin wieder auf seiner Seite, und der Schrecken über seinen Rücktritt war vergessen. Vielerorts wurde gesagt, dass mein Bruder die Herrscherin schon noch dazu bringen würde nach seinem Willen zu handeln.

Nichts lag meinem Bruder jedoch ferner und ich erschrak sehr, als ich von diesen Gerüchten hörte. So wenig achtete man schon das Amt der Herrscherin! Oder war es nur deshalb, weil die Priesterin Rinn jetzt das höchste Amt bekleidete? Die frühere Herrscherin Ilaka hatte man verehrt, Herrscherin Rinn fürchtete man. Ilaka hatte zwanzig Jahre lang die Hoffnung Valors zusammengehalten und weitervermittelt. Ohne sie wären wir alle längst zu verrohten, Korvasianischen Arbeitssklaven verkommen, auf einer Welt, die bald niemandem mehr ein Überleben bot. Es war Ilaka und einigen ihrer Anhänger zu verdanken, dass es auf Valor noch Regionen gab, wo das Leben trotz aller Gräueltaten der Korvasier einen würdigen Verlauf nahm. Und nun Herrscherin Rinn: Ehrgeizig und machthungrig. Sie liebte es sich mit ergebenen Dienern zu umgeben, fragte jedoch nie nach dem Grund der Ergebenheit.

Ich scheuchte die Gedanken weg. Jedes Mal wenn ich begann über Herrscherin Rinn nachzudenken, legte sich eine graue Wolke um mich, und ich glaubte nur mit Mühe atmen zu können. Es schien mir, als könnte diese Frau die Lebenskraft aus mir saugen, müsste ich mich regelmässig in ihrer Nähe aufhalten.

Die Geschichte meines ersten Zusammentreffens mit ihr war erschreckend und erheiternd zugleich, als sie eines Tages überraschend im Kloster auftauchte, und zu ihrer grossen Verwunderung mich in Narils ehemaligem Quartier vorfand. Ich beglückwünschte die voraussehende Weisheit Welek Talrens, und ich dankte unseren Propheten, dass ich mich zu dem Zeitpunkt in den Räumen aufhielt. Zu meiner Beschämung muss ich gestehen, dass sich die Herrscherin schneller gefasst hatte als ich. Ich stand zu Beginn nur wortlos da, unfähig auch nur einen Gruss auszusprechen. Ich kämpfte auf einmal mit Angst und einem emporschiessenden Verteidigungsdrang für die wenigen zurückgebliebenen Besitztümer meines Bruders. Es lag auf der Hand, dass Rinn nicht meinetwegen gekommen war. Die Herrscherin hielt die Hände über der breiten Schnalle ihres Gürtels gefaltet und neigte huldvoll den Kopf.

„Ich wollte Sie keinesfalls erschrecken, Kind", sagte sie mit einem Lächeln, das zwar die Angst aus mir austrieb jedoch die Wut in mich hineintrieb. Sie benutzte die zeremonielle Anrede, die sonst nur von geistigen Lehrern gegenüber Schülern angewandt wurde. Es brachte mich umso mehr auf, als ich sie früher gehört hatte Naril so anzusprechen. Nach diesem falschen Beginn und der demütigenden Anrede, mit der sie sich über mich stellte, fuhr sie in einem härteren Ton fort:

„Wer sind Sie, und was berechtigt Sie dazu sich in Welek Narils Privaträumen aufzuhalten?"

Der befehlsgewohnte Ton ärgerte mich, half mir aber meine Fassung wieder zu erlangen. Aus dem Augenwinkel bemerkte ich einen Mönch des Klosters hinter der Herrscherin im Türrahmen stehen. Er versuchte mir mit hilflosen Gesten zu verstehen zu geben, dass er die Herrscherin nicht hatte aufhalten können. Seine offensichtliche Verzweiflung und der Umstand, dass

Herrscherin Rinn ihn nicht bemerkte, wirkten zusammen so komisch, dass es mir gelang in Würde einige Schritte auf sie zuzugehen und ihr ruhig zu antworten.

„Guten Tag, Herrscherin Rinn. Ich ordne die Sachen meines Bruders und kümmere mich um seinen Nachlass."

„Ihres Bruders? Sie sind Narils Schwester?" sagte sie mit hochgezogenen Augenbrauen, und ich ärgerte mich wieder, erstens über dieses gespielte Unwissen und zweitens darüber, dass sie seinen Namen ohne Titel aussprach. Es rief eine Vertrautheit hervor, die mir ganz und gar nicht gefiel.

„Er hat nie erwähnt, dass er eine Schwester hätte..." sagte sie mehr zu sich selbst als zu mir.

„Er hatte vermutlich keinen Grund dazu, mich zu erwähnen", warf ich schnell ein.

„Wie heissen Sie denn, mein Kind?" fragte die Herrscherin und ich sah wie sie ihre Hand nach mir ausstreckte, „... darf ich?"

‚Das Apagha jedes Einzelnen ist heilig' hatte Naril mich gelehrt. ‚Es ist die Lebenskraft der Seele. Erlaube grundsätzlich niemandem, die Hand an dein Ohr zu legen. Nur dein auserwählter geistiger Lehrer, oder jemand, dem du vollständig vertraust, hat das Recht dein Apagha zu fühlen, alles andere ist gewaltsames Eindringen in deine Individualität! '

Eine Ansicht, der ich voll und ganz zustimmte, und nun musste ich folgerichtig sogar der Herrscherin den Griff an mein Ohr verweigern, denn sie war weder meine auserwählte Lehrerin noch jemand, dem ich vollständig vertraute! Bevor mich ihre Hand erreichte, war ich einige Schritte zurück gewichen. Ich trat zum Tisch, auf dem das Computerterminal stand, nannte meinen Namen und drehte den ausgeschalteten Bildschirm zu ihr hin.

„Bitte", forderte ich die Herrscherin auf, „Sie können gerne meine Identitätsdatei aufrufen."

Es war eine Frechheit, aber der Ärger liess mich meine Höflichkeit vergessen. Herrscherin Rinns Augen blitzten, doch sie hob nur ihre Hände in einer beschwichtigenden Geste.

„Ist ja schon gut, Kind! Ich wollte Ihnen nicht zu nahe treten!" sagte sie, und es klang viel zu scharf, um beruhigend zu wirken. Sie war beleidigt und enttäuscht. Enttäuscht? Darüber, dass sie mir begegnet war? Darüber, dass ich ihr den Einblick in meine Seele verweigerte? Darüber, dass sie mich in Narils Räumen vorfand? Auf einmal kamen mir Narils Bücher in den Sinn, und ich beglückwünschte mich, sie gut verwahrt zu haben.

Herrscherin Rinn schien daraufhin jegliches Interesse an mir verloren zu haben und ohne einen Grund anzugeben, warum sie überhaupt gekommen war, verabschiedete sie sich mit einer allgemeinen Floskel und verliess den Raum. Der Mönch hatte schon vorher unbemerkt das Weite gesucht. Ich hätte wetten können, dass sie meine Identitätsdatei so bald wie möglich aufrufen würde. Was sie aber nicht wissen konnte war, dass ich Mittel und Wege kannte es zu überprüfen. Wenn ich auch nicht feststellen konnte, wer die Datei öffnete, so hatte ich doch wenigstens die Information von welchem Terminal aus dies geschah, oder wenigstens in welchem Gebäude dieses Terminal stand – und mochte es selbst der Palast der Herrscherin sein. Vor dem Spezialteam des Zentralarchivs, dem ich angehörte, war so gut wie nichts sicher, und ich selbst würde dabei keine Spuren hinterlassen! Es hatte doch seine Vorteile im Zentralarchiv zu arbeiten. Ich nahm mir vor, in den nächsten Tagen meine Identitätsdatei durchzublättern.

Auf diese Art war also mein erstes Zusammentreffen mit Herrscherin Rinn verlaufen! Sobald ich die Tür hinter ihr verschlossen hatte, verbrannte ich Räucherwerk, und nach einigen Gebeten am Zimmeraltar des hinteren Raumes fühlte ich mich wieder etwas stärker. Ich hatte Glück gehabt, dass das Computerterminal abgeschaltet war, als sie hereinkam. Ich hätte niemals den Verdacht erwecken wollen, dass mein Bruder vielleicht irgendein interessantes, schriftliches Erbe hinterlassen hatte, welches ich gerade prüfte. Letztendlich hatte ich den Beweis erhalten, dass nicht nur ich und Welek Talren hofften stumme Zeugen von Narils Leben zu finden.

Eine Weile später summte ein Signalton am Computer. Ich schaltete den Bildschirm ein und erblickte den weisshaarigen Kopf des Ordensleiters.

„Welek Talren!" sagte ich erleichtert. „Was kann ich für Sie tun?"

„Geht es Ihnen gut?" fragte der Welek stattdessen.

„Danke, es geht mir gut. Vorher hatte ich aber hohen Besuch", versuchte ich zu scherzen, doch der Welek blieb ernst.

„Ich weiss", sagte er, „ich ebenfalls. Die Herrscherin bat mich Ihnen auszurichten, dass sie Ihnen einen angenehmen Aufenthalt im Kloster wünscht. Sie sollten jedoch bedenken, dass die Aufenthaltsdauer für Laien auf wenige Tage beschränkt ist, und dass es ein unschätzbares Privileg für Sie ist im inneren Teil des Klosters wohnen zu dürfen. Sie betonte die Worte „unschätzbares Privileg". Sie legt Ihnen nahe umzuziehen, sobald Sie Welek Narils Nachlass geordnet haben. Und...", hier zögerte der Welek, „...sollten sie unter dem Nachlass Ihres Bruders etwas finden, das von Bedeutung für das Wohl von Valor wäre... dann mögen Sie es unverzüglich der Herrscherin persönlich zustellen lassen."

Das "Wohl von Valor", dachte ich. Pah!.........

Talrens Augen blickten mich mitfühlend an. Nach einer kurzen Weile, als ich nicht antwortete, sprach er mich noch einmal an:

„Nasheela? Haben Sie mich verstanden?"

„Ja", sagte ich schnell, „entschuldigen Sie. Ja, ich habe verstanden... sehr gut sogar... ich kann es nur nicht fassen..."

„Es ist vielleicht besser, wenn Sie zu mir kommen. Wir besprechen das Ganze unter vier Augen", fiel mir der Welek ins Wort, „...und Nasheela... bitte, schliessen Sie gut ab, wenn Sie hinausgehen." Er unterbrach die Verbindung und ich löschte gedankenabwesend den Bildschirm.

Ich hatte die Aufmerksamkeit der Herrscherin auf mich gelenkt. Bis jetzt hatte ich mir vorgestellt, dass ich ihr das erste Mal bei den grossen öffentlichen Zeremonien zur Narils Ehren begegnen würde. In zwei Tagen sollten sie im Grossen Tempel stattfinden. Ich wäre dort die einzige Vertreterin der Familie. Ich dachte verbittert daran, dass die Korvasianische Besetzung unseres Planeten aus dieser einst weitverzweigten Familie ein sehr überschaubares Häufchen gemacht hatte.

Ich seufzte und stand auf. Nachdem ich die Räume sorgfältig abgeschlossen hatte, machte ich mich auf den Weg in Welek Talrens Besprechungsraum. Ich traf ihn an, wie er vor seinem Computerterminal sass und nachdachte. Er bot mir einen Stuhl an, blickte mir gerade in die Augen und fing ohne Umschweife zu sprechen an:

„Haben Sie schon einmal erwägt unserem Orden beizutreten?"

„Ich?" platzte ich heraus. „Nein..."

„Es könnte für Sie einige angenehme Vorteile haben", sagte er. Dann verschränkte er seine Finger ineinander und stütze die Ellbogen auf die Tischplatte.

„Sie wären durch den Orden besser geschützt, als Sie es jetzt sind. Sie verstehen doch?"

Ja, ich verstand sehr wohl. Um ehrlich zu sein, sogar Naril hatte mich einmal deswegen angesprochen. Ich hatte ihn damals ausgelacht. Warum sollte ich mich an eine Ordensgemeinschaft binden? Meine Arbeit für das Zentralarchiv, meine Vorlesungen und alle meine anderen Beschäftigungen sollte ich aufgeben, nur um mich in einen Orden einzugliedern? Ich erzählte das Welek Talren und erfuhr zu meiner Verwunderung, dass ich während des Noviziats weiterhin vollständig meiner Arbeit nachgehen konnte. Danach würde zwar eine Zeit der intensiveren Schulung in den Lehren unserer Propheten folgen, doch es hing allein von mir ab, wie schnell und wie tiefgehend ich fortschreiten wollte.

„Sie geben keinesfalls etwas auf. Sie gewinnen höchstens. Der Eintritt in den Orden ist ähnlich wie der Eintritt in die Armee", sagte der Welek schmunzelnd. „Nur kämpfen wir auf eine andere Art – und wir pflegen niemanden zu töten."

Ich versprach es mir gut zu überlegen, bemerkte jedoch, dass ich im Augenblick nicht bereit wäre zuzustimmen. Er akzeptierte meine Entscheidung. Wir sprachen danach noch eine Weile über die kommende Zeremonie und über meine Pläne für die folgenden Wochen. Ich sagte zu ihn sofort zu benachrichtigen, falls sich etwas Unerwartetes ereignen sollte. Ich wusste, dass ich ihm vertrauen konnte, doch ich wollte einfach keine übereilte Entscheidung treffen. Vielleicht hatte mich die Herrscherin vorher nur etwas einschüchtern wollen und würde mich nicht weiter beachten. Doch schon während ich dies dachte, wurde mir bewusst, dass ich mich selbst belog. War einmal das Interesse der Herrscherin geweckt, würde sie nicht so schnell loslassen. Wenn ich nur wüsste, wonach sie suchte…

Zum Glück war mein Bruder sehr ordnungsliebend und systematisch gewesen. Aber als ich seinen Schreibtisch einer genaueren Durchsuchung unterzog, fand ich immer noch keine Speicherchips oder Hinweise auf irgendwelche Aufzeichnungen. Der Schreibtisch enthielt, ausser den üblichen Gegenständen, nur ein Kalligraphiegerät, verschiedene leere Zeichenblätter und Farbenbehälter – Narils Lieblingsbeschäftigung, wenn das Wetter keine Gartenarbeit erlaubte, und wenn er – wie er sagte – seinen Geist entspannen wollte. Ich fand auch fertige Bilder, Entwürfe und Schriftproben.

Seine Computerdateien hatte ich in den vergangenen Tagen flüchtig durchgesehen. Ich nahm sie mir noch einmal vor. Doch auch da konnte nichts Aufregenderes finden als Mitteilungen und Berichte an den Ordensleiter und andere Weleks, dazu Abrechnungen, Briefe an Abgeordnete und Mitarbeiter, Vertragsentwürfe – Resultate der Verhandlungen mit dem Korvasier Legat Korell, die an Herrscherin Rinn adressiert waren. Alles in allem, die zu erwartende Korrespondenz und Arbeit eines Welek, der zum Wohle des Staates arbeitete. Selbstverständlich durchsuchte ich sämtliche Programme auch nach Transitdateien und Spuren überschriebener, gelöschter oder neuangelegter Dateien, ich musste jedoch feststellen, dass falls überhaupt etwas dagewesen war, mein Bruder gründlich zu Werke gegangen war.

Auch in den Wandschränken fand ich nichts weiteres, als stumme Zeugen eines viel zu früh beendeten Lebens. Nichts wies daraufhin, dass diese Räume von einem Mann bewohnt worden waren, der seiner Welt aussergewöhnliche Dienste erwiesen hatte. Es war fast schon zu unauffällig.

Ich tat es nicht gerne, dieses Durchwühlen von Sachen und Daten, die nicht mir gehörten. Oft hielt ich in meiner Arbeit inne und wollte aufhören. Wonach suchte ich überhaupt? Nach einem Hinweis zu Narils „verborgenen Schätzen"? Nach einem vergessenen Computerpad, das achtlos in der Tasche einer Ordensrobe lag und mir seine Geheimnisse offenbaren würde? Ich fühlte mich als Eindringling in die private Welt meines Bruders, aber irgendjemand musste diese Dinge nun einmal tun. Es gab Kleidungsstücke, Bücher, persönliche Ritualgeräte, Einrichtungsgegenstände, Erinnerungsstücke. Das alles wollte gesichtet werden. Durchgesehen, notiert, eingepackt. Wollte ich wirklich alles einpacken? Und vor allem – wohin sollten Sachen, die nicht dem Kloster gehörten, dann gebracht werden? Es war mir zuwider Narils Leben, das sich vor mir ein Stück weit ausbreitete, einfach in Koffer und Kisten zu packen. Ich beschloss deshalb alles stehen zu lassen, fertigte eine Inventarliste an und legte nur die Kleidungsstücke zur Seite. Sie gehörten dem Kloster und würden abgeholt werden.

Ich fragte mich auch, wo Narils zeremonieller Ohrring geblieben war, aber als ich dann – sehr unaufmerksam wie ich gestehen muss – einige Bücher durchblätterte fiel mir ein, dass ihn wahrscheinlich Merys Alani schon in der Raumstation an sich genommen hatte. Wenn dem so war, dann war das Schmuckstück in guten Händen.

Irgendwann hatte ich eine komplette Inventarliste angefertigt und war zum Schluss gekommen, die Räume bis auf weiteres so zu belassen, wie ich sie vorgefunden hatte. Ich stellte die meisten Bücher zurück in die Regale, bis auf jene, die ich in die Tasche gepackt hatte, und die ich zu mir ins Zentralarchiv mitnehmen wollte. Es waren vielgelesene Bücher, aber auch Bücher für die Freude der Augen. Die Themen waren vielfältig, unter anderem Botanik, Geschichte, Philisophie, Kommentare und Auslegungen von Kommunikationen unserer Propheten, Erzählungen und Gleichnisse, sprachwissenschaftliche Abhandlungen, politische Themen. Es gab auch eine ganze Reihe alter Bände über Korvasia. Wir Valoraner lieben Bücher. Bücher, die man in den Händen halten kann, zweckmässig oder kostbar gebunden, Schriftrollen und Bände. Innen sind unsere Bücher meistens kunstvoll mit Kalligraphien und Bildern verziert. Selbst das nüchternste Buch mit technischem oder wissenschaftlichem Inhalt ist eine Freude für den Blick des Betrachtenden. Deshalb spielt unser Zentralarchiv in unserem Leben eine so grosse Rolle, und deshalb war es den Korvasiern nicht gelungen uns als Volk zu besiegen. Unsere Bücher haben unseren Widerstand gestärkt. Die alten Geschichten der Völker Valors haben uns Hoffnung gegeben. Die Korvasianische Gesellschaft kennt keinen Höhenflug des schaffenden Geistes und keinen Schönheitssinn.

Plötzlich erkannte ich einen alten, abgegriffenen Band. Er enthielt Gedichte und dazugehörige Illustrationen, kleine Kunstwerke zwischen Buchdeckeln, die einst in kostbaren Stoff gebunden waren. Ich strich vorsichtig über die ausgefransten Stoffkanten. Dieses Buch hatte unserer Mutter gehört. Sie hatte es damals ins Flüchtlingslager mitgenommen und unter der Nase der Korvasier durchgeschmuggelt. Als Naril dann in den Orden eintrat und seine Ausbildung zum Welek begann, wurde ihm der alte Band zur Erinnerung geschenkt. Dem damaligen Klostervorsteher hatten wir es zu verdanken, dass Mutter und ich, nach dem Tode unseres Vaters, aus dem Lager in die Hauptstadt ziehen konnten, um wieder ein würdiges Leben aufzunehmen. Allzulange hatte sich unserer Mutter jedoch nicht daran erfreuen können. Ich stellte das Buch sanft an seinen Platz zurück. Zu viele Erinnerungen hafteten daran. Erinnerungen, die mir jetzt, nach dem Tode meines Bruders unwillkommen waren.

Ich brauchte Ablenkung. Solche Erinnerungen waren wirklich das Letzte, das ich mir in meiner jetzigen Lage wünschte. War es denn nicht schon schmerzlich genug, dass Naril nicht mehr lebte? Vielleicht war es besser, wenn ich wieder in meine eigene Wohnung zog, oder wenn ich mich in Arbeit stürzte. Im Zentralarchiv war genug zu tun, und meine Schüler, die ich in Geschichte der Feudalzeit unterrichtete, warteten schliesslich auch auf mich. Dazu waren die Vorbereitungen zu einer umfangreichen Ausstellung alter Valoranischer Schriften, an der ich massgeblich beteiligt war, und die in einigen Wochen beginnen sollte, noch längst nicht abgeschlossen. Es wäre sicher am besten, gleich am nächsten Tag Welek Talren aufzusuchen und ihm meinen Entschluss mitzuteilen. Ich bedauerte, aber obwohl ich die Schwester eines grossen geistigen Führers war, fühlte ich mich nicht zum Ordensleben berufen.

Kapitel 3

Die Zeremonie verlief ruhig und sehr feierlich. Jeder Platz in der Halle des Grossen Tempels war besetzt, und auch draussen drängten sich noch Leute, die von Welek Naril Abschied nehmen wollten. Es gelang mir, unauffällig durch die Menge zu schlüpfen und meinen reservierten Ehrenplatz einzunehmen. Von dort aus hatte ich freien Blick auf die Herrscherin Rinn. Angehörige der verschiedenen geistigen Orden Valors und Regierungsmitglieder füllten die ersten Reihen. Es waren sogar Mitglieder der Valoranischen Armee darunter. Die Herrscherin selbst leitete die Rituale und sprach die Gebete, doch die Dankesrede, das Kernstück einer Zeremonie für Verstorbene, hielt sie nicht. Ich sah einen mir unbekannten Welek, der nicht einmal Narils Orden angehörte, sich erheben und nach vorne gehen. Die Herrscherin blieb während der Rede auf ihrem erhöhten Stuhl sitzen, umgeben von Angehörigen ihres Ordens, die an ihren dunkelrot-violetten Roben zu erkennen waren. Ich sah ihr markantes Profil und die schweren hellen Haarflechten im Nacken. Sie musste in ihrer Jugend sehr schön gewesen sein, dachte ich, doch jetzt waren ihre blauen Augen kalt, und sie war in ihre eigenen Gedanken vertieft anstatt der Rede zu folgen.

Während der unbekannte Welek von Narils Liebe für unsere Propheten und seine Heimat Valor sprach, hatte auch ich meine Gedanken abdriften lassen. Ohne es zu merken, hatte ich mich immer stärker auf die Herrscherin konzentriert. Auf einmal fühlte ich mich in einen Wirbel verschiedenartiger Gefühle hineingezogen. Gedankenfetzten, die nicht von mir stammten, durchschossen mein Bewusstsein. Ich konnte plötzlich nur mit Mühe atmen, und einen Augenblick später fühlte ich mich schweissgebadet. Ich schloss die Augen und kämpfte gegen eine Ohnmacht. Nur das nicht! Nicht hier! Es gelang mir mit grosser

Anstrengung mich wieder den Worten der Dankesrede zuzuwenden. Ich versuchte mich abzulenken, indem ich überlegte, ob ich den Welek kannte, der die Rede hielt. Hatte Naril ihn vielleicht gut gekannt? Ich wusste es nicht, und ich begann mich darüber zu ärgern, dass nicht wenigstens Welek Talren für die Rede ausgewählt worden war, wenn es schon die Herrscherin nicht selbst tat. Schliesslich war sie mit meinem Bruder zusammen an Bord jenes Schiffes gewesen, als das Unglück geschah. Sie war mit leichten Verletzungen davongekommen, ihn hatte es das Leben gekostet...

Es schien eine Ewigkeit zu dauern bis mein Atem wieder normal ging und meine Hände zu zittern aufhörten. Verstohlen blickte ich mich um, ob jemand in meiner Nähe mein Unwohlsein bemerkt hatte. Alle Teilnehmer der Zeremonie sassen ruhig da, die Blicke nach vorne zum Redner gerichtet, äusserlich zwar sehr beherrscht, doch ich fühlte, dass sie im Innern aufgewühlt waren. Ich glaubte Gefühlsregungen wahrzunehmen, die mich wie Meereswogen wegzuspülen drohten. Die stärksten Wellen von Trauer und Verlassenheit kamen aus jenem Teil der Halle, in dem sich keine Ordensangehörigen befanden. Aus den Reihen der Weleks fühlte ich Ruhe ausströmen und eine besonders starke Kraft schien von einer Gruppe Weleks auszugehen, deren Ordenstracht mir unbekannt war. Ich unterdrückte das starke Verlangen bei ihnen Schutz zu suchen wie ein kleines Kind. Es war eigenartig. Doch kaum sah ich wieder zur Herrscherin und den Mitgliedern ihres Ordens begann ich von neuem zu frösteln. Ich fühlte mich erschöpft und leer.

Die Zeremonie dauerte schon viel zu lange. Ich unterdrückte den Wunsch aufzustehen, ins Kloster zurück zu rennen und mich in meinem Quartier zu verkriechen. Ich konnte die Menge um mich herum auf einmal nicht mehr ertragen. Am liebsten wäre ich von all den Leuten weggelaufen, die ihre Gefühle ungezügelt durch den Raum treiben liessen.

Ich konnte nicht weglaufen. Ich war die Schwester und einzige Angehörige des Mannes, der hier mit öffentlichen Zeremonien geehrt und aus dem Leben verabschiedet wurde.

Endlich war die Dankesrede zu Ende. Herrscherin Rinn stand von Ihrem Platz auf, schritt würdevoll zu Altar und begann die Schlussgebete zu sprechen. Daran schlossen sich weihevolle Gesänge der verschiedenen Orden an.

Gleich nach Abschluss der Zeremonie bahnte ich mir schnell meinen Weg durch die Menge, ohne nach lins oder rechts zu blicken Ich rannte fast den ganzen Weg vom Grossen Tempel ins Kloster zurück und schloss mich in meinem Quartier ein. Dann atmete ich tief durch und liess Badewasser einlaufen. Valors Wasser verströmt einen natürlichen Duft. Es tut nicht nur unseren Körpern, sondern auch unseren Seelen gut. Einmal ins Wasser eingetaucht, begann ich mein inneres Gleichgewicht wiederzufinden. Nach und nach war ich sogar in der Lage über das Erlebte nachzudenken und es zu analysieren. Jene Gefühle, die mich im Tempel überschwemmt hatten, waren nicht meine eigenen gewesen, das wusste ich. Aber warum war ich plötzlich fähig sie zu empfangen? Bis jetzt hatte ich so etwas noch nie erlebt. Wir Valoraner waren kein Volk von Telepathen. Wirklich nicht? Vielleicht gab es da einige Geheimnisse, die von den Weleks streng gehütet wurden... Ich begann mein Erlebnis genauer zu ergründen.

Was war der Auslöser gewesen? Die Atmosphäre des Grossen Tempels begünstigt sicher gewisse Geisteszustände und verstärkt sie vielleicht. Zu Beginn hatte ich meine Aufmerksamkeit auf die Herrscherin konzentriert. Ich war mir nun sicher, dass ich ihre

Gedanken in mir gefühlt hatte. Mein Geist hatte demnach einen Weg gefunden, um in ihre Gedankenwelt einzudringen. Mir gefiel diese Vorstellung überhaupt nicht. Die Gefühle und Gedanken, denen die Herrscherin freien Lauf liess, waren sehr verworren, dumpf und sehr laut gewesen. Verletzte Eitelkeit, Trauer, Verlassenheit, und ein Verlangen, das so leidenschaftlich und selbstsüchtig war, dass es mir Angstschauer über den Rücken jagte. Dazu der unbeugsame Wille einer Person, die es nicht gewohnt ist zurückgewiesen zu werden. Ich fragte mich wozu jemand, der von solchen Leidenschaften getrieben wird, noch fähig war. Dazu kam, dass sie ihre Gefühle nicht unter Kontrolle hatte. Sie musste sich bewusst sein, dass während einer Zeremonie im Tempel und in Anwesenheit fast aller geistiger Führer Valors ihre Gedanken nicht einfach ungebunden durch den Raum schweben konnten. Ich nahm mir vor in meinen nächsten Handlungen besonders vorsichtig zu sein, um die Herrscherin nicht noch mehr zu reizen. Ich nahm mir ebenfalls vor, über telepathische Befähigung bei Valoranern zu recherchieren. Konnte es sein, dass ich eine Gabe besass, die sich als gefährlich erweisen mochte? Immerhin war die Herrscherin auch eine Priesterin und somit im Erfühlen des Apagha, der Seelenkraft, ausgebildet. Sie wollte bei unserer ersten Begegnung mein Apagha kennen lernen, obwohl sie mich nicht kannte. Beim Fühlen des Apagha ist ein Kontakt, eine körperliche Berührung notwendig. Üblicherweise wird einem dabei die rechte Hand ans Ohr gelegt. Der Gehörgang gilt bei Valoranern als die Verbindung zum Innersten, zur Seele und zu den Gefühlen. Wir nennen es das Apagha. Weleks und Priesterinnen werden darin jahrelang ausgebildet, dieses Apagha zu erfühlen. Sie sollten es immer in Ehrfurcht tun und mit grosser Rücksicht. Dies schien mir bei der Herrscherin Rinn nicht der Fall gewesen zu sein. Ich hatte den Eindruck, als hätte sie versucht in mein Apagha einzudringen, um mir Geheimnisse zu entlocken, die ich freiwillig nicht verraten wollte. Doch welche Geheimnisse? Was war der Herrscherin so wichtig, dass sie mit unlauteren Mitteln versuchte in meine Seele einzudringen, meinen Geist zu übernehmen? Was glaubte sie, das ich vor ihr verbarg?

Ich war gerade mit Anziehen fertig, als plötzlich der Signalton des Computerterminals summte. Ich lief zum Tisch und schaltete es ein. Die ruhigen Züge Welek Talrens erschienen auf der matten Bildschirmfläche.

„Schön, dass Sie da sind, Nasheela", begrüsste er mich. „Ich freue mich, dass ich Sie antreffe."

Waren dem Welek meine Verwirrung und mein fluchtartiges Verschwinden aus dem Tempel aufgefallen?

„Was kann ich für Sie tun, Welek Talren?" fragte ich schnell.

„Ich möchte Sie einladen heute Abend mein Gast zu sein. Die Delegation des Klosters Dakhin wird bei uns übernachten, und da ihr Bruder oft in Dakhin war, dachte ich, es wäre passend, wenn wir gemeinsam essen könnten."

„Sehr gerne!" rief ich. Das war eine angenehme Überraschung. „Ich werde selbstverständlich kommen", fügte ich hinzu, „und... danke für die Einladung."

„Gut, dann sehe ich Sie heute Abend im kleinen Speiseraum."

„Danke..."

Er brach die Verbindung ab. Keine weiteren Fragen.

Ich würde also die Delegation aus Dakhin kennenlernen. Ich hatte noch nie jemand aus diesem Kloster zu Gesicht bekommen, obwohl mein Bruder dort oft viel Zeit verbrachte. Die Ordensgemeinschaft von Dakhin lebte sehr zurückgezogen.

Sie sprachen von sich als einem meditativen Orden und mieden die Publizität der Nachrichtenkanäle. Sie betrachteten es als ihre Aufgabe jene Gebete und Gesänge weiterhin aufrechtzuerhalten, welche ihre Vorgänger in der Bruderschaft von Dakhin während der gesamten Besetzungszeit tagtäglich vorgetragen hatten. Es war ein unaufhörliches Ritual und wurde der „Fortwährende Gesang" geenannt. Die Mönche und Nonnen lösten einander ab, damit der Gebetfluss nie abbrach. Mein Bruder hatte mir einmal erklärt, dass die betende Klostergemeinschaft von Dakhin einen unschätzbaren Dienst an Valor tat, indem sie die Hoffnung der Bevölkerung auf Freiheit und Eigenständigkeit aufrecht hielt. Möglicherweise wäre die Besetzungszeit und der Kampf mit Korvasia noch härter ausgefallen, hätte es das unendliche Ritual von Dakhin nicht gegeben.

Ich freute mich in jedem Fall auf einen interessanten Abend.

◼

Kapitel 4

Die Tür zum Speiseraum stand offen, so dass ich annahm man wartete noch auf Gäste. Welek Talren begrüsste mich und führte mich zu einer Gruppe in denen ich jene Weleks erkannte, die bei der Zeremonie einen so grossen Eindruck auf mich gemacht hatten. Sie trugen die unbekannte Ordenstracht, die mir aufgefallen war. Dies waren also die Mitglieder der Bruderschaft von Dakhin. Ein hochgewachsener, dunkelhäutiger Mann aus den südwestlichen Provinzen wurde mir als Welek Hemala und Leiter des Klosters vorgestellt. Man setzte sich zu Tisch. Talren hatte mir einen Platz neben Welek Hemala angewiesen, und es schien mir, als würde mich dieser zu Beginn des Abends einer heimlichen Prüfung unterziehen. Wie immer diese Prüfung ausfiel, der Welek war während des Essens stets freundlich und höflich zu mir.

Ich erfuhr auch, dass einige der jüngeren Anwesenden zu den fortgeschrittenen Schülern meines Bruders gezählt hatten, und so war es nur natürlich, dass sie sich freuten mit der Schwester ihres Lehrers an einem Tisch zu sitzen. Ich verkörperte für sie eine Verbindung zu jenem Mann, den sie geachtet und geliebt hatten.

„Ohne Welek Narils Hilfe", sagte Hemala, „wäre unser Garten vermutlich verwildert, da sich unser Gärtner zu jener Zeit dem Widerstand gegen Korvasia angeschlossen hatte. Wir waren damals nur eine kleine Schar in Dakhin. Sie müssen wissen, dass sich unser Kloster sehr gut zur Meditation eignet, weil es einsam in den Bergen liegt, aber gerade deswegen leiden wir öfter unter einem Mangel an Ordensmitgliedern."

„Und das nur deshalb, weil vor dreihundert Jahren eine Handvoll Mönche einen einsamen Platz in der Wildnis gesucht hatte", warf Welek Talren lachend ein.

Das Essen wurde hereingetragen und Talren überliess es Welek Hemala den Tischsegen zu sprechen. Ich merkte plötzlich wie hungrig ich war, denn ich hatte an diesem Tag nur am Morgen eine Kleinigkeit gegessen. Das eigenartige Erlebnis im Tempel hatte mir allen Appetit genommen.

Das Gespräch drehte sich anfangs um die Zeremonie im Tempel. Jemand äusserte seine Verwunderung darüber, warum die Herrscherin die Dankesrede einem Welek übertrug, der mit Naril nie etwas zu tun gehabt hatte.

„Eigentlich wäre es doch Ihre Aufgabe gewesen, Welek Talren", sagte eine der Frauen, „da es die Herrscherin offentsichtlich nicht selbst übernehmen wollte."

„Vermutlich bevorzugt mich die Herrscherin zur Zeit nicht als Gesprächspartner", antwortete Talren diplomatisch, „sie hatte uns übrigens vorgestern sehr überraschend mit einem Besuch – nun ja – beehrt. Sie schien ein wenig verstimmt darüber, dass Nasheela die Räume ihres Bruders bewohnt. Die Herrscherin war geradewegs in Narils Quartier gegangen – ohne mich vorher aufzusuchen. So als wäre ihr, der Herrscherin der Zutritt zu jedem Klosterraum selbstverständlich gestattet. Offen gestanden, gefiel mir das überhaupt nicht. Das Kloster ist weder ein öffentliches Gebäude noch untersteht es der Verfügungsgewalt der Herrscherin."

Ich hielt es für besser zu schweigen und stocherte in meinem Essen herum. Welek Talren hatte in einem sonderbaren Ton gesprochen, als würde er Welek Hemala auffordern eher auf das Verschwiegene zu achten als auf die ausgesprochenen Worte.

„Gibt es denn etwas in dem Quartier Ihres Bruders, das vielleicht der Herrscherin gehört? Woher wusste sie überhaupt, dass Sie im Quartier waren?" fragte mich Welek Hemala.

Ich schüttelte den Kopf.

„Nein. Ich habe die Sachen meines Bruders durchgesehen und eine Inventarliste angefertigt. Da gibt es nichts, was nicht sein Eigentum war."

„Sind Sie sicher, dass Sie auch nichts übersehen haben?"

„Ich bin mir ganz sicher. Wissen Sie, ich bin es gewohnt zu ordnen und zu archivieren – ich arbeite im Zentralarchiv."

Meine Bemerkung löste allgemeine Heiterkeit in der Tischrunde aus, es entging mir aber nicht, dass Talren und Hemala ein leichtes Nicken austauschten. Ich habe also einen weiteren Test bestanden, dachte ich plötzlich.

„Ausserdem", beeilte ich mich noch zu anzufügen, „ich glaubte zu bemerken, dass die Herrscherin über meine Anwesenheit in Narils Räumen erstaunt war. Sie machte auf mich den Eindruck, als hätte sie mich dort nicht erwartet."

Welek Talren tausche mit Welek Hemala einen langen und bedeutenden Blick. Sie liessen meine Bemerkung im Raum stehen, und ich verstand ihr Schweigen. Das Verhalten der Herrscherin widersprach allen Formen von Rücksichtnahme und Höflichkeit. Die Herrscherfunktion allein ermöglicht noch kein ungebetenes Eindringen in einen geschützten Klosterbezirk. Wir mussten davon ausgehen, dass sie Narils Räume unbefugt durchsuchen wollte. Dies stellte eine grobe Verletzung der privaten Sphäre nicht nur einer Gemeinschaft, sondern auch einer Einzelperson dar. Die Einzelperson in diesem Fall war ich – die Erbin meines Bruders.

Welek Hemala wechselte daraufhin das Thema und forderte alle Anwesenden auf, die sorgfältig zubereiteten Speisen zu geniessen. Dann wandte er sich selbst seinem Teller zu. Im weiteren Verlauf des Abends schien mir, als hätte er sein Verhalten mir gegenüber leicht geändert. Er sprach verbindlicher als zu Beginn, und ich konnte mir gut vorstellen, dass die Freundschaft dieses Weleks sehr hilfreich sein konnte.

„…wer weiss", sagte jemand, als ich dem Gespräch wieder folgte, „wäre Welek Naril der neue Herrscher geworden, dann hätte er eine überaus eifrige Gegnerin gehabt. Wer weiss auch, ob die Abwehr ihrer Gegnerschaft nicht viel mehr Kraft gefordert hätte, als die Verwirklichung der Reformpläne für Valor. Die Konflikte zwischen Rinns und Narils Anhängern hätten ernsthafte Folgen nach sich ziehen können. So hatte Naril zumindest die Chance Herrscherin Rinn, sagen wir einmal, 'beratend' zu lenken."

Einige der Gäste nickten zum Einverständnis, einige äusserten ihre Zustimmung laut. Welek Hemala wandte sich wieder zu mir:

„Waren Sie in letzter Zeit oft mit Ihrem Bruder zusammen, Nasheela?" fragte er.

„In den letzten Wochen und Monaten kaum. Sie wissen ja, wie beschäftigt er war. Aber vorher hatten wir uns längere Zeit hindurch oft und regelmässig gesehen. Ich bin sehr stolz darauf, dass ich ihn während jener Zeit ein wenig unterstützen durfte."

„Bei seiner Arbeit…?"

„Ja. Wie ich schon sagte, ich arbeite im Zentralarchiv. Ich habe dort verschiedene Aufgaben. Einerseits unterrichte ich, andererseits arbeite ich in einer besonderen Gruppe von Wissenschaftlern. Diese Abteilung wurde vor einigen Jahren gegründet, und widmet sich der Verarbeitung von Dokumenten aus der Besetzungszeit. Diese Dokumente und unsere Kommentare dazu waren oft geheim."

Meine Wortwahl war ungeschickt gewesen. Als ich bemerkte wie einige Augenbrauen in die Höhe schnellten, beeilte ich mich meinen Fehler wieder gut zu machen.

„Oh, verstehen Sie das, bitte, nicht falsch – mein Bruder war natürlich zugangsberechtigt! Alle Regierungsmitglieder und Sonderbeauftragte waren das. Die Einsicht in diese Dokumente war für die Verhandlungen mit Korvasia äusserst hilfreich."

Welek Hemala lächelte.

„Ich verstehe", sagte er, „Sie sind demnach Historikerin?"

„Ja, das ist richtig. Ich unterrichte Geschichtswissenschaft und Literatur. Man kann das eine nicht vom anderen trennen. Ich liebe besonders die Schriften der Feudalzeit. Übrigens bereiten wir gerade jetzt im Zentralarchiv eine grosse Ausstellung antiker Schriften vor, es soll die grösste Ausstellung darüber werden, die Valor je gesehen hat!"

Das weitere Gespräch drehte sich um das künftige Schicksal Valors. Man war sich einig darüber, dass wir einen starken geistigen Führer brauchten, dass Herrscherin Rinn zwar eine gute Organisatorin und manchmal auch eine gute Diplomatin war, doch ihr Fremdenhass, und ihr starker Ehrgeiz, der mit Machtstreben gekoppelt war, fanden kein Verständnis. Ich stellte fest, dass alle Anwesenden Befürworter eines Beitritts Valors zur Interplanetaren Föderation waren und das nicht nur aus Gründen der Sicherheit. Valor würde es gewiss zum Vorteil gereichen von fremden Kulturen zu lernen, dabei wurden Vielfalt und Staatsorganisation als Beispiele genannt. Ausserdem konnte Valor selbst vieles anbieten. Wir hatten in künstlerischen Bereichen eine führende Rolle inne, und der Planet Beharzad hatte diesbezüglich schon Interesse angemeldet. Ein Austausch konnte da nur befruchtend sein. Gleichzeitig war man sich aber auch einig, dass aggressiven und ausbeuterischen Völkern weiterhin nur beschränkter Aufenthalt auf den Planeten unseres Systems gestattet werden sollte. Wir hatten unsere Erfahrungen mit den Korvasiern gemacht – so etwas durfte sich nie mehr wiederholen. Einige wenige Terraner lebten und arbeiteten bereits auf Valor, doch die Regierung blockierte leider immer noch viele Gemeinschaftsprojekte mit anderen Welten.

„Erzählen Sie mir bitte, mehr über die Kunst von Beharzad", bat ich Welek Hemala, „ich gestehe, dass ich über diese Welt nicht sehr viel weiss."

Anstelle von Welek Hemala antwortete Talren. Es war sonst nicht seine Art jemandem ins Wort zu fallen, es musste demnach ein guter Grund dafür vorhanden sein.

„Die Beharzoiden haben grosses Talent für expressive Malerei und besonders für Musik. Sie müssen sich einmal einige Stücke anhören, Nasheela. Ihre Komponisten schreiben Musik von höchster Vollkommenheit, und dies fällt ihnen umso leichter, weil sie Telepathen sind. Ihr Einfühlungsvermögen in die Welt der Töne ist deshalb so hochentwickelt. Sonst gelten sie als friedfertig und haben gelernt ihre geistigen Fähigkeiten nur zum allgemeinen Wohl zu gebrauchen. Ich bin überzeugt, dass wir von ihnen darüber sehr viel lernen könnten. Im Austausch kann Valor Wissen auf dem Gebiet der Geschichtsschreibung vermitteln. Das müsste doch für Sie interessant klingen, Nasheela, was meinen Sie?

Welek Talren lächelte aufmunternd und fuhr dann fort:

„Ich stelle mir einen Austausch zwischen Beharzad und Valor als eine äusserst positive Entwicklung vor."

Ich war fasziniert. Talren hatte begeistert gesprochen, und als er beim Thema Telepathie angekommen war, hatte er mich dabei direkt angesehen, als wollte er mir etwas mitteilen. Ich nahm mir vor darüber nachzudenken, sobald ich allein war.

Der Abend ging in dieser entspannten Atmosphäre weiter. Wir sprachen über Kunst, aber ich fühlte als wäre dies nur ein Auftakt gewesen, eine Vorbereitung zu den wirklich wichtigen Fragen. Wir waren schon bei den Früchten und heissen Getränken angelangt, als sich Welek Hemala an mich wandte.

„Ich möchte Sie gerne im Namen unserer Ordensgemeinschaft nach Dakhin einladen, Nasheela", sagte er bestimmt.

„Oh, ich fühle mich sehr geehrt…", ich zögerte und sah flüchtig zu Welek Talren, doch der nickte nur, sehr langsam und sehr wissend. Was braute sich da nur zusammen?

„Ich kann es Ihnen nur empfehlen", meinte er. Es klang beinahe wie eine Aufforderung.

„Ihr Bruder hat unser Kloster als einen Ort der Besinnung und der Kraft kennengelernt", erklärte Welek Hemala, „wir würden uns freuen, wenn Sie bei uns Ihr Apagha erforschen wollten. Sie brauchen einige Tage Ruhe – der gewaltsame Tod Ihres Bruders, die heutige Zeremonie, das alles muss sie mitgenommen haben."

Ich fühlte, dass er genau wusste, wovon er sprach, und für einen Augenblick erschrak ich. War etwa ihm mein Unwohlsein bei der Zeremonie aufgefallen? Ich erinnerte mich auch an die friedvolle Kraft, die ich bei der Dakhiner Gruppe gespürt hatte. Vielleicht war es wirklich besser, wenn ich mich für einige Tage an einen Ort wie Dakhin zurückzog. Ich sprach diesen letzten Gedanken offen aus und erntete ein anerkennendes Lächeln. Danach besprachen wir den Zeitpunkt der Abreise, wenn ich damit einverstanden war, mich der Gruppe anzuschliessen. Es wurde vereinbart, dass ich eine kurze Nachricht ans Zentralarchiv senden sollte, und Welek Talren versprach meinen Vorgesetzten zu informieren. Das Zentralarchiv konnte sicher einige Tage ohne mich auskommen, und ich würde nach dem Aufenthalt in Dakhin gestärkt und getröstet an meine Arbeit zurückkehren. Welek Talren sicherte mir auch zu, die Räume meines Bruders bis zu meiner Rückkehr versiegeln zu lassen.

Ich bedankte mich und verabschiedete mich eine Weile später, um Vorbereitungen für die Abreise zu treffen und mich auszuruhen. Am folgenden Tag würde ich mit der Gruppe aus Dakhin zu ihrem Kloster in den Bergen reisen.

◲

Kapitel 5

Dakhin. Majestätische Berge. Klare, kühle Luft, die einzuatmen man sich erst angewöhnen muss. Herrliche Panoramen. Stille. Natur. Der gleichmässige Gesang der Mönche und Nonnen, gehört genauso zur Umgebung wie das Rauschen eines Wasserfalls oder der ruhige Lauf eines Flusses.

Die Klosteranlage schmiegt sich an einen Berghang. Vor den Gebäuden und einem bescheidenen Arboretum breitet sich die Hochebene aus. Die Pflanzenwelt unterscheidet sich völlig von jener der Niederungen. Die Ebene von Dakhin ist sehr hochgelegen. Früher gab es hier umherziehende Hirtenstämme, aber das ist schon Tausende von Jahre her. Bis heute führen jedoch nach Dakhin keine Strassen. Entweder man nimmt den schwierigen Fussmarsch auf sich, oder man bedient sich eines Shuttles. Nach Dakhin verkehren auch keine regelmässigen Linienflüge.

Die Ankunft war überwältigend. Aus der pulsierenden Hauptstadt geriet ich in eine andere Welt. Ich begriff sehr gut, dass dieser Ort geeignet war, um sich zur Meditation zurückzuziehen. Dabei fehlte es im Kloster nicht an Komfort. Die Gebäude waren mit allem ausgestattet, was das Leben angenehm macht. Die Ordensmitglieder sollten nicht durch allzu schwere Arbeit an ihrer meditativen Sendung gehindert werden.

Sobald man ins Freie trat nahm man den Gesang wahr, der rund um die Uhr aufrechterhalten wurde. Die Klostergemeinschaft wechselte sich ab, so dass immer frisch ausgeruhte Mitglieder eine weitere Schicht übernehmen konnten. Es gab einen besonderen Tempel für die wiederkehrenden, täglichen Rituale des „Fortwährenden Gesangs". Alle anderen, sowohl die regelmässigen als auch die festlichen Zeremonien wurden im

Haupttempel abgehalten. Die Wohn- und Arbeitsgebäude standen abseits der Tempelbauten.

„Durch die Gesänge spenden wir Valor Kraft und geistige Unterstützung", hatte Welek Hemala während der Reise von der Hauptstadt nach Dakhin erklärt, „diese Rituale haben eine alte Tradition, nur wurden sie vor der Besetzungszeit nicht in diesem Masse praktiziert. Einer meiner Vorgänger hatte den Brauch des fortwährenden Gesanges eingeführt, als es sich abzeichnete, dass uns die Korvasier nicht so bald freiwillig verlassen würden."

Es stimmte mich nachdenklich. Die Hingabe dieser Ordensmitglieder an das Wohl von Valor machte mich plötzlich sehr demütig.

Nach der Ankunft wurde mir eine Erfrischung angeboten und während man mein Gepäck ins Quartier brachte, erläuterte mir Welek Hemala in groben Zügen den Plan der Klosteranlage. Der gesamte Gebäudekomplex war kleiner und einfacher als Narils Ordenshaus in der Hauptstadt, und es war nicht schwer sich zurechtzufinden. Dann wurde ich zur Gästewohnung geführt.

Als wir einen langen Korridor durchschritten, erzählte mir der Welek, dass Naril eine Art festen Wohnsitz in Dakhin gehabt hatte, und dass immer ein Raum im Gästehaus für ihn freigehalten wurde. Immer der gleiche Raum. Er hätte ihn selbst eingerichtet, und es wären noch immer jene seiner Sachen darin, die er zurückgelassen hatte. Welek Hemala durchschritt mit mir noch einen langen Korridor und blieb vor einer Tür stehen. Er räusperte sich.

„Nun... das war der eigentliche, der wahre Grund, Sie hierher einzuladen", gestand er.

Er sah mich nicht an, sondern blickte vor sich hin, so als wären die Wände des leeren Korridors im Augenblick das einzig Sehenswerte gewesen. Ich hatte den Eindruck, dass er sich entschuldigen wollte, diese Tatsache nicht schon gestern beim Abendessen erwähnt zu haben. Ich musste lächeln.

„Ich verstehe vollkommen", sagte ich, und blickte dabei in die gleiche Richtung, in die Leere des Korridors, „es war für die gestrige Tischrunde nicht von Belang gewesen. Sie möchten doch schliesslich auch, dass ich mich, als die berechtigte Erbin Narils, um diesen Teil seines Nachlasses kümmere."

Welek Hemala nickte. Dieser Punkt war nun geklärt. Er wandte sich zu der Tür und tippte einen Code in das elektronische Schloss ein. Die Tür glitt mit einem leisen Geräusch zur Seite und der Welek liess mich eintreten. Ein grosszügig bemessener Raum breitete sich vor mir aus. Das Quartier war nicht abgeteilt, es war Wohn- und Schlafraum zugleich. An der Wand gegenüber der Eingangstür sah ich auf einem erhöhten Podest den Zimmeraltar stehen. An einer anderen Wand führte eine Tür in den angrenzenden Baderaum. Da in jedem Kloster gemeinsam gegessen wird, gab es auch hier keine Speiseecke. Ausser der Tatsache, dass die Luft ein wenig abgestanden war, schien es, als hätte Naril dieses Zimmer erst gestern verlassen. Die gewohnte Ordnung, der gewohnte Stil meines Bruders – Zeichen, dass er sich hier zu Hause gefühlt hatte.

Ich wandte mich an Welek Hemala. Ich wollte mich bedanken, ihm sagen, wie sehr ich diese Ehre zu schätzen wusste, doch ich brachte kein Wort heraus.

„Das Fenster muss geöffnet werden", lenkte mich der Welek schnell ab. Er durchquerte den Raum und die grosse Glasscheibe des Bogenfensters glitt auseinander, als er einen Sensor unterhalb des Fensterrahmens berührte. Frische Luft strömte herein und mit ihr der stete Hintergrundton der Gesänge aus dem Tempel des Fortwährenden Gebetes.

„Mögen Sie sich hier wohl fühlen", wünschte mir Welek Hemala, „zu den Essenszeiten wird man Sie abholen, und sonst geniessen Sie, bitte, alle Einrichtungen, die unser Kloster zu bieten hat."

Er unterbrach sich für einige Augenblicke und fuhr fort als wäre ihm eine ganz unwichtige Einzelheit gerade eingefallen:

„Da wäre noch etwas... Wenn Sie das Computerterminal benutzen, so müssen Sie wissen, dass Dakhin noch über das alte System verfügt... Das bedeutet: Wir sind gänzlich inkompatibel mit den übrigen Systemen auf Valor."

Täuschte ich mich, oder hörte ich leise Belustigung aus seiner Stimme? Schlug Dakhin hier der übrigen Verwaltung ein Schnippchen? Absichtlich? Alle Systeme auf Valor waren vernetzt, alle waren vor einigen Jahren erneuert worden, und alle waren insbesondere mit denen des Herrscherpalastes verbunden. Alle – ausser einigen wenigen Abteilungen des Zentralarchivs – und wahrscheinlich nun auch ausser Dakhin.

„Das stellt kein Problem für mich dar", antwortete ich entschlossen. Es war nun an der Zeit, Welek Hemala über einige meiner Fähigkeiten auf diesem Gebiet zu informieren. Ich tat es. Er schien nicht überrascht.

„Wie ich vermutet hatte", stellte er kurz fest, „fühlen Sie sich frei, unser System zu benutzen, so oft und so viel Sie wollen."

Direkter hätte diese Aufforderung nicht sein können. Ich beschloss im Klartext zu sprechen.

„Hatte nach dem Tod meines Bruders jemand Zugang zu diesem Raum gehabt?" fragte ich. Hemala schüttelte den Kopf.

„Nein. Als ich die Nachricht erhielt, habe ich sofort den Code des Türschlosses geändert. Nur ich allein kenne ihn, und nun auch Sie. Ich hätte es nie gewagt hier unberechtigt nach... nach etwas zu suchen."

„Sie vermuten also auch, dass mein Bruder Aufzeichnungen hinterlassen haben könnte, die nicht für alle Augen bestimmt sind, die aber für manche sehr hilfreich sein könnten?"

„Gewiss."

Einen Augenblick lang schwieg ich, überrascht von seiner Direktheit. Doch anderseits hatte die Situation auch ihre heitere Note. Es war die Art, wie sich der Ordensleiter von Dakhin um meine Mitarbeit bemühte.

Ich hatte keinen Grund Welek Hemalas Aussagen zu bezweifeln. Ausserdem hatte ich am Abend zuvor gelernt, dass auch er zu den wenigen Personen im Umkreis meines Bruders gehörte, denen Naril Vertrauen entgegenbrachte. Welek Hemala hielt sich an die Spielregeln und überliess die erste Einsicht in Narils Hinterlassenschaft mir, der dazu berechtigten Angehörigen und Erbin. Er hatte sich nur vorher überzeugen wollen, ob ich dazu geeignet war. Die Bestätigung schien er gestern erhalten zu haben. Ich fragte ihn ohne Umschweife danach:

„Sie haben mich getestet, nicht wahr?" sagte ich lachend, „und Sie wollten ganz sicher sein, dass Sie mir vertrauen können."

Er blickte mir statt einer Antwort direkt in die Augen und nickte zur Bestätigung.

„Ich bin froh, dass Sie es nicht falsch auffassen. Aber heutzutage muss man vorsichtig sein. Wissen Sie, Ihr Bruder hatte hier oft und viel gearbeitet", Welek Hemala machte eine weitausholende Geste, die den ganzen Raum umfasste, dann fuhr er fort:

„Sie sind dazu berechtigt, sich um seinen Nachlass zu kümmern. Dieser besondere Nachlass darf aber nur von einer dazu würdigen Person geordnet werden. Sie sollten auch wissen, dass ich viel auf Empfehlungen von Welek Talren gebe."

Von Welek Talren? Ich fühlte mich geschmeichelt und ein wenig beunruhigt zugleich. Woher wollte mich Welek Talren so gut kennen, dass er mich weiterempfehlen konnte? Aus den Erzählungen meines Bruders? Ich entschied daher erst einmal systematisch zu Werke zu gehen. Dies würde mich sicher einige Mühe kosten aber ich konnte mich auf meine Intuition verlassen.

„Sie sagten, dass seit der Nachricht über den Tod meines Bruders niemand diese Räume betreten hat?" fragte ich.

„Das ist richtig."

„Wann war er das letzte Mal hier?"

Ich machte einige Schritte durch den Raum, weil es mir peinlich wurde immer nur am gleichen Ort zu stehen. Mir fiel plötzlich ein, dass ich den Welek hatte einladen sollen sich zu setzen? Ich bot ihm einen Platz an.

„Unterhalten wir uns doch", schlug ich vor.

Da sass ich nun mit dem Vorsteher des Klosters von Dakhin, an Narils ehemaligem Arbeitstisch in seinem Quartier. Es fühlte sich seltsam an.

„Ihr Bruder war längere Zeit nicht mehr bei uns gewesen, Arbeit am Friedensabkommen hat ihn sehr beansprucht. Während jener Zeit war die Eingangstür zu diesem Raum mit einem Code gesichert, den er selbst eingegeben hatte, und den er mir anvertraute. Es ist ausgeschlossen, dass jemand hier war. Wir nehmen keine Laiengäste auf, und die Mitglieder meines Ordens kenne ich gut, da sind keine Spione darunter. Wir hatten auch keinen Besuch. Man kommt nicht ohne eingeholte Erlaubnis nach Dakhin."

Es entstand eine Pause und ich hatte den Eindruck als wollte Welek Hemala noch etwas hinzufügen. Tatsächlich sagte er nach einer Weile.

„Ausserdem… die Herrscherin und ihr Orden meiden uns, ebenso ihr Mitarbeiterstab." Es klang wie ein Geständnis. Ich begriff nichts.

„Tut mir leid", meinte ich, „aber ich weiss über die Beziehungen der einzelnen Orden zur Herrscherin nicht sehr gut Bescheid."

Welek Hemala lächelte nachsichtig.

„Natürlich nicht. Es herrschen… sagen wir… unterschiedliche Meinungen, zwischen uns. Wir vertreten hier bis heute eine Ansicht, die der Herrscherin nicht gefällt. Doch das ist jetzt nicht so wichtig. Auf alle Fälle waren die vielen Aufenthalte Ihres Bruders bei uns der Herrscherin unangenehm."

Das klang geheimnisvoll, doch es kam keine weitere Erklärung. Der Welek stand auf einmal auf, als hätte er einen plötzlichen Entschluss gefasst.

„Ich lasse Sie jetzt allein. Richten Sie sich ein und lassen Sie mich wissen, wenn Sie etwas brauchen. Ich bitte Sie nur um eines: Enttäuschen Sie mich nicht."

Mit diesen Worten verabschiedete er sich, verneigte sich vor mir und ging zur Tür. Er berührte den inneren Türöffner, als er sich plötzlich noch einmal zu mir umdrehte:

„Ach, übrigens, ändern Sie den Türcode, wenn Sie wollen, ich lösche den anderen aus meinem Gedächtnis."

Die Tür schloss sich hinter ihm und ich war allein. Allein mit einem Teil des Lebens meines Bruders, einem mir unbekannten Teil, der sehr geheimnisvoll erschien.

Richten Sie sich ein, hatte der Welek gesagt, also begann ich auszupacken und mich umzusehen. Nichts wies auf irgendwelche Besonderheiten hin. Die Schränke waren leer. Seine persönlichen Sachen hatte Naril demnach jedes Mal mitgenommen. Im Raum stand ein bogenförmiger Tisch, an dessen einem Ende das Computerterminal angebracht war. Die Tischfläche konnte für allerlei Arbeiten benutzt werden. Sie wies teilweise Farbspuren auf – wahrscheinlich hatte Naril auch hier an seinen Kalligraphien gearbeitet. Ein Korpus mit Schubladen vervollständigte diesen Arbeitsbereich. Ich schloss die Laden nacheinander auf. Die oberste enthielt eine Ansammlung von Farbbehältern, Pinseln, Schreibfedern und anderen Malutensilien, wohlgeordnet und sauber, wie es Narils Charakter entsprach. Die anderen Laden waren leer.

Es zog mich zum Computerterminal, doch ich widerstand noch eine Weile. Ich ging zum Altar, der an der Wand gegenüber der Tür stand. Der Unterbau des Altars enthielt, wie üblich, eine Lade mit Ritualgeräten, Räucherwerk, Lichtern, Gebetbüchern. Nichts Bemerkenswertes. All dies entsprach völlig den Aufgaben und Lebensgewohnheiten eines valoranischen Weleks.

An einer anderen Wand waren auf einem Bord Bücher aufgereiht, und auf dem Korpus unterhalb dieses Bordes standen eine kleine antike Statuette, eine wunderschön geschnitzte Holzschatulle, die aus der Feudalzeit zu stammen schien, und eine bemalte Keramikschale.

Die Schatulle faszinierte mich. Ich hatte nicht gewusst, dass mein Bruder je eine solche Kostbarkeit besessen hatte. Sanft strich ich mit den Fingerspitzen über die Schnitzereien auf dem Deckel und ich erkannte die Darstellung einer alten Sage. Ein Gärtner steckt ein Samenkorn in die Erde, und das Korn wächst zu einem mächtigen Baum heran. Die Auslegung des Motivs war mir gut bekannt. Die Gestalt des Gärtners symbolisierte unsere Propheten, die Wurzeln des Baumes standen für den Himmelstempel, und aus dem der Stamm des Baumes – Valor – wächst dessen Krone, das verzweigte Valoranische Volk, mit den Blüten und Früchten seines Geistes.

Jeder Valoraner kennt diese Sage, aber ich wusste bisher nicht, dass sich eine antike Darstellung davon in Narils Besitz befand. Naril, der Gärtner. Naril, Hüter der Bäume. Er hatte nicht nur das Arboretum von Dakhin gepflegt, sondern auch viele Samenkörner in das Bewusstsein vieler Valoraner gesenkt. Aus diesen Samen sollten, wie er hoffte, mächtige, fruchttragende Bäume erwachsen. Doch es mochte noch lange dauern bis die Saat aufging. Dass sie aufgehen würde, hatte Naril sicher niemals bezweifelt, und auch ich zweifelte nun keinen Augenblick daran. Es musste zu dieser Stunde gewesen sein, als ich für mich selbst beschloss, das Erbe meines Bruders vollständig anzunehmen und seine Saat zu pflegen.

Ich riss mich aus meinen Gedanken. Schliesslich hatte ich noch einiges zu tun. Als ich mich noch einmal im Raum umblickte, sah ich an einer Wand verschiedene Kalligraphien in kostbaren Rahmen hängen. Einige davon waren alt, andere erkannte ich wiederum als Schöpfungen von Narils Hand. Ich trat näher heran, um sie mir genauer anzusehen.

Kalligraphien sind bei uns sehr beliebt. Sie waren es schon vor Jahrhunderten. Ein Gedicht, eine kurze Geschichte, ein Leitsatz, den man besonders hervorzuheben wünscht, Texte die man vor Augen haben möchte, oder die man jemanden zum Geschenk und Erbauung geben will. Kunstvoll geschrieben und mit bildlichen Darstellungen versehen, oder in gemalte Rahmen aus Rankenwerk und abstrakten Mustern gesetzt, waren und sind sie auf ganz Valor weit verbreitet. Die Themen sind vielfältig wie die Motive der Maler und ihrer Auftraggeber. Eine Kalligraphie zu verschenken kann etwas sehr Persönliches sein. Um sie noch kostbarer zu gestalten, werden die Bilder oft hinter Kristallscheiben und in Rahmen aus edlen Hölzern oder Metallen gelegt.

Bei näherem Betrachten stellte ich fest, dass eine der Kalligraphien sehr alt war. Auf den ersten Blick unterschied sie sich nicht von den sie umgebenden Arbeiten. War das vielleicht Absicht? Sollte dieses Schriftstück hier frei hängen, aber nur jenen offenbar sein, die es erkannten? Oder war es die Vorlage, deren Stil Naril mit seinen eigenen Arbeiten zu erreichen wünschte? Der Text war in der alten Sprache der Feudalzeit geschrieben, die nur noch einem kleinen Kreis von Geschichtsforschern und Sprachlehrern verständlich ist. Wie gut, dass ich zu diesem Personenkreis gehörte! Ich fühlte mit einem Mal mein Herz schneller schlagen. Vielleicht war ich auf eine Spur gestossen.

Ich nahm das Bild vorsichtig von der Wand und trug es zum Arbeitstisch. Als Historikerin war mir der Stil der Arbeit und sein ungefähres Alter kein Geheimnis, aber die Buchstaben des Textes waren so kunstvoll ineinander verflochten, dass er nur mit Mühe lesbar war. Auch wenn ich darin geübt war, Texte der Feudalzeit entziffern zu können, eine Weile würde es schon dauern. Ich holte schnell mein persönliches Computerpad aus meinem Gepäck – Notizen sind für Historiker eine berufsbedingte Gewohnheit.

„... Eine neue Zeit wird anbrechen, in der die Lehren unserer Propheten verstümmelt weitergegeben werden. Viele von euch erkunden den Sternenhimmel, doch der Himmelstempel bleibt euch verborgen. Noch leben die Meister der Gedanken auf Valor, noch werden sie von den Freunden der Propheten beschützt. Doch deren Dienste werden missbraucht und sie müssen sich verbergen. Verborgen werden auch die Brücken zum Himmelstempel sein. Erst wenn Valor durch Not und Leid geläutert ist, werden sich die Brücken zwischen der Welt und dem Himmelstempel wieder spannen, und die Meister der Gedanken werden auferstehen. So steht es im Buch der Syl von Ilfed, welche diese Botschaft von unseren Propheten empfing..."

Ich speicherte den Text in meinem Computerpad und hängte die Kalligraphie vorsichtig an ihren Platz zurück. Es verwirrte mich. Hatte ich mir vorher einen Hinweis auf Narils Gedankenwelt erhofft, so fühlte ich mich jetzt noch mehr im Unklaren. Das Buch der Syl von Ilfed! Syl war eine Gestalt aus der Valoranischen Vorgeschichte. Aus dieser Epoche gab es kaum Dokumente, ausser einigen Steinreliefs und in Tempelwände gehauenen Inschriften. Doch die meisten dieser Tempel waren zerstört. Es gab auch Geschichtsforscher, die behaupteten Syl von Ilfed wäre eine fiktive Gestalt gewesen, erfunden von Mönchen der ausgehenden Feudalzeit, welche gegen die Bewegung der Republikaner gekämpft hatten. Der Kampf wäre mit allen Mitteln geführt worden – und dazu gehörten auch Fälschungen. Doch dieser Text stammte nicht vom Ende der Feudalzeit, sondern aus jener Epoche, als sich die Feudalzeit auf ihrem Höhepunkt befand. Mir waren keine Dokumente aus jener Zeit bekannt, die sich mit Syl von Ilfed befasst hätten! Also doch eine Fälschung? Es wurde auch nie ein Buch oder eine Schriftrolle gefunden, die man der Syl von Ilfed hätte zuschreiben können. Im Laufe der Zeit hatten sich Legenden um diese angebliche Seherin gebildet. Es hiess, dass sie in der Lage war ohne die Hilfe der rituellen Energiefiguren mit unseren Propheten zu sprechen, was viele Weleks bezweifelten. Allerdings konnte nie jemand einen wirklichen Beweis für oder gegen ihre Existenz erbringen.

Ich dachte lange über den Text nach. Was bedeutete „Brücken zum Himmelstempel?" Die alten Schriften von Valor sprechen vom Himmelstempel immer als von einem Ort, der dem Auge verborgen ist. So auch der Text der Kalligraphie. Soviel wir wissen, hatten unsere Vorfahren keine Vorstellung von der Existenz eines physischen Wurmlochs, welches Reisen zu anderen Planeten überhaupt erst möglich machte. Oder waren Informationen darüber im Lauf der Zeit verloren gegangen? Die Zeitspanne einer Generation genügt, um jahrtausendalte Überlieferungen vergessen zu lassen. Valor hatte fünfzig Jahre schwerste Angriffe und Zerstörung seines Kulturgutes hinter sich. Korvasia hatte es systematisch zerstört. Was nicht versteckt worden war, fiel der Besetzungsmacht zum Opfer. Wir wussten darum, wir wussten, wie dürftig unsere Beweise der Geschichtsschreibung waren, und doch durfte uns dies nicht an weiteren Forschungen hindern.

Wer waren wohl die „Meister der Gedanken", die auferstehen sollten? In den Besetzungsjahren waren viele Geschichten erzählt worden, besonders unter der Landbevölkerung, dass irgendwo draussen ein Retter, ein Erlöser wartete. Er würde mit einer grossen Raumschiffflotte kommen, um Valor zu befreien, wenn es dem Planeten am schlechtesten ging. Sozialgeschichtlich gesehen waren das die üblichen Hoffnungen eines unterdrückten Volkes. Alle Völker, die längere Zeit von Invasoren gequält werden, entwickeln solche mentalen Abwehrmechanismen. Aber zu jener Zeit, als dieser Text geschrieben wurde gab es keine fremde Besetzungsmacht auf Valor. Die feudale Verwaltung war zwar auf dem gesamten Planeten in die Erste Republik übergegangen, und das lief nicht ohne Konflikte ab, aber es gab keinen Grund eine solche Thematik aufzugreifen. Weder die Feudalherren noch die Republikaner hatten je den Glauben an die Propheten verboten.

Ausserdem war dieser Text seinem Stil nach viel früher verfasst worden. Ich wusste nur zu gut, dass Texte aus jener Zeit in einem völlig anderen Ton gehalten waren. Der Text, der hier so offen an der Wand im ehemaligen Dakhiner Quartier meines Bruders hing, stammte eindeutig aus einer früheren Epoche der Feudalzeit, in der noch keine Rede von Republik gewesen war.

Wie war Naril zu diesem Text gekommen, und was wusste Welek Hemala darüber? Ich überlegte, wie lange wohl der Welek in seinem Amt als Klostervorsteher sein mochte, ich schätzte ihn einige Jahre älter ein als meinen Bruder. Mein Forscherdrang war nun eindeutig geweckt worden.

Ich schaltete den Computer ein und rief die Geschichtsdateien von Dakhin auf. Das Verzeichnis der Klostervorsteher während der Besetzungszeit. Mein Verdacht bestätigte sich. Welek Hemala war erst seit fünf Jahren im Amt. Sein Vorgänger hatte das Kloster während zwei Jahrzehnten geleitet und war in hohem Alter verstorben. Naril musste auch zu diesem Mann eine freundschaftliche Beziehung unterhalten haben, denn er pflegte seit mehr als nur fünf Jahren nach Dakhin zu gehen. Ich beschloss bei Gelegenheit Welek Hemala danach zu fragen.

Da nun der Computer eingeschaltet war, konnte ich genauso gut in den Dateien von Dakhin blättern. Vielleicht würde sich irgendwo ein Hinweis zeigen. Ich gab eine Liste von Stichworten ein, die mit Naril in Zusammenhang standen. Das alte System von Dakhin war etwas gewöhnungsbedürftig, stellte jedoch keine Hindernisse dar. Eine sanfte Computerstimme machte mich darauf aufmerksam, dass ich zu warten hatte. Während man wartet, kann man seine Gedanken schweifen lassen, Unerledigtes in Ordnung bringen oder sogar spazieren gehen. Doch ich hatte keine Lust den Raum zu verlassen.

Ich las erneut den Text der Kalligraphie auf meinem Notizpad, verglich ihn noch einmal mit dem Original. Wer waren diese „Meister der Gedanken"? Wer waren die „Freunde der Propheten"? Handelte es sich dabei vielleicht um frühere Ordensgemeinschaften oder Bruderschaften? Ich hatte diese Bezeichnungen noch nie gehört, was ein wenig an meiner Berufsehre zu nagen begann. Aber, wie vieles kennt man nur nebelhaft, auch wenn man die Geschichte des eigenen Volkes studiert! Man glaubt so vieles zu wissen! Wie oft wird gesagt: „Ach, das weiss man doch...!" Und wie oft kann man dann genau jene Ereignisse nicht befriedigend erklären! Oft folgt daraufhin die mühsame Wühlarbeit durch Archive und Dateien, immer darauf erpicht ergiebige Stichworte zu finden, unter denen sich Schätze des Wissens offenbaren.

Ein Signalton des Computers, früher als erwartet, deutete an, dass nun Informationen zu meiner Verfügung standen. Enttäuschende Informationen. Nichts, was ich nicht schon wusste. Keine persönlichen Dateien. Doch ich wollte mir keinen Misserfolg eingestehen und rief aufs Geratewohl die Verzeichnisliste auf. Möglicherweise würde mir etwas ins Auge springen, das ich vorher übersehen hatte. Nichts sprang.

Nächster Versuch: Die Archive von Dakhin. Ich suchte nach dem sprichwörtlichen Sternenstaubkorn im Universum.

Es hatte keinen Sinn. Was, wenn Naril seine Aufzeichnungen codiert hatte – was anzunehmen war? Natürlich, ich selbst codierte schliesslich meine eigenen Aufzeichnungen auch zum Schutz vor unzulässigen Blicken. Ich versuchte, ob der Computer mir wenigstens das Vorhandensein solcher Daten verraten würde. Das System schwieg beharrlich. Nun, denn... Auf meinem persönlichen Computerpad hatte ich stets ein besonderes Programm gespeichert, welches wir im Zentralarchiv entwickelt hatten, und welches sich bei der Entschlüsselung der Korvasianischen Daten als sehr hilfreich erwies. Die folgende Stunde beschäftigte ich mich seufzend damit, das Programm dem alten Dakhiner System anzupassen.

Begleitet von einem Krug mit heissem Jilghari-Tee konnte diese Suche sogar angenehm verlaufen, dachte ich. Ich stand auf und rieb meinen versteiften Nacken. Im Raum war kein Speisereplikator vorhanden, aber irgendwo musste die Küche sein und in der Küche musste es Tee geben. Aus eingeübter Gewohnheit schaltete ich das Terminal und mein Pad aus, bevor ich den Raum verliess.

Das elektronische Schloss an der Tür blinkte. Ja, natürlich. Welek Hemala hatte mich aufgefordert einen eigenen Code einzugeben. Ich programmierte das Schloss mit einer neuen Zahlenkombination. Im Zentralarchiv hatten uns die Sicherheitsexperten ermahnt nie eine persönliche Kombination zu verwenden. Zahlen, Wörter oder Schreibzeichen aus den eigenen Arbeitsgebieten sollten wir meiden. „Das ist das erste wonach Eindringlinge suchen werden", wurde uns gesagt, „unterschätzt das nicht. Es ist so einfach in eine Identitätsdatei einzudringen und Daten von euch selbst, von euren

Familienangehörigen und Arbeitskollegen abzurufen. Macht es den Betrügern nicht allzu leicht."

Das Schwierigste daran war, den eigenen Code nicht zu vergessen, deshalb hatte sich jeder von uns seine eigenen Gedächtnisbrücken gebaut. So gesichert, machte ich mich auf die Suche nach der Klosterküche, dabei meinen Orientierungssinn prüfend.

Die Küche war eine grosse Halle mit Deckengewölbe. Um diese Zeit war es dort unnatürlich ruhig, nur eine Gruppe junger Leute sass um einen Tisch und bereitete, unter der Aufsicht einer älteren Nonne, Wurzelgemüse für das Abendmahl vor. Sie hielten in ihrer Arbeit inne, als sie mich bemerkt hatten. Ich lächelte – etwas unsicher – stellte mich vor und erklärte, dass ich zu Gast bei ihnen wäre. Das Gesicht der Nonne hellte sich auf. Sie wischte ihre Hände an einem Tuch ab und begrüsste mich freundlich.

„Setzen Sie sich doch zu uns", forderte Sie mich auf, „wir freuen uns alle über den Besuch von Welek Narils Schwester."

Nun begrüsste mich auch die ganze Gruppe, und ich erkannte einen Mann und eine Frau, die an Welek Talrens Einladung teilgenommen hatten. Ich bedankte mich und äusserte meinen Wunsch nach Jilghari-Tee.

„Ich fühle mich immer noch etwas müde", gab ich vor, „aber der Tee hilft meistens dagegen."

Die Nonne versicherte hilfsbereit meinen Wunsch zu erfüllen, ich sollte mich genügend ausruhen, sie wollte dafür sorgen, dass mir der Tee hinaufgebracht wurde. Mit einem warmen Gefühl von Umsorgtsein bedankte ich mich und verabschiedete mich von den jungen Leuten am Tisch.

Eine Weile später läutete es an meiner Tür und als ich öffnete trat eine junge Frau, die ich in der Küchenrunde gesehen hatte, in mein Quartier. Sie hielt ein Tablett in den Händen, das nicht nur mit Teegeschirr bepackt war, sondern auch mit Früchten und Gebäck.

„Mit Empfehlung von Welek Amira", sagte die junge Nonne und stellte das Tablett auf dem Arbeitstisch ab. Ich nahm an, das Welek Amira die Küchenvorsteherin war, und ich fühlte sofort tiefe Sympathie für sie. Der Anblick der Lebensmittel, der Duft, den ich in der Küche wahrgenommen hatte, und der in jeder Grossküche auch während der Betriebspausen latent im Raum schwebt, hatte mich hungrig gemacht.

„Welek Amira ist eine Seherin!" rief ich begeistert, „richten Sie ihr bitte, meinen herzlichen Dank aus."

Die junge Nonne versprach es – sichtlich vergnügt – und fügte hinzu, sie würde mich in einigen Stunden zum gemeinsamen Abendessen abholen.

Kapitel 6

Ich war keinen Schritt weitergekommen. Alle meine Versuche, im Computersystem des Klosters Dakhin auf verborgene Aufzeichnungen meines Bruders zu stossen, scheiterten. Wenigstens hatte ich einen angenehmen Abend mit der Bruderschaft von Dakhin verlebt. Ich wurde mit Wärme aufgenommen, und das Gespräch am Tisch hatte sich natürlich anfangs um Naril gedreht. Er hatte sich hier, eine Schülerschaft aufgebaut, erfuhr ich, junge Leute, die an seine Ideale glaubten, und denen er, wie er selbst sagte, die Lehren der früheren Herrscherin Ilaka näher bringen wollte. Naril war Lehrer mit Leib und Seele gewesen. Er hatte es verstanden seine Schüler so zu unterrichten, dass sie lernten eigene Gedanken und eigene Ideen auszudrücken und zu entwickeln. Ich spürte die Begeisterung der jungen Leute um mich herum, und der ganze Speisesaal verschwamm plötzlich vor meinen Augen. Ich blinzelte schnell. Doch als ich mich wieder gefasst hatte und mich umsah, bemerkte ich auch bei manchen meiner Tischgenossen gerötete Augen.

„Mir fällt auf, dass Dakhin viele sehr junge Mitglieder hat", wandte ich mich an Welek Hemala.

„Gut beobachtet", nickte der Welek, „einige von ihnen waren Waisen, deren Eltern Widerstandskämpfer waren. Sie vertrauten uns ihre Kinder an. Andere sind wiederum sehr jung bei uns eingetreten, da es schien als wäre das die einzige Möglichkeit, um einem unwürdigen Schicksal unter den Korvasiern zu entgehen. Und wirklich, wegen ihrer Wahrhaftigkeit und Ehrlichkeit, waren diese jungen Leute sehr gefährdet. Doch die Korvasier waren an einer so unbedeutenden Gemeinschaft, wie der unseren, nicht interessiert. So kam es, dass sich unsere Gemeinschaft aus sehr alten und sehr jungen Mitgliedern zusammensetzt, und nur einigen wenigen, die altersmässig dazwischen liegen.

Die Erklärung war plausibel, doch war Dakhin wirklich so unbedeutend? Ich fragte den Welek geradeheraus.

„Es muss auch Leute geben, die im Verborgenen arbeiten. Die Widerstandskämpfer waren uns sehr dankbar für unsere Unscheinbarkeit."

Eine geheimnisvolle Antwort. Bezog sie sich nun auf die Erziehung der Kinder, auf den Fortwährenden Gesang oder auf ganz andere Tätigkeiten des Ordens? Ich hielt es im Augenblick für klüger nicht weiter zu fragen.

Das Gespräch floss weiter ruhig dahin, und jemand fragte mich nach meiner Tätigkeit in der Hauptstadt. Ich beschloss nichts zu verheimlichen, auch nicht den Teil meiner Arbeit an den Korvasianischen Dokumenten. Besonderes Interesse weckte die geplante Bücherausstellung des Zentralarchivs. Valors Schriften und Erzählungen sind sein Lebenselixier. Ohne die Geschichte seiner Bücher ist eine Geschichte der Valoraner nicht denkbar. Allein das Zentralarchiv besteht schon seit mehreren Jahrhunderten, doch mit der zentralen Bibliothek war es erst vor nicht allzu langer Zeit verschmolzen. Vor allem weil ihm die Aufgabe zufiel, zu retten was noch zu retten war.

Einst hatte es auf Valor mächtige Bibliotheken gegeben, sogenannte Tempel des Wissens, in denen Bände und Schriftrollen von unermesslichem Wert gehütet wurden. Viele dieser Werke waren den Autoren direkt von unseren Propheten diktiert worden. Diese kostbaren Worte wurden dann in ein ebenso kostbares äusseres Kleid gehüllt. Die Bücher wurden mit Kalligraphien und symbolhaften Bildern geschmückt und mit Umschlägen aus edlem Material versehen.

Jene Bibliotheken wurden von grösseren Klosteranlagen verwaltet. Jedes Kloster, das einen solchen Tempel des Wissens unterhielt, konzentrierte sich auf ein eigenes Thema, zu dem es Texte sammelte. Es gab Bibliotheken, die sich ausschliesslich der Literatur widmeten, andere beschäftigten sich mit verschiedenen Wissenschaftsrichtungen, wiederum andere mit religiösen Themen und Philosophien. Jahrhundertelang blühte diese Kultur der Schrift, bis sie mit der Besetzungszeit durch die Korvasier einen abrupten Unterbruch erfuhr. Nun versuchten die Mitarbeiter des Zentralarchivs zu retten, was noch übriggeblieben war. Die alten Schriften Valors sollten aufgebarbeitet, dokumentiert und vor allem kommentiert werden. Mit einem Teil dieser grossen Aufgabe war auch ich beschäftigt.

Die Korvasier wussten um das starke geistige Band der Schriftkultur, das ganz Valor zusammenhielt. Deshalb begannen sie mit der systematischen Zerstörung der Tempel des Wissens. Klöster, die Bibliotheken verwalteten, bildeten die ersten Ziele der Korvasianischen Angriffe.

Auch wenn unsere Bücher in grosser Gefahr gewesen waren, blieben doch wenigstens die Heiligen Energiefiguren vorerst in Sicherheit. Ihr Geheimnis wurde während der ersten zwanzig Jahre der Besetzungszeit noch gut gehütet. Danach breitete sich aber die Demoralisation unter der Valoranischen Bevölkerung mehr und mehr aus, und viele Valoraner liessen sich als Korvasianische Spitzel anwerben. Damals gerieten die Heiligen Energiefiguren, welche die Macht hatten unsere Propheten zu rufen, in Gefahr zerstört zu werden. Dass dies nicht geschah wurde allgemein als Wunder betrachtet. Unsere Propheten hatten die Instrumente ihrer Verbindung mit den Kindern Valors geschützt.

Viele Tausende von Jahren waren diese mystischen und mysteriösen Lichtkörper alt. Ihre Form war spindelartig, und ihre Substanz war durchaus physisch, jedoch von einer Beschaffenheit, die jeder Analyse trotzte. Energiefiguren hiessen sie, weil sie Lichtströme und Energiekraftfelder von sich gaben. Sie schienen zu schweben und um die eigene Achse zu rotieren. Sie dienten unseren Propheten als Kommunikationsmittel mit den uns. Die Heimat der Propheten, die einst Valor errichtet und bewohnbar gemacht hatten, waren Passagen durch Raum und Zeit. Sie wurden von den Terranern Wurmlöcher genannt – ein völlig unpassender Vergleich. Wir nannten sie Himmelspforten oder Himmlische Tempel. Während der Besetzungszeit hatten die Korvasier die meisten der Heiligen Energiefiguren entwendet, um ihre Technologie zu studieren. Überflüssig zu sagen, dass es ihnen nicht gelang. Die Heiligen Energiefiguren konnten jemanden, der von unseren Propheten auserwählt war, um mit ihnen zu kommunizieren, durch die Zeit tragen. Mein Bruder hatte mehrere solche Erfahrungen gemacht – eine davon zusammen mit seiner Gefährtin Merys Alani. Ein grosser Teil des Erfolges der Friedensverhandlungen mit Korvasia war, dass es gelang einige der rituellen Energiefiguren nach Valor zurück zu führen. Die Rückkehr wurde stürmisch gefeiert. Ein Teil unseres Heiligen Erbes war wieder nach Valor zurückgekehrt. Wir hatten nicht alles verloren.

Während der Besetzungszeit unternahmen die Vorsteher der Tempel des Wissens viele Rettungsversuche ihrer Schätze, doch viele scheiterten. Sie scheiterten besonders an immer häufiger auftretenden Kollaborateuren aus unseren eigenen Reihen, die sich von Korvasia Schonung für sich und ihre Familien erhofften.

Erst unter Herrscherin Ilaka gelang es diesem Wüten Einhalt zu gebieten, doch viele Schriftrollen und Bücherbände waren entweder unwiederbringlich verloren oder blieben verschollen.

Besonders die Bücher des Klosters Tenmo Sicanon, dessen Bände sich der Geistesgeschichte unseres Planeten widmeten, waren eine vielgesuchte Beute. Zu Beginn war das Kloster gut befestigt Es verfügte sogar über eine eigene Anlage an Energieschutzschildern und galt lange Zeit als uneinnehmbar – bis es durch Verrat von innen zerstört wurde. Es heisst heute, dass nur wenige der Bücherschätze gerettet werden konnten. Das Meiste soll zerstört worden sein, und es gibt Gerüchte, dass einige der Bände nach Korvasia gelangten. Dies geschah bevor Herrscherin Ilakas Position auf Valor so gefestigt war, dass die Valoraner aus ihrer alleinigen Gegenwart neue Hoffnung schöpften. Der Wiederaufbau von Tenmo Sicanon war eines der dringlichsten Projekte der Zeit nach der Besetzung, eingeleitet von Herrscherin Ilaka selbst.

Unter Herrscherin Rinn wurden aber plötzlich die Mittel für den Wiederaufbau des Klosters gestoppt. Das Geld werde dringender für landwirtschaftliche Projekte benötigt, hiess es in der offiziellen Begründung. Soweit war auch ich darüber informiert.

Doch die Bruderschaft von Dakhin wusste mehr. Sie glaubte nicht an die vordergründigen Ausreden, denn Herrscherin Ilaka hatte einst in Tenmo Sicanon studiert. Doch wer erinnerte sich schon daran? Es schien das Herrscherin Rinn sich erinnerte. In Dakhin wusste man auch etwas, das Herrscherin Rinn mit all ihrer Macht zu vertuschen suchte. Ich schämte mich, dass mir als Historikerin diese Dinge unbekannt waren, und dass ich sie aus den Dkhiner Dateien erfahren musste!

Es hatte sich herausgestellt, dass die meisten Valoranischen Kollaborateure, die an der Zerstörung unseres Literaturschatzes mitbeteiligt waren, zu den Mitgliedern von Herrscherin Rinns Orden zählten. Der Orden wurde als orthodox, als äusserst konservativ bezeichnet, doch das war nur eine milde Umschreibung für seine Leitsätze. Ilakas Vorgänger im Herrscheramt hatte ursprünglich beabsichtigt, jenen Orden aufzulösen, da er mit seiner Härte vielfach gegen die Prinzipien der Ordensaufgaben verstiess. Doch der alte Herrscher starb, bevor er seine Absicht in Tat umsetzen konnte. Seine Nachfolgerin, Ilaka, beschloss eine Auflösung aufzuschieben. Es hätte damals nur Konflikte unter der Bevölkerung heraufbeschworen. Herrscherin Ilaka wollte unter allen Umständen alles vermeiden, was zu einer noch grösseren Schwächung Valors führen mochte, und so blieb der Orden weiterhin bestehen. Nach Ilakas „Heimkehr in den Himmelstempel", als Valor für längere Zeit ohne ein Oberhaupt blieb, war der Orden – der auch die Rebellenbewegung des unterstütze – schon soweit erstarkt, dass an eine Auflösung nicht mehr zu denken war. Wer hätte dies auch tun sollen, da niemand das Herrscheramt ausführte?

Ich fragte mich, ob Naril diesen Schritt gewagt hätte, und ich musste mir gestehen, dass ich es ihm zutraute. Mit plötzlicher Klarheit sah ich, dass auch die damalige Welek Rinn die gleichen Gedanken hegte wie ich jetzt, und dass sie ohne die öffentliche Unterstützung ihres Ordens nicht einmal auf eine Kandidatur für das Herrscheramt hoffen durfte, geschweige den auf eine Wahl.

Es stimmte mich sehr nachdenklich, und ich fragte beim Abendmahl die Tischrunde, was aus den Klosterangehörigen von Tenmo Sicanon geworden war. Die Antwort war entmutigend. Die wenigen, welche die Korvasianischen Angriffe überlebt hatten, waren entweder spurlos verschwunden, oder des aktiven Widerstandes angeklagt und zur Raumstation gebracht worden.

„Und woher hatte denn die Bruderschaft von Dakhin ihre Informationen?" wagte ich zu fragen. Welek Hemala sah mich vielsagend an. Dann deutete er auf zwei alte Mönche, die der Unterhaltung schweigend zugehört hatten. Zu meinem grössten Erstaunen stellte er mir einen der Männer als einen früheren Angehörigen von Herrscherin Rinns Orden vor, der seine Mitgliedschaft in jenem Orden nicht mehr mit seinem Gewissen vereinbaren konnte und in Dakhin Zuflucht gesucht hatte. Der andere hatte zu jener Abordnung gehört, die von Ilakas Vorgänger mit der Untersuchung des Fehlverhaltens der Orthodoxen betraut war. Ihm war alles über die geplante Ordensauflösung bekannt.

Wusste denn Herrscherin Rinn jetzt um den Aufenthalt dieser beiden alten Weleks in Dakhin? Es wurde mir erklärt, dass sie darüber wohl informiert war, doch was konnte sie schon tun. Zwei alte, gebrechliche Weleks verhaften und anklagen lassen? Ein Sturm der Empörung würde über ganz Valor fegen, und die Welekversammlung mochte ernsthaft erwägen, die Herrscherin abzusetzen. Es wäre nicht das erste Mal in der Geschichte Valors! Ausserdem hatte Herrscherin Rinn jetzt genug andere Probleme, und war vollauf mit ihrer eigenen Imagepflege beschäftigt. Sollte sie die beiden alten Männer anklagen wollen, würden genügend andere Ordensangehörige aufstehen und die Laienbevölkerung darüber informieren, dass der Orden der Herrscherin kurz vor seiner Auflösung gestanden hatte.

Deshalb war die Gemeinschaft von Dakhin sicher vor etwaigen Besuchen der Herrscherin, und deshalb hatte Naril hier seinen Rückzugsort gefunden. Doch eben – es war nur ein

Rückzugsort, den Naril – so oft er auch hierherkam – wieder verlassen musste. Man war sich einig, dass ihn damals nur etwas sehr Schwerwiegendes bewogen hatte, seine Kandidatur für das Herrscheramt zurückzuziehen. Niemand kannte den Grund. Es würde wohl sein Geheimnis bleiben und man ehrte dies.

Als ich mich endlich nach dem Abendmahl verabschiedete und allen eine gute Nacht wünschte, hatte ich das Gefühl, dass auch ich in Dakhin einen Rückzugsort gefunden hätte – und vor allem – Freunde.

Kapitel 7

Die folgenden Tage brachten keine Überraschungen. Allerdings bedeuteten sie keineswegs verlorene Zeit. Dakhin kann wahrhaftig ein magischer Ort sein. Ich erkundete den Garten, unterhielt mich mit dem verantwortlichen Welek über meinen Bruder und seine Lieblingsbeschäftigung, und ich durfte sogar eine Stunde lang Zeuge des „Fortwährenden Gesangs" sein. Auch war die Gelegenheit für längere Meditationen viel zu günstig, als dass ich sie mir hätte entgehen lassen, und Narils kleine Bibliothek beschäftigte mich abends. Die Gespräche zu den Essenszeiten waren ebenfalls sehr lehrreich. Sie hatten eine aufmunternde Wirkung auf mich, doch allmählich wurde ich unruhig, weil ich noch keine Spur der Aufzeichnungen meines Bruders gefunden hatte.

In der Zwischenzeit war ich vollkommen von ihrer Existenz überzeugt. Ich spürte sie förmlich – irgendwo in meiner Nähe. Ich musste Spuren übersehen haben, Einzelheiten, Kleinigkeiten.

Am vierten Morgen meines Aufenthaltes in Dakhin nahm ich mir vor, Narils ehemaliges – und mein gegenwärtiges – Quartier noch einmal einer gründlichen Prüfung zu unterziehen. Ich nahm sogar mein Computerpad hervor und notierte sorgfältig alles, was ich untersucht oder wenigstens bewusst angesehen hatte.

Ich las auch die Kalligraphien an der Wand erneut. Mein Gefühl sagte mir, dass sie nicht nur eine zufällige Sammlung darstellten. Auf den ersten Blick hatten die Texte keine Gemeinsamkeiten. Der geheimnisvollste war immer noch jener aus dem Buch der Syl von Ilfed, und noch ein weiterer schien ein altes Original zu sein, das ich anfangs für eine Kopie hielt. Drei Texte stammten mit Sicherheit von Narils Hand. Die verwendeten Symbole, welche gleichzeitig dekorative Umrahmungen bildeten, waren vielfältig. Die Texte behandelten religiöse Themen, oder zitierten Aussagen berühmter geistiger Persönlichkeiten.

„Niemand und nichts kann die Erinnerung völlig auslöschen", lautete der Text eines von Narils Werken. Das Zitat stammte von einem der früheren Herrscher Valors und war in der Art der damaligen Epoche gestaltet.

„Mein Herz ist ein Baum, dessen Krone schwer von Früchten ist. Ich bin die Harfe, von der Hand der Mächtigen gespielt. Ich bin die Flöte, durch die der Atem der Propheten streift. Ein Suchender nach Stille bin ich, der in ihr reiche Schätze fand..."

Die Zeilen dieses Textes berührten mich seltsam. Es war die zweite der antiken Kalligraphien, doch sie war bedeutend jünger als der Text aus der Feudalzeit und viel einfacher zu lesen.

„Das Auge geniesst die Schönheit eines Gartens, der Geist findet Frieden darin, und der Gärtner bewahrt den Schlüssel zu seinen Geheimnissen", stand auf einer weiteren Arbeit Narils. Die Worte waren mit pflanzenartig anmutender Schrift in dichtes Rankenwerk hinein geschrieben. Diese Kalligraphie – betrachtete man sie aus grösserer Distanz – glich dem Plan einer Ziergartenanlage. Erst beim genaueren Hinsehen wurde die Schrift lesbar. Sollte Naril im Arboretum etwas versteckt haben? Die Möglichkeit liess sich nicht so einfach wegwischen. Die Versuchung ins Arboretum zu gehen und dessen Anlage mit Narils Bild zu vergleichen war sehr stark, und ich stand bereits vor der Tür als ich mich besann und umkehrte.

Ein Versteck im Garten wäre zu exponiert gewesen und vielen unberechenbaren Zufällen ausgesetzt. Ein Versteck im Garten konnte gefunden oder sogar zerstört werden, denn Gartenanlagen konnten jederzeit in ihrer Struktur verändert werden. Vielleicht war diese Kalligraphie als beabsichtigte Irreführung geschrieben und gezeichnet worden?

Ich versuchte mich mehr in Narils Gedankenwelt einzufühlen. Wo würde ich selbst etwas verstecken, das nicht in falsche Hände geraten sollte? Das Quartier wäre wohl der ideale Ort. Hatte nicht Welek Hemala erwähnt, dass Naril sein Dakhiner Quartier selbst einrichtete? Ich war überzeugt, dass es in diesem Raum Spuren geben musste, auf die ich noch nicht gestossen war, oder die ich einfach übersehen hatte.

Ich las noch einmal die Texte der Kalligraphien, die ich auf mein Computerpad übertragen hatte. Diese Zitate waren nicht zufällig ausgewählt worden. Mein Bruder liebte solche Botschaften und nur aus diesem Grund, musste es zwischen den Texten ein verbindendes Element geben. Jedoch – ich entdeckte es nicht.

„Der Gärtner verwahrt den Schlüssel zu seinen Geheimnissen…"

Ich starrte schon eine ganze Weile auf dieses Zitat, als mir plötzlich die antike Schatulle einfiel, auf deren Deckel die Szene des mystischen Gärtners dargestellt war. Aufgeregt und in der Hoffnung auf eine Lösung des Rätsels, stürzte ich zu dem Möbelstück, auf dem das Kästchen stand. Ich untersuchte die Schatulle von allen Seiten. Ich wühlte sogar das Messgerät aus meiner Tasche, das ich oft bei meiner Arbeit im Zentralarchiv benutzte, und das Materialien sowie deren Molekularstruktur bestimmen konnte. Das Gerät gehörte zusammen mit dem Computerpad zu jenen Dingen, die ich ständig bei mir trug. Auch wenn man mich deshalb manchmal belächelte, meine Erfahrungen bestätigten die Nützlichkeit solcher Instrumente immer aufs Neue.

Doch das Messgerät zeigte keine Abweichungen. Die Schatulle war aus Holz gefertigt, mit Schnitzereien und Einlagen aus verschiedenfarbigen Steinen versehen. Kein doppelter Boden, keine versteckten Überraschungen im Deckel oder hinter dem Stoff, mit dem es ausgelegt war. der Stoff war schon etwas brüchig, und einen Schlüssel oder sogar einen Datenchip dahinter zu verbergen wäre unmöglich gewesen, ohne Spuren zu hinterlassen. Entweder hatte ich mich auf eine falsche Fährte locken lassen, oder meine Vermutungen waren von vornherein haltlos gewesen.

Ich wollte es nicht glauben. Ich stellte die Schatulle wieder an ihren Platz, liess meine Geräte auf dem Arbeitstisch liegen. Dann setzte mich ratlos auf das Bett. Welchem Platz in diesem Raum würde Naril seine geheimen Aufzeichnungen anvertrauen? Mittlerweile hätte ich mein Leben drauf verwettet, dass diese Aufzeichnungen existierten, und dass sie hier, irgendwo in diesem Raum auf ihre Entdeckung warteten.

Mein Blick fiel auf den Altar. Hier hatte Naril seine Gebete gesprochen, vor diesem Altar hatte er meditiert. Ich versuchte mir meinen Bruder vorzustellen, wie er mit erhobenen Armen vor dem Altar stand, oder wie er im bequemen Kniesitz davor meditierte. Eine Weile später kniete ich mich selber hin und betrachtete den Altar. Das Symbol der wirkenden Kräfte, die aus dem Kreis des Lebens aufsteigen und sich in der Mitte treffen, um gemeinsam den Weg zum Himmelstempel zu suchen, erhob sich vor meinen Augen, eingebettet in eine Aureole von Sonnenstrahlen.

Einer plötzlichen Eingebung folgend zündete ich die beiden Kerzen auf dem Altar an. Ihre Flammen züngelten empor und liessen das Symbol der Kräfte geheimnisvoll aufleuchten. Ich sprach das Gebet für die Verstorbenen und wünschte mir, es möge aufsteigen, begleitet von den tiefen, ruhigen Tönen des

„Fortwährenden Gesangs" von Dakhin. Danach sass ich eine Weile nur still da, ohne zu denken, ohne zu fühlen.

Als ich meine Augen wieder öffnete, sah ich plötzlich das Bild. Es war eine allegorische Darstellung, eine Malerei, die als Fries um den Altarsockel lief. Die Malerei war in Relieftechnik ausgeführt und mit vielen Einzelheiten versehen. Es waren Darstellungen einer Geschichte aus der Feudalzeit. Mir waren auch der Namen des Dichters und sein Beiname bekannt. Diese Geschichte war das einzige schriftliche Zeugnis, das er hinterlassen hatte, doch aus welchen Gründen auch immer, sie war überliefert worden und der Name ihres Dichters wurde der Vollständigkeit halber den Autorenlisten zugefügt. Es war kein geniales Werk, das die Jahrhunderte mit seiner Aussage gesegnet hätte. Es war eine Geschichte, die das Valoranische Kastenwesen zur Grundlage hatte. Die Erzählung warnte eindrücklich vor Überschreitungen der Kastenschranken und zeigte auf, was passieren konnte, wen man es trotzdem wagte. Das Ende war tragisch – besonders für den Helden der Geschichte, einen Angehörigen der Arbeiterkaste, der sich anmasste die Symbolwaffe der Kriegerkaste zu tragen. Die Malerei auf dem Altarsockel stammte eindeutig von der Hand meines Bruders.

Ein Mahnmal für das alte Kastenwesen?! Wohl kein grösserer Gegensatz wäre zu Narils Ansichten denkbar gewesen als dies. Und doch – der Grund dafür, dass er ausgerechnet dieses Thema gewählt hatte, stand plötzlich mit bestechender Klarheit vor meinen Augen: Der Beiname des Dichters lautete – der „Gärtner"!

Ich zwang mich zur Ruhe, zu schrittweisem Denken, und es fiel mir sehr schwer. „... *der Gärtner verwahrt den Schlüssel zu seinen Geheimnissen...*" Der Schlüssel... Ich untersuchte die gesamte Malerei, Bild für Bild, Figur für Figur. Es war keine Darstellung des Dichters dabei. Der Schlüssel... Vielleicht ein Code! Ein Symbolcode vielleicht. Aber was dann?

Ich beschloss die letzte Frage erst einmal aus meinem Bewusstsein zu verbannen und konzentrierte mich auf die Malerei. Sie lief um den gesamten Sockel des Altars, war etwa zwei handbreit hoch, doch die Hauptaussage der Geschichte befand sich auf der Frontseite. Zwischen Sockel und Altarplatte bildete ein Korpus den eigentlichen Altar. Dieser Korpus lies sich mit einem elektronischen Mechanismus öffnen und gab Stauraum frei für allerlei Altargerät, Zeremonialbücher und andere, ähnliche rituelle Gegenstände. Alles im Bereich des Üblichen. Der Sockel war solide gemauert – wenigstens behauptete das mein Messgerät.

Ich begann alle Symbole, die ich auf den Bildern erkannte, stichwortartig in mein Computerpad einzugeben. Voller Erwartung übertrug ich danach die Daten ins Terminal auf dem Arbeitstisch. Langjährige Gewohnheit liess mich den Zugriff sichern, bevor ich mit der Arbeit begann. Ich liess das angepasste Programm zur Entschlüsselung die Daten verarbeiten und wartete ungeduldig auf das Resultat.

Nach einigen Minuten informierte mich die sanfte Computerstimme, dass die Angaben nicht korrekt wären und der Computer deshalb die Suche abbrechen würde. Ich versuchte es noch einmal. Eine Möglichkeit bestand darin, nur die Symbole der Frontseite des Sockels zu verarbeiten, eine andere, nur die Symbole der einzelnen Seitenteile, oder jeder einzelnen Seite.

Der Computer liess nicht mit sich verhandeln. Hatte ich etwas übersehen? Ich kehrte zurück zur Malerei und begann sie von neuem zu studieren. Ich fand einige weitere Symbole, die ich der Liste hinzufügte.

Zeit verging. Drei oder vier Stunden waren verstrichen seitdem ich die Symbole am Altar entdeckt hatte. Man hatte mich zum Essen gerufen und meine Weigerung verständnisvoll akzeptiert.

Endlich lautete die Information des Computers anders als negativ. Er hiess mich warten. Nach einer weiteren qualvollen Weile erschien eine vierstellige Zahlenkombination. Ich hatte nun also vier Zahlen zur Verfügung. Das bewies zwar, dass ich auf dem richtigen Weg war, aber es brachte mich nicht weiter. Was sollte ich jetzt mit vier Zahlen anfangen?

Mit den Zahlen und meinem Pad bewehrt, untersuchte ich deshalb noch einmal den Altarsockel. Zum wievielten Mal wohl? Worauf bezogen sich die Zahlen? Vielleicht auf die wichtigsten Symbole der dargestellten Geschichte? Ich wählte eine Reihenfolge von links nach rechts und zählte die Symbole den Zahlen gemäss ab. Sie verteilten sich unregelmässig. Drei auf der linken Seite, mit regelmässigem Abstand zu einander, und eines auf der rechten Seite. Es sah aus wie ein Akkord, gespielt auf einem traditionellen, Valoranischen Saiteninstrument. Unsere Eltern hatten solch ein Instrument besessen und dies war die erste Tonfolge gewesen, die sie uns beigebracht hatten. Obwohl ich Musik schon immer sehr geliebt habe, hatte ich es beim Spiel auf jenem Instrument nie weit gebracht, doch an den Akkord erinnerte ich mich gut.

Mit angehaltenem Atem legte ich meine Finger in der Reihenfolge des Akkords auf die errechneten Stellen. Es mussten sich Sensoren hinter den reliefartigen Erhebungen befunden haben, denn erschrocken liess sofort wieder los, als ich ein leises Geräusch vernahm und sah, wie sich die hintere Hälfte der rechten Seitenwand öffnete. Sie gab Sicht frei auf einen geheimen Stauraum, der hinter der Schublade mit den Ritualgeräten lag. Das ganze war perfekt getarnt gewesen durch

Zierleisten und andere Schmuckelemente. Ein ganzes Drittel des Altarkorpus war hohl! Besser gesagt, es war angefüllt mit Büchern und Kalligraphierollen.

Lange Zeit kniete ich davor ohne mich zu rühren. Der „Gärtner" hatte sein Geheimnis offenbart – doch ich wagte noch nicht daran zu rühren.

Ich weiss nicht wie lange ich vor dem Altar gesessen hatte. Ich kam erst zu mir als ich meine Beine nicht mehr fühlte und meine Blutzirkulation heftig nach Bewegung verlangte. Mit schmerzenden Beinen setzte ich mich aufs Bett und überlegte. Da lag nun das Lebensgeheimnis meines Bruders vor mir in Griffnähe, aber mit einem Mal verspürte ich keine Lust es auch nur anzufassen. Dass es ein Geheimnis war, bestätigte sein ungewöhnlicher Aufbewahrungsort.

Ich würde alles herausholen müssen, die Bücher durchsehen und eine Liste davon anfertigen. Dann musste ich herausfinden, wie man die Geheimlade wieder schloss. Ich musste auch prüfen, ob sich das Versteckt beliebig öffnen und schliessen liess, sonst lief ich Gefahr, den ganzen Altar abbrechen zu müssen. Ich begann deshalb endlich sehr vorsichtig und sorgfältig die Bücher und Rollen herauszunehmen und sie auf dem Arbeitstisch zu stapeln. Die Bücher übten eine magische Wirkung auf mich aus. Allmählich konnte ich nicht wiederstehen hin und wieder eines zu öffnen, oder wenigstens über einen alten Foliantenrücken zu streichen.

Eine leise Enttäuschung spürte ich aber dennoch. Ich hatte erwartet auf einen Behälter mit Speicherchips zu stossen, aber im Versteck lagen nur Bücher und Kalligraphien. Es sollten also weitere Rätsel zu lösen sein.

Es stellte sich heraus, dass sich das Fach im Altar ganz leicht schliessen liess, indem man die „Akkordfolge" auf dem Sockel in umgekehrter Reihenfolge „spielte". Ich hatte ganz instinktiv gehandelt, so wie damals in meiner Kindheit, als ich zu Hause auf unserem Instrument geübt hatte. Ich erinnerte mich dabei, dass mich Naril oft schalt, endlich damit aufzuhören immer dieselbe Tonfolge zu spielen, anstatt richtig zu üben. Ich lächelte nun über diese Vorstellung. Er hatte mich ausgeschimpft wie es die meisten Jungs mit ihren jüngeren Schwestern taten. Und jetzt sass ich da – konfrontiert mit den verborgenen Seiten seines Lebens und den Erinnerungen an unsere gemeinsame Kindheit.

Ich riss mich von den Erinnerungen los. Schliesslich war es der Sinn meines Aufenthaltes in Dakhin herauszufinden, ob mein Bruder noch ein anderes Erbe hinterlassen hatte als sein offizielles, und nun hatte ich es offensichtlich gefunden – es gehörte deshalb durchgesehen und geordnet. Danach würde ich wohl Welek Hemala und Welek Talren davon in Kenntnis setzen müssen. Doch das erst später. Ich begann erst einmal eine Liste der gefundenen Bücher anzufertigen, indem ich Titel, Verfasser und Merkmale der Bücher in dem Computer eingab.

Viele der Bände waren sehr alt. Einige waren Kopien oder Nachschriften noch älterer Werke, und je länger ich mit meiner Liste beschäftigt war, desto mehr fesselte mich der Inhalt, der sich hinter den Titeln verbarg. Ich kannte die Bücher, obwohl ich nie eines davon mit eigenen Augen gesehen hatte, und ich war auch überzeugt, dass ich keines im Zentralarchiv finden liess. Sie galten als verschollen, vernichtet während der Besetzungszeit, gestohlen, mit den Klöstern untergegangen. Von einigen der Bücher wurde sogar behauptet, dass sie nie existiert hatten, oder dass sie plumpe Fälschungen waren. In den meisten Bändern, die hier vor mir lagen, war das Erkennungszeichen des Klosters

Tenmo Sicanon eingeprägt. Es war auch kein Geheimnis, dass der konservative Orden von Herrscherin Rinn eine strenge Haltung gegen diese Schriften einnahm. Irgendwann war man dazu übergegangen sie die „Verborgenen Schriften" zu nennen. Valors Literaturgelehrte waren fest davon überzeugt, dass die Bände irgendwo versteckt lagen, und nach dem zu urteilen, was ich gehört hatte, nahm ich an, dass Tenmo Sicanon über eine umfangreiche Geheimbibliothek verfügt haben musste.

Ich hätte mir aber nie träumen lassen, ausgerechnet in Narils Nachlass auf die „Verborgenen Schriften" zu stossen. Es gab darunter einige Werke mit Auslegungen von Prophezeiungen, die stark von der offiziell gepredigten Variante abwichen. Naril hatte mit seinen eigenwilligen Auslegungen oft Kontroversen unter den Weleks verursacht. Nun verstand ich besser, aus welcher Quelle er geschöpft hatte.

Wie war er nur zu diesem Bücherschatz gekommen? Natürlich! Herrscherin Ilaka. Hatte sie nicht in Tenmo Sicanon studiert? Waren diese Bücher ihr Vermächtnis gewesen an ihren Schüler und designierten Nachfolger, Naril? Die Wahrscheinlichkeit war gross – und sie war ebenso gross, dass Welek Talren davon wusste, und vielleicht sogar Herrscherin Rinn. Und was wusste Welek Hemala? Was würde wohl jetzt mit den Büchern geschehen, nach ihrer Entdeckung?

Eines stand fest: Hier in Dakhin waren die „Verborgenen Schriften" sicher und gut aufgehoben. Doch um sie vollständig durchzusehen und zu analysieren, musste ich sie mit mir in die Hauptstadt zurücknehmen. Sollten die Herrscherin oder ihre Mittelsmänner davon erfahren, waren sowohl die Bücher als auch ich in Gefahr. Das Risiko konnte sich verringern, wenn ich die Texte auf Speicherchips kopieren und so mitnehmen könnte. Doch das bedeutete Arbeit für mehrere Tage. Ich war mir nicht sicher, ob ich mir noch eine längere Abwesenheit von meiner Arbeit im Zentralarchiv leisten durfte.

Eine geraume Weile sass ich über dem wieder entdeckten Schatz und überlegte, wo wohl Naril persönliche Aufzeichnungen verstecken würde. Die alten Schriften waren nur ein Teil seines tatsächlichen Nachlasses. Dass persönliche Aufzeichnungen in der Nähe vorhanden waren, fühlte ich beinahe physisch. Nur danach greifen.

Greifen! Das konnte die Lösung sein. Ich nahm jedes Buch noch einmal bewusst in die Hände und untersuchte mit meinen Fingerspitzen die Buchdeckel. In der Valoranischen Literaturgeschichte hatte es einmal eine Zeit gegeben, in der die Materialien, aus denen Bücher hergestellt wurden, sehr knapp gewesen waren. Man verwendete deshalb alte und beschädigte Bücher zur Herstellung neuer. Besonders die Buchdeckel, die oft mit Schnitzereien aus kostbaren Hölzern oder Steinen bedeckt waren, wurden massiv ausgeführt, und oft wurden alte Buchseiten als Versteifung der Deckel benutzt. Ich nahm mir zuerst die ältesten Werke mit ihren massiven Deckeln vor, da ich annahm, dass Naril gängige, zylindrische Speicherchips für seine Dokumente verwendet hatte. Doch meine Suche verlief ergebnislos. Es wäre auch zu einfach gewesen.

Ich musste mir eingestehen, dass ich am falschen Ort gesucht hatte. Auch als ich mein Prüfgerät zu Hilfe nahm, bekam ich keine Anzeigen von irgendwelchen Datenträgern. Doch ich wollte mich nicht so schnell geschlagen geben. Ich untersuchte nun systematisch jedes einzelne Buch sowohl mit meinen Händen als auch mit dem Gerät, wobei ich jedes Mal die angezeigten Daten speicherte. Ein Vergleich der Daten sollte eventuelle Abweichungen ans Licht bringen. Schliesslich legte ich zwei Bände zur Seite, die sich in einigen Details von den anderen unterschieden. Ich war nun vollends überzeugt, dass sich in den Deckeln jener Bücher etwas befand, dass sicher gehütet werden sollte.

Möglicherweise war es eine spezielle Beschichtung des Einbandmaterials eingebettet, welche die Strahlen meines Gerätes nicht durchliess. Ich hatte auch schon von Farben gehört, die der Messtechnologie trotzten, doch war mir ihre Zusammensetzung nicht bekannt. Als ich die Buchdeckel befühlte waren sie ebenmässig und glatt. So sehr es mir auch schmerzte, ich musste wenigstens einen der Deckel vorsichtig lösen und öffnen.

Nach langer Zeit, viel Geduld und angehaltenem Atem entdeckte ich zu meinem grössten Erstaunen zwei alte, rechteckige Speicherplatten, die schon lange nicht mehr verwendet wurden. Sie gehörten zum alten Computersystem, das in Dakhin aber noch in Betrieb war.

Ich dachte darüber nach wie ausgeklügelt Narils Versteck war — es schien, als hätte er gewollt, dass nur ich es fand. Alte Speicherplatten zu verwenden war ein schon fast humorvoller Hinweis darauf, wo die Aufzeichnungen entstanden waren und wo sie gelesen werden sollten.

Vorsichtig schob ich die Platten wieder zurück in die Buchdeckel. Nun konnte ich mir plötzlich vorstellen, dass ihr Inhalt entweder so persönlicher Natur war, dass es mich schmerzen würde, ihn zu lesen, oder dass er manchen Personen des öffentlichen Lebens Alpträume verursachen mochte. Ich vermutete beides.

Was sollte ich nun als Erstes tun? Die Speicherplatten durchsehen, die Bücher, die Schriftrollen? Welek Hemala benachrichtigen? Gab es in Dakhin eine Anlage zum Kopieren ganzer Bände? Wie lange konnte ich wohl noch hier bleiben, und wann würde ich Zeit finden, um mich mit den Texten zu befassen, wenn ich wieder voll in meine Arbeit im Zentralarchiv eingespannt war? Die Fragen stürzten nur so auf mich ein. Die Probleme, die sich so plötzlich nach dem Entdecken von Narils Erbe stellten, wogen schwerer als die Suche danach.

Ich entschloss mich die Bücher und Rollen wieder im Geheimfach des Altars zu verstauen und mich vordergründig mit den Speicherplatten zu beschäftigen. Es war durchaus möglich, dass sie verschlüsselt waren, und es würde eine Weile dauern sie zu dechiffrieren.

Meine Vermutungen bestätigten sich. Die Daten waren gut gesichert, manchmal sogar doppelt, und ich würde Zeit benötigen, um die Codes zu umgehen, immer hoffend, dass ich durch mein unbefugtes Eindringen keine Selbstzerstörung auslöste. Doch allein die Tatsache, dass ich fähig gewesen war das Versteck der Texte zu finden, flösste mir Mut ein.

In etwa einer Stunde würde man mich sowieso zum Essen rufen, ich konnte die Zeit ebenso gut nutzen, um einige Worte mit Welek Hemala zu wechseln. Nachdem ich meinen Fund zurückgelegt hatte und das Fach im Altar wieder geschlossen war, rief ich den Welek über das Intercomsystem des Klosters. Er war in seinem Arbeitsraum und freute sich anscheinend, von mir Nachricht zu erhalten.

„Wir haben Sie mittags vermisst", unterrichtete er mich.

„Danke", antwortete ich, „aber ich war viel zu beschäftigt, um zu Essen. Ich wollte einer bestimmten Spur nachgehen."

„Führte diese Spur zum Ziel?"

„Beinahe".

„Gut", stellte Welek Hemala entschlossen fest, „ich denke ein Spaziergang im Arboretum und frische Luft könnten Ihnen gut tun. Finden Sie nicht auch?"

Ja, das würde es offensichtlich. Ich unterbrach die Verbindung und machte mich auf den Weg in den Garten.

Der Welek wartete bereits im Arboretum auf mich. Wir gingen langsam einen kiesbestreuten Weg entlang, und er wartete geduldig bis ich von selbst mit meinem Bericht begann. Ich erzählte kurz, was ich gefunden hatte, berichtete von den „Verborgenen Schriften"; äusserte meine Vermutung darüber, dass sie aus dem Erbe von Herrscherin Ilaka stammten und erklärte meinen Wunsch, von diesen Bänden mehrere Kopien anzufertigen.

„Ich würde es vorziehen", bat ich, „wenn die Originale zwar hier in Dakhin bleiben könnten, aber doch einige Kopien davon existierten – sicherheitshalber. Ich denke auch, dass Welek Talren an diesen Schriften interessiert ist."

Welek Hemala stimmte mir zu. Dakhin verfügte in der Tat über eine Kopieranlage. Ich konnte die Arbeit auch selbst beaufsichtigen und gleich morgen damit anfangen. Danach erzählte ich dem Welek von den Speicherplatten, und dass ich vorsichtig zu Werke gehen musste, um ihnen ihre Geheimnisse zu entlocken. Was ich jedoch vorläufig für mich behielt, war die Information über das Versteck. Wenigstens eine Nasenlänge wollte ich noch voraus sein. Ich legte die Dauer meines Aufenthaltes in Dakhin auf fünf weitere Tage fest. Solange konnte ich es noch verantworten vom Zentralarchiv fernzubleiben. Deshalb musste in dieser Zeit so viel wie möglich getan werden. Welek Hemala versprach Talren zu orientieren – sein Kanal zu Talrens Kloster wäre abhörsicher, behauptete er.

„Demnach muss sich hier im Kloster wenigstens ein Terminal befinden, das mit dem neuen System kompatibel ist", dachte ich laut nach, „...ausser, Welek Talren verfügt auch noch über einen Zugang zum alten System?"

„Ein ganz kleines bisschen müssen auch wir von der Aussenwelt erreichbar sein – ja, Sie haben recht, es gibt hier ein Terminal mit dem neuen System."

„Dann ist es auch nicht abhörsicher. Glauben sie mir", sagte ich überzeugt. Welek Hemala gab keine Antwort. Er sah beinahe ärgerlich aus.

„Hatten Sie nach dem Tod meines Bruders ein vertrauliches Gespräch mit Welek Talren über diesen Kanal geführt?" fragte ich, und die Angemessenheit oder Unverschämtheit dieser Frage war mir im Augenblick egal. Der Anflug des Ärgers verschwand aus dem Gesicht des Weleks. Er lächelte und ich hatte wieder Eindruck, dass er mich einer Prüfung unterzog.

„Gut", sagte er schliesslich, „Vertrauen gegen Vertrauen. Ich informiere sie über den Inhalt dieses Gesprächs und Sie verraten mir dafür, an welchem Ort Sie die Dinge Ihres Bruders fanden."

Es hätte mir von Anfang an klar sein sollen, dass ich hier nichts verheimlichen konnte, ausserdem blieb mir immer noch genug Spielraum. Ich sah wie der Welek aus den Falten seiner Priesterrobe einen Speicherchip hervorholte, den er mir hinhielt.

„Auf diesem Chip ist eine Botschaft Ihres Bruders gespeichert, die er aufgezeichnet hatte, noch bevor er mit den Korvasiern über den Friedensvertrag zu verhandeln begann. Die Botschaft wurde mir nach Narils Tod von Welek Talren über den Kanal des neuen Systems überspielt. Ich darf hinzufügen, dass ich mich sehr darüber wunderte, doch Talren tat es auf den ausdrücklichen Wunsch Ihres Bruders hin. Lassen Sie mich noch sagen, dass ich mich selbst immer als einen Diener unserer Propheten betrachtet habe, der seinen Dienst im Vertrauen ausführt ohne Fragen zu stellen und ohne manchmal die Einzelheiten zu kennen."

Ich nahm den Chip mit zitternden Händen an mich und erzählte zögernd vom Geheimfach im Altar und wie es zu öffnen war.

„Es macht den Eindruck, als hätte Naril mich dazu bestimmt hinter sein Geheimnis zu kommen", vertraute ich Welek Hemala an. „Die Kalligraphien in den alten Sprachen, die Symbole, die Zahlenkombination, die sich an eine Erinnerungen aus unserer Kindheit knüpft, die Speicherplatten in den Buchdeckeln – und ich hege übrigens keine Zweifel, dass ich sie entschlüsseln kann – das alles scheint doch auf mich gemünzt, finden Sie nicht auch?"

„Wenn Sie die Botschaft gehört haben, werden Sie Vieles besser verstehen – so wie ich jetzt", lautete die verschleierte Antwort des Weleks, bevor er sich verabschiedete und mir empfahl, die Botschaft gleich abzuhören.

Ich lief deshalb schnell wieder in mein Quartier zurück, sicherte die Tür hinter mir und steckte den Speicherchip in mein Computerpad. Narils Gesicht erschien auf dem kleinen Bildschirm. Er sprach:

„Es ist nun alles eingeleitet worden um mit der Regierung von Korvasia Verhandlungen über ein Friedensabkommen zu beginnen. Ich bin mir durchaus des Risikos bewusst, das solch ein Projekt beinhaltet. Es besteht die Gefahr, dass dies gewissen Leuten nicht gefallen wird – und diese müssen nicht unbedingt Korvasianischer Herkunft sein. Deshalb habe ich – sollte mir bei diesem Unternehmen etwas zustossen – gewisse Botschaften und Aufzeichnungen an einem sicheren Ort verwahrt. Es gibt nur eine Person, die in der Lage ist den Ort zu finden. Sollte mir allenfalls während der Verhandlungen, oder danach, etwas zustossen, wird diese Person von selbst in Erscheinung treten. Es hat keinen Sinn nach ihr zu suchen, denn solange ich mich bester Gesundheit erfreue, wird sie von dieser Botschaft nichts erfahren."

Kalte und heisse Schauer rüttelten an mir während Narils Abbild auf dem kleinen Bildschirm diese Worte sprach. Ich musste sie mehrmals abhören, um wirklich zu verstehen, was er da sagte. Es war eine klare Stellungnahme an die Adresse aller etwaigen Spione. Natürlich hatte er gewusst, dass seine Gespräche abgehört wurden, und in mir festigte sich der Verdacht, dass die Überspielung der Botschaft durch Talren nach Dakhin mit voller Absicht geschah. Die Herrscherin sollte durch diese Warnung abgehalten werden allzu neugierig zu sein! Offensichtlich wurde sie dadurch in Talrens Kloster gelockt, wo sie zu ihrer grossen Überraschung mich in Narils Räumen antraf. Dies war ihre Enttarnung. In der Herrscherin Rinn hatte ich nun eine mächtige Feindin. Welche weiteren Schritte würde sie wohl unternehmen? Mich schauderte es bei diesen Gedanken. Gleichzeitig verspürte ich auch Wut auf die Herrscherin. Das Volk von Valor sollte jetzt, da die fremde Besetzung vorbei war, zusammenhalten. Jetzt sollten Projekte zur Entwicklung aller Lebensbereiche verwirklicht werden, und keine Kämpfe um Macht und Einfluss ausgetragen werden! Am meisten sollten alte Gefühle der Feindschaft und Eifersucht endgültig abgelegt werden.

Es schien als hätte Naril der Herrscherin nichts von meiner Existenz offenbart, denn ihr Erstaunen darüber, dass eine Schwester des Welek Naril existierte, war echt gewesen. Mir fiel plötzlich die Antwort ein, die ich der Herrscherin gegeben hatte, und mir wurde noch einmal heiss und kalt. Es musste sich angehört haben, als wäre ich seit längerem in Narils geheime Projekte eingeweiht.

Die beiden Weleks, Talren und Hemala hatten – obwohl auch sie nicht über sämtliche Informationen verfügten – zwei Dinge auf einmal tun müssen. Erstens, noch vor der Herrscherin herausfinden, dass ich die Person aus Narils Botschaft war, und zweitens mich zu schützen, indem sie mich nach Dakhin einluden. Ich wusste, dass Welek Talren in meinem Interesse gehandelt hatte. Er war kein Intrigant und – vor allem – er hatte Narils Empfehlungen, ausserdem leitete er Herrscherin Ilakas ehemaligen Orden, der zusammen mit der Bruderschaft von Dakhin, einen Schutz gegen die Machenschaften des Ordens von Herrscherin Rinn darstellte.

Nun gut, ich würde mich vorsehen, wenn ich wieder in die Hauptstadt zurückkehrte. Die Vorstellung bereitete mir mehr als nur leises Unbehagen.

Mit diesen Gedanken legte ich den Chip ins Geheimfach zu den anderen Sachen und ging hinunter in den Speiseraum, um mich der Tischrunde zum Abendessen anzuschliessen.

Kapitel 8

Ich hatte den Abschluss des Abendessens kaum erwarten können, und sobald sich die Gelegenheit bot mich unter Wahrung der Höflichkeit zu verabschieden, tat ich es. Ein verständnisvolles Nicken von Welek Hemala begleitete mich.

In meinem Quartier holte ich sofort die Speicherplatten aus dem Versteck und machte mich daran, ihnen ihr Geheimnis zu entlocken. Ich nahm mir die erste Platte vor und widerstand tapfer der Versuchung alle Daten auf einmal zu entschlüsseln und erst danach zu lesen. Ich musste vorsichtig sein, um keine Daten zu zerstören. Die Aufzeichnungen der anderen Platte waren doppelt gesichert. Ich legte sie erst einmal zur Seite. Es würde noch Zeit genug bleiben, um mich damit zu befassen.

Stunden waren vergangen, als ich den Computer endlich abstellte. Draussen tagte es bereits. Meine Augen schmerzten und mein Körper fühlte sich verkrampft an. Es war noch längst nicht alles gesichtet, doch wenigstens hatte ich mir einen Überblick darüber verschafft, was Naril als so wichtig angesehen hatte, dass er seine Einträge in einem so sinnig ausgedachten Versteck aufbewahrte. Ein Teil der Aufzeichnungen betraf seine Auslegungen der Schriften unserer Propheten. Ich erkannte, dass er seine Kommentare für die Öffentlichkeit eigentlich noch sehr zurückhaltend formuliert hatte. Naril versuchte seine Kommentare sowohl mit der offiziellen Version unserer Glaubenslehre als auch mit dem Inhalt der „Verborgenen Schriften" in Übereinstimmung zu bringen. Dass dies nicht immer möglich war, lag auf der Hand. Doch ich hatte noch keine Zeit gehabt die Bücher der „Verborgenen Schriften" genau zu studieren, um zu wissen, wo genau die Unterschiede lagen, und wie häufig sie waren.

Es wurde auch offensichtlich, dass sich mein Bruder viel mit der Lehre des wiederkehrenden materiellen Lebens befasst hatte. Andere Stellen beschrieben wiederum Bewusstseinszustände; gingen auf Visionen ein, und es fanden sich auch viele Andeutungen über die Kraft von Gedanken, Gefühlen und deren Ausbildung durch einen qualifizierten Lehrer. Allmählich gelangte ich zur Überzeugung, dass sich mein Bruder intensiv mit Telepathie befasst hatte. Aus welchem Grund wohl?

In weiteren Dateien fand ich systematische Tagebücher über den Verlauf der Friedensverhandlungen mit Korvasia und private Korrespondenz mit dem korvasianischen Abgeordneten Legat Korell. Ich fand auch Berichte persönlicher Natur über das Leben im Kloster, Charakterstudien, Retrospektiven, Ideen für Reformen und viele Notizen von Dingen, die man nicht vergessen will, oder die eine plötzliche Erleuchtung darstellen, die man festhalten will. Es waren sogar einige Stellen über mich darunter, über unsere Treffen und Gespräche beim Essen. Die Gedankenwelt meines Bruders breitete sich wie ein grosser Wandteppich vor mir aus.

Ich war auf einen Bericht gestossen, der sich mit einer Energiefigurvision befasste. Mittels der Heiligen Energiefiguren können wir Kontakt zu unseren Propheten im Himmelstempel aufnehmen. Valoraner in verantwortungsvollen Positionen und viele Weleks tun dies, um sich Rat zu holen. Die Dimension, in der die Propheten leben, ist für unsere physische Körper und unsere Technologie noch unerreichbar. Wir sind zwar in der Lage die den Himmelstempel als Abkürzung bei interplanetaren Raumflügen zu nutzen, wir haben auch die technischen Möglichkeiten sie zu diesem Zweck künstlich zu erzeugen, doch der Himmelstempel unserer Propheten besteht seit unendlichen Zeiten und wurde von ihnen errichtet. Selbst die Wissenschaftler der Terraner mussten einsehen, dass die Propheten Valors keine sagenhaften Gestalten sind, um die sich eine Religion gebildet hatte, sondern wirkliche Wesen, die lediglich in einer anderen Dimension leben. Die Propheten hatten einst selbst als Zivilisation einen Teil des Planeten Valor bewohnt, bevor sie in ihrer Entwicklung einen Punkt erreichten, an dem sie nicht mehr an physische Körper und eine physische Welt gebunden waren. Sie sind die tatsächlich Führer der valoranischen Völker, doch sie greifen nicht in unsere Entscheidungen ein. Wir – und auch Völker anderer Planeten – können uns durch die Heiligen Energiefiguren Rat von den Propheten holen. Sie geben den Ratsuchenden Visionen ein, die von den Energiefiguren ausgelöst werden. Die Propheten erscheinen in den Visionen als Personen, die dem Ratsuchenden bekannt sind. Da sie reine Energiewesen sind, können sie in den Visionen beliebige Gestalten annehmen. Doch unsere Propheten werden niemals ein Individuum oder eine Gruppe dazu zwingen, diese Ratschläge zu befolgen. Unser freier Wille, dem Rat zu folgen oder ihn beiseite zu lassen, ist unseren Propheten heilig.

Atemlos las ich den letzten, mich betreffenden Bericht meines Bruders durch und stellte erschüttert fest, dass er im Zusammenhang mit jener Botschaft stand, die ich an diesem Abend von Welek Hemala erhalten hatte.

Valors geistige Führer erhalten von unseren Propheten oft auch Hinweise auf die eigene Zukunft. Solche Hinweise sind den Weleks und den verantwortlichen Führern von Valor vorbehalten, da ihre Aufgaben für die Öffentlichkeit dies zuweilen erfordern. Unsere geistigen Führer sind durch ihre Ausbildung in der Lage die Ernsthaftigkeit solcher Botschaften zu ertragen, denn diese Visionen sind Warnungen. Sie sind symbolhaft und deuten lediglich Möglichkeiten an. Es liegt dann in der Hand des Einzelnen, ob sich die Prophezeiung wie vorhergesagt erfüllt, oder ob man die Verhältnisse so verändern kann, dass die Ereignisse gar nicht mehr stattzufinden brauchen. So hatte es mir Naril einmal erklärt, und ich wusste, dass man darüber als Welek nicht unbedingt offen sprach.

Ich erinnerte mich noch gut an dieses Gespräch. Naril war es damals sehr wichtig gewesen, dass ich ihn verstand. Ich sollte begreifen, dass die Zukunft nicht statisch ist, kein Zustand, der schon lange vorher festgelegt worden war, sondern dass jeder Einzelne von uns die Kraft hat seine erwünschte Zukunft zu gestalten. Für viele Valoranische Ohren klang diese Lehre unglaubhaft. Man hatte sich während der Besetzungszeit eine fatalistische Haltung angewöhnt. Für die meisten Valoraner schien das Leben ein dunkler Tunnel zu sein, an dessen Ende die Vertreibung der Korvasier und die wiedergewonnene Freiheit leuchteten. Und was dann? Wir hatten unsere Freiheit wieder erreicht, doch es stellte sich heraus viele verlernt hatten mit ihr umzugehen. Kam dann jemand, der behauptete: „Deine Zukunft ist etwas, das du selbst gestaltest" – wurden erst einmal die Köpfe geschüttelt. Wäre Naril nicht Naril gewesen, hätte man ihm diese Lehrsätze wahrscheinlich verübelt. Umso mehr, weil die Herrscherin Rinn seit ihrem Amtsantritt eine veraltete und konservative Auslegung der Lehre förderte. Diese Auslegung lehnte sich stark an die Gedankenwelt unserer alten Feudalzeit an. Dies hätte einen Rückschritt in der Entwicklung bedeutet. Einen schicksalshaften Schritt zurück in Abhängigkeit der Mehrheit von einer privilegierten Kaste. Es wäre auch ein Einschnitt in unsere Kultur gewesen, da die Konservativen den Ausdruck unserer Kunst und Literatur völlig wollten. Wer von ihrer Vorgabe abwich, sollte ausgeschlossen werden. Dies war seit Rinns Amtsantritt bereits spürbar geworden, und auch wir, Mitarbeiter des Zentralarchivs, mussten uns nun auf einmal um die Freiheit bei unseren Tätigkeiten bemühen. Seit Rinn im Amt war, mehrten sich plötzlich Vorschriften und Anordnungen, die nicht nur unnütz waren, sondern uns oft an unserer Tagesarbeit hinderten. Die Herrscherin bekannte sich offen zu ihrer konservativen Auffassung und zu ihrem Vorhaben, Valor wieder zurück zu den Bräuchen und Sitten der Feudalzeit zurückzuführen. Am augenfälligsten tat sie es, indem sie die alte Herrschertracht der Feudalzeit für sich annahm. Sie zeigte sich in der Öffentlichkeit ausschliesslich in das sonnengelbe, golddurchwirkte Gewand der Herrscher der Feudalzeit gekleidet, und trug dazu die entsprechende Kopfbedeckung. Nach ihrem ersten öffentlichen Auftritt als Herrscherin hatten sich die Kommentare der Bevölkerung in solchen Mengen auf den Nachrichtenkanälen gehäuft, dass Valors Informationsnetz zusammenzubrechen drohte. Daraufhin unterband Rinn kurzerhand per Dekret die Kommentarfunktionen zu ihrer Person und ihrem Amt. Sie begründete dies mit den Worten, dass dem Volk kein Recht zustand sich öffentlich zu etwas zu äussern, was es nicht verstand. Den Leuten mochten nur jene Kommentare erlaubt sein, welche die Themen des allgemeinen Lebens betrafen. Valor hatte vor Schrecken über diese Aussage den Atem angehalten. Die Vorsteher der Informationsnetze versuchten sich zu wehren und hielten die Kommentarkanäle weiterhin offen. Proteste aus der Bevölkerung gegen die Beschneidung der Meinungsfreiheit wurden laut. Dies bekam einigen wenigen Personen nicht gut. Die Herrscherin liess Kommentatoren und mehrere Informations-Verantwortliche verhaften und in Gefängnisse einsperren. Daraufhin machte der Ministerrat von seinem Vetorecht gegenüber der Herrscherin Gebrauch, die Leute wurden aus den Gefängnissen entlassen, und die Wogen der öffentlichen Empörung glätteten sich. Allerdings blieben die Kommentarkanäle in Bezug auf die Herrscherin und die Regierung gesperrt und werden es wohl in

Zukunft auch bleiben, solange Rinn in ihrer Position ist. Dass bei dieser Sache auch mein Bruder, als Rinns Berater, eine vermittelnde Rolle gespielt hatte, war anzunehmen, doch er hatte sich sehr bedeckt gehalten. War dies ein Vorgeschmack gewesen auf die Komplexität seiner Beraterfunktion? Wer weiss…

Und dann die Vision! Mein Bruder beschrieb, dass er nicht fähig gewesen war, alle Einzelheiten der erhaltenen Prophezeiung zu deuten. Die Symbolik war ihm unklar gewesen, doch er wollte auf alle Fälle noch mehr auf der Hut sein – auf der Hut vor dem Herrscheramt. Die Vision befasste sich mit den Umständen seines eigenen Todes…

Er schrieb, dass er die Bahnen der Zeit vor sich sah, die Auswirkungen all dessen, was er an entscheidenden Kreuzungen seines Lebens verursacht hatte. Leider war nicht ganz deutlich gewesen, welche Ursache zu welcher Wirkung führte, so dass er beschloss seinen Weg in noch grösserem Vertrauen in die Propheten zu gehen. Naril schrieb, dass auch im allerschlimmsten Fall – nach einem Tod in der Blüte seiner Jahre – sich ein Nachfolger finden sollte, der seine Arbeit in Narils Sinn fortführen und schliesslich zu Ende bringen würde. Über diesen Nachfolger gab es keinen Zweifel. Dieser Nachfolger, oder besser Nachfolgerin, war ich selbst – Narils Schwester – Ondas Nasheela.

Erschrocken drehte ich den Bildschirm von mir weg. Das konnte nicht sein! Da hatte sich mein Bruder sicher geirrt. Er musste die Vision falsch gedeutet haben! Das hätte bedeutet, dass ich von den Propheten dazu ausersehen war, bei Narils eventuellen Scheitern sein Werk fortzuführen. Nein, er musste sich in der Auslegung geirrt haben. Es gab doch so viele Andere, die dazu besser befähigt waren. Zum Beispiel Welek Talrenn. Er musste der eigentliche Empfänger von Narils Botschaft sein.

Gewiss, nach Brauch und Gesetz war ich diejenige, die das erste Recht am Erbe meines Bruders und infolgedessen auch an diesen Aufzeichnungen hatte, was aber, wenn Welek Talren ein Mann vom Schlage Herrscherin Rinns gewesen wäre? ... Dann hätte ihm Naril niemals seine Botschaft anvertraut... schoss mit durch den Kopf. Wie ich es auch drehen und wenden mochte, im Augenblick schien ich die richtige Person am richtigen Ort zu sein. Ich versuchte mich zu beruhigen. Ich musste nachdenken. Später würde ich weitersehen.

Einige der Daten auf der Speicherplatte stellten sich schon beim oberflächlichen Überfliegen als bedeutend heraus. Beim näheren Erforschen würden sie sicher weitere wichtige Informationen preisgeben. Doch allein die Tatsache, dass sie nicht so gut gesichert waren wie die Daten auf der anderen Platte, stellte sie in ihrer Priorität hinten an. Sicherheitshalber fertigte ich eine Kopie auf einen zylindrischen Speicherchip an und verschlüsselte sie mit meinem eigenen Code.

Ich fasste zusammen, welche Themen und Themengruppen ich bisher gefunden hatte, und musste feststellen, dass etwas Entscheidendes fehlte. Ich hatte keine Notizen über die Herrscherin Ilaka und über Narils Aufenthalte in Dakhin gefunden. Es gab auch nichts von oder über Merys Alani, was an sich schon aussergewöhnlich war, denn Naril hatte sie sehr geliebt, obwohl sie sich erst seit kurzem kannten. Ich fand nichts über die Gruppe der konservativen Rebellen, deren Plan für ein 'Valor den Valoranern' in einer völligen Abkapselung unseres Planeten bestanden hatte. Sie waren sogar so weit gegangen, das Föderationspersonal, das mit unseren Armeeangehörigen auf der Raumstation diente, nach Hause zu schicken. Die Rebellen war auch unvorsichtig genug gewesen Waffen von Zwischenhändlern zu kaufen, ohne zu wissen, dass die Korvasier die

Hauptlieferanten waren. In der Hauptstadt hielten sich hartnäckige Gerüchte, dass die eigentliche Drahtzieherin hinter der Bewegung der Rebellen die Herrscherin Rinn selbst gewesen war – damals noch als einfache Welek. Doch kein Wort davon fand sich auf Narils Speicherplatte.

Es war Offizier Merys' Verdienst gewesen, eine Verschwörung gegen die frühere Herrscherin Ilaka zu entlarven. Naril hatte mir davon erzählt, und er hatte mit sichtlichem Vergnügen berichtet, wie er damals Merys Alani ins Kloster eingeladen hatte, da ihr damaliger Vorgesetzter die Rebellen unterstützt hatte und Merys Alani von ihrem Offiziersposten auf der Raumstation enthoben hatte. Naril hatte mir erzählt wie verliebt er damals in sie gewesen war, und dass er nicht so recht gewusst hatte, was sie über ihn dachte. Mein Bruder, der immer eine so vertrauensvolle Gelassenheit ausstrahlte, als könnte ihn nicht aus der Ruhe bringen, als wüsste er die Antworten bereits bevor die Fragen gestellt wurden, soll demnach wie ein schlaksiger Student vor einer stellenlosen Armeeangehörigen gezittert haben? Er musste damals wirklich sehr verliebt gewesen sein...

Ich fand auf der Speicherplatte keine einzige Notiz zum Tod von Herrscherin Ilaka, und auch kein Wort zur Herrscherin Rinn! Es musste demnach vieles davon auf der doppelt codierten Platte gespeichert sein. Ich würde diese Platte wie meinen Augapfel hüten müssen, denn gesichert liessen sich die Daten nicht kopieren. Ich stellte mir vor, dass die Herrscherin Rinn viel darum gegeben hätte, um in Besitz dieser Platte zu kommen. Ich musste daher sehr vorsichtig sein. Das Attentat auf Naril lag nur kurze Zeit zurück. Ich tröstete mich, dass die Herrscherin mich nicht einfach beiseite räumen konnte. Sie musste doch annehmen, dass wenn ich etwas gegen sie Belastendes fand, ich zumindest Welek Talren davon informierte und mich sonst noch absicherte. Rinn konnte ihre Regierungszeit nicht mit allzu vielen ungeklärten Todesfällen belasten, die alle in Verbindung mit Personen aus dem Umkreis meines Bruders gebracht werden konnten. Allerdings... würde sie tatsächlich so denken?

Mit dieser unbehaglichen Vorstellung verstaute ich die Speicherplatten wieder im Geheimfach. Eine Weile Ruhe würde mir sicher gut tun und meine aufgescheuchten Gedanken wieder in ruhigere Bahnen lenken. Ich gab eine Weckzeit in zwei Stunden in den Computer ein und legte mich vollständig angezogen aufs Bett. Danach wollte ich mich unbedingt um das Kopieren der „Verborgenen Schriften" kümmern. Es mussten mehrere Kopien angefertigt werden, die an verschiedenen Orten gelagert werden sollten. Die Texte durften nicht verloren gehen. Mit diesen Gedanken schlief ich ein.

Als das Wecksignal ertönte, hätte ich nicht behaupten können wach zu sein. So torkelte ich mit halbgeschlossenen Augen in den Baderaum, um meine Lebensgeister mit warmem Wasser hervorzulocken. Als Ordensangehörige hätte ich schon seit einer Stunde an der Morgenandacht teilnehmen müssen. Ich lächelte wohlig bei dem Gedanken, dass ich die Freiheit hatte erst zum Frühstück zu erscheinen. Die Aussicht auf heissen Jilghari-Tee liess mich die Treppen schneller herunterlaufen.

Das Gespräch beim Frühstück drehte sich um die Aufgaben des Tages. Alltägliches, Nützliches. Es lag nichts Dringendes vor. Es gab nur eine Abweichung von der üblichen Ordnung: Welek Hemala verkündete allen, dass sie sich während der nächsten Stunden in wichtigen Angelegenheiten an seinen Stellvertreter zu wenden hätten, da er anderweitig beschäftigt wäre. Kurze Zeit darauf war das Frühstück beendet und der Welek bedeutete mir, ihm zu folgen.

Er führte mich in einem Raum, wo sich eine komplette Anlage zum Kopieren von Büchern befand. Diese Maschinen kopieren die Bücher auf Speicherchips, man muss lediglich den Vorgang überwachen um Störungen zu vermeiden. Ich überzeugte mich, dass alles in Ordnung war. Danach schaffte ich mit Hilfe des Weleks die Bücher in den Kopierraum und wir begannen mit der Arbeit. Hemala wollte mir selbst bei der Arbeit assistieren. Er hielt es für ratsam, dass wir noch eine Weile Diskretion über die „Verborgenen Schriften" wahrten.

Wenn man mit der Überwachung der Anlage betraut ist, entstehen Wartezeiten. Aber die kann man immer zu einem guten Gespräch nutzen. Welek Hemala äusserte sein Erstaunen über die Titel der Bücher.

„Ich habe schon viel von den „Verborgenen Schriften" gehört", sage er, „aber ich wäre nie auf die Idee gekommen, dass Welek Naril einige davon in seinem Besitz hatte. Ich werde die Kopien sorgfältig studieren."

„Es gibt noch Schriftrollen, da wo die Bücher waren", erinnerte ich ihn, „sie sehen aus wie Kalligraphien, allerdings habe ich noch keine davon geöffnet. Ich kann nicht sagen, was wir da zu erwarten haben."

Wir fertigten insgesamt drei Kopien der „Verborgenen Schriften" an, eine für Welek Talren, eine für mich selbst und eine für Dakhin. Noch sollten die Originale unangetastet bleiben. Nur wir drei wussten jetzt, dass die Bücher überhaupt existierten.

„Ich möchte Ihnen ein Angebot machen, Nasheela," sagte der Welek plötzlich, „das Quartier, das Sie jetzt bewohnen – wir werden es so lassen, wie es ist. Es wäre mir eine Ehre, wenn Sie, wie früher Ihr Bruder, uns von Zeit zu Zeit besuchten. Sie allein hätten das Recht die Räume zu bewohnen, und – vor allem – nur Sie allein würden den Zugangscode zur Tür kennen."

Ich war überwältigt. Ein Refugium, hier in Dakhin... und dazu noch das perfekte Versteck.

„Ich... ich...", begann ich stotternd, „ich fühle mich sehr geehrt. Vielen Dank für Ihr Angebot. Selbstverständlich nehme ich es an – äusserst gerne!"

Welek Hemala lachte.

„Gut, dann sind wir uns einig. Sie dürfen auch unangemeldet kommen, wann immer Sie wollen."

Ich bedankte mich noch einmal und musste mich beeilen, weitere Speicherchips nachzuladen. Danach informierte ich Welek Hemala über meine nächtliche Arbeit.

„Die Aufzeichnungen sind sehr persönlicher Natur", erklärte ich, „ausserdem konnte ich sie lediglich überfliegen, nur hie und da etwas gründlicher lesen. Ich kann noch nicht entscheiden, was damit geschehen soll. Da ist aber noch ein weiteres Problem. Eine der Speicherplatten ist doppelt gesichert, und das auch noch sehr geschickt. Wenn ich es nicht schaffe, die Daten hier zu entschlüsseln, dann muss ich die Platte mit mir in die Hauptstadt nehmen. Es wäre mir sehr lieb wenn sich dies vermeiden liesse. – Aber wie gesagt, ich muss erst noch alle meine Möglichkeiten ausschöpfen."

Der Welek stimmte mir zu, und eine Weile arbeiteten wir wieder schweigend. Doch etwas beschäftigte mich noch, und ich überlegte wie ich meine Frage wohl am besten formulieren sollte, als Welek Hemala mich ansah und sagte:

„Nun fragen Sie schon. Sie denken so laut, dass man es im ganzen Kloster hören kann."

Ich fühlte mich ertappt. Konnte man mir so gut ansehen, was mich gerade beschäftigte? Ich muss ein ziemlich dummes Gesicht gemacht haben, denn Hemala lachte laut. Ich fasste mich wieder und sagte:

„Verzeihung, reine Berufsneugier. Ich fragte mich, wie Sie wohl mit Welek Talren in Verbindung stehen, wenn Sie nur über das neue System miteinander sprechen können. – Oder hat Welek Talren irgendwo ein Terminal mit dem alten System versteckt? Aber, welchen Kanal könnte er dann benutzen?"

„Nein, das würde auffallen. Man könnte den Sendestrahl orten, und Herrscherin Rinn wäre die Erste, um unbequeme Fragen zu stellen. Das Beste ist immer noch ein Gespräch unter vier Augen. Talren ist mein häufiger und regelmässiger Gast."

Eigentlich war ich nicht überrascht. Die beiden Weleks standen sich demnach nahe und waren in regelmässiger Verbindung. Dadurch hatte auch ich bereits Rückhalt gewonnen. Die beiden Priester hatten mich im Vertrauen als eine Art Mitarbeiterin aufgenommen. Dies bewies auch Hemals Angebot, dass mir Narils früheres Quartier zur Verfügung stand. Es war schon eine aussergewöhnliche Ehre in einem Kloster, das weder Laienmitglieder noch Laiengäste aufnahm, ein Quartier zu haben! Ebenfalls in der Hauptstadt blieben Narils ehemalige Klosterräume für mich reserviert. Sollte dies vielleicht auch eine zarte Aufforderung an mich sein, dass ich mich für den Ordenseintritt zu entscheiden hatte?

Wir arbeiteten noch einige Stunden weiter bis alles fertig war. Danach half mir Welek Hemala die Bücher mitsamt der Kopien in mein Quartier zu bringen. Mein Quartier, dachte ich stolz.

Sollte ich in der Hauptstadt Schwierigkeiten bekommen, war dieses Refugium immer für mich da.

Bevor sich der Welek von mir verabschiedete, versprach er die Küchenleiterin zu bitten, mich mit allem zu versorgen, was ich mir nur wünschte, sollte ich hungrig sein. Er wollte mich auch bei der Tischrunde entschuldigen, wenn ich jedoch Gesellschaft wünschte, wäre ich jederzeit willkommen. Ich verstand dies als Aufforderung, um mit meiner Arbeit sofort weiterzufahren. Mir war es nur recht. Ich wollte keine Zeit verlieren.

Ich wandte mich deshalb gleich der zweiten Speicherplatte zu. Es musste eine Lösung geben. Ich hatte keine andere Wahl. Die Platte war sicher hier in Dakhin codiert worden. Das hatte nicht an einem anderen Ort geschehen können. Von doppelt gesicherten Dateien wollte mein Bruder gewiss keine Spuren hinterlassen. Entweder hatte er spezielle Programme benutzt, oder der Code hatte wieder einen Bezug zu mir. Nach den bisherigen Erfahrungen vermutete ich stark, dass dies der richtige Lösungspfad war.

Es dauerte lange, aber schliesslich hatte ich es geschafft wenigstens den ersten Code zu durchbrechen. Der zweite bot noch Widerstand. Inzwischen war Welek Amira mit einem Tablett voll duftender Speisen und Getränke erschienen. Ich legte die Arbeit beiseite und genoss mein Essen. Wenn man sich intensiv mit einem Problem beschäftigt, sollte man seinem Geist hin und wieder eine Ablenkung gönnen. Wie oft kommt dann plötzlich der rettende Einfall, wenn man nur einen Augenblick lang nicht an das Problem denkt! Ich erlaubte mir deshalb die Speisen zu geniessen und öffnete sogar das Fenster um frische Luft hineinströmen zu lassen − frische Luft und den stetigen Lauthintergrund des „Fortwährenden Gesanges".

Ich erinnerte mich, wie ich einmal zusammen mit Naril über verschlüsselten Korvasianischen Aufzeichnungen gebrütet hatte. Tagelang hatten wir dem Speicherchip seine Daten nicht entlocken können. Wir kamen nicht weiter, und schliesslich wurde ich müde und gereizt, doch vor allem wollte ich mir den Misserfolg nicht eingestehen. Mein Stolz war verletzt. So etwas gab es nicht – Korvasianische Daten, die sich nicht herausholen liessen! Irgendwann kam der Augenblick, an dem ich endgültig genug hatte. Vor den Augen meines erstaunten Bruders hatte ich den Computer ausgeschaltet, hatte Naril am Arm gepackt und ihn aus dem Büro hinausgezerrt. „Du kommst jetzt mit mir in die Gartenlounge, und erst wenn ich mich nicht mehr ärgere, werden wir weiterarbeiten." Das hatte ich ihm kurzerhand verkündet und liess keine Widerrede zu.

Es war bereits Abend gewesen und in der Gartenlounge brannten kleine Lichter in den Baumkronen. Wir setzen uns, bestellten etwas zu Essen, und vor lauter Müdigkeit begann ich Witze zu erzählen. Ein Wort ergab das andere, und am Ende lachten wir so laut, dass sich die anderen Gäste nach uns umdrehten. „Es tut mir leid, aber ich ruiniere deinen Ruf als besonnener und ernsthafter Politiker", hatte ich zu Naril gesagt. Ich erinnere mich nicht mehr genau an seine Antwort, aber seine Wortwahl brachte mir einen plötzlichen Einfall, wie unser Problem zu lösen war. Ich hatte mich fast am Essen verschluckt, so schnell wollte ich wieder an die Arbeit. Der Einfall erwies sich als segensreich. Es war nur eine Kleinigkeit gewesen – ein kleiner Korvasianischer Seitenhieb – aber es hatte funktioniert.

Ich lächelte über diese Erinnerung, als mich eine jähe Erkenntnis packte. Aber natürlich! Ich hatte doch schon vermutet, dass die Angaben zum Versteck, die Codes – dass dies alles so gestaltet war, damit nur ich es herausfinden konnte. Ich hatte vergessen, mein Entschlüsselungs-Programm auf diesen kleinen Trick einzustellen!

Schnell schob ich das Tablett mit den Speisen zur Seite und begann fieberhaft Befehle in den Computer einzugeben. Eine Weile geschah nichts – und dann änderte sich plötzlich das Schriftbild auf dem Schirm und gab sein Geheimnis preis.

Erst starrte ich nur auf den Bildschirm, als fehlte mir der Mut endlich das zu lesen, wofür ich so lange gearbeitet hatte. Ich trank einen Schluck Tee. Doch letztendlich siegte die Neugier, und ich überflog grob die Dateien, bevor ich begann mich mit den Einzelheiten zu befassen.

Es war ein Tagebuch, stellte ich schon bald fest. Naril hatte in der Tat recht gehabt, es so geschickt zu schützen. Längere Texte wechselten mit kurzen Notizen und flüchtigen Bemerkungen. Doch jeder Satz, den ich kurz überflog, jagte mir Schauer über den Körper. Die Texte enthielten Beschreibungen von Narils frühem Klosterleben in der Hauptstadt und in Dakhin, Einzelheiten seines Werdegangs als Priester, Passagen vertraulicher Gespräche mit Herrscherin Ilaka. Daneben gab es Aufzeichnungen einer Energiefigurvision, die ihm sein erstes Zusammentreffen mit Offizier Merys ankündigte. Im Weiteren waren Gespräche mit Welek Talren dokumentiert, die völlig andere Themen behandelten, als alles, was sonst in den Aufzeichnungen stand.

„… Talren geht mit mir einig, dass Valoraner die Fähigeit zur Telepathie besitzen. Deshalb ist das Fühlen des Apagha durch die Priester zu einer Unsitte verkommen, denn die Laien wissen nicht, was mit ihnen geschieht und viele Weleks wissen nicht, was sie da tun. Es ist ein Eindringen in das Bewusstsein eines jeden Einzelnen! Ich sprach Ilaka darauf an, und sie erklärte mir, dass sie es genau aus diesem Grund nur in vereinzelten Fällen anwandte. Beim Abgesandten der Propheten hätte sie es tun müssen, da er kein Valoraner war, und sie sich durch das Fühlen seines Apagha eine bessere Vorstellung von ihm machen konnte. Was die Telepathie betrifft, so ist die Anlage dazu bei uns bereits stärker entwickelt als zum Beispiel bei den Terranern. Wir haben uns lediglich so sehr daran gewöhnt, dass wir es nicht mehr als Fähigkeit wahrnehmen. Vielleicht ist das der Grund, warum die individuelle Entwicklung der Telepathie zurzeit stehen bleibt...

... Es ist auch nur folgerichtig, dass ein Volk, welches seit Jahrhunderten in den verschiedensten Kunstrichtungen führend ist, über eine höher entwickelte Gefühlswelt verfügt. Wir haben leider nie gelernt damit umzugehen. Gleichzeitig sind unsere Fähigkeiten individuell auf unterschiedlichem Stand. Bei manchen Personen sind sie so stark ausgeprägt, dass sie bereits wahrgenommen und angewandt werden. Da diese Personen jedoch nicht immer wissen, was mit ihnen geschieht, geraten sie dadurch in grosse Verwirrung. Dies kann sogar zu mentalen Krisen führen. Solche Personen spüren zum Beispiel die Gefühle anderer, doch sie halten sie für ihre eigenen. Diese Leute müssten in einem spezifischen Training, und durch angewandte Praxis, lernen ihre Gefühle und Gedanken zu schützen, denn beide gehen Hand in Hand. Ich arbeite mit Talren zusammen an einem solchen Trainingsprogramm, und wenn sich die Lage auf Valor wieder stabilisiert hat – wofür wir alles einsetzen – werden wir dieses Programm nach und nach der Öffentlichkeit anbieten. Herrscherin Ilaka verspricht sich dadurch grosse Veränderungen in unserer Entwicklung, und sie beruft sich auf die Prophezeiung aus dem Buch der Syl von Ilfed. Die dort erwähnten „Meister der Gedanken" waren ausgebildete Telepathen...

… Es ist mir durchaus bewusst, dass das Wissen um telepathische und emphatische Fähigkeiten die Gefahr des Missbrauchs in sich birgt, und deshalb möchten wir Kontakt zu telepathischen Völkern, wie zum Beispiel den Beharzoiden, aufnehmen. Sie haben gelernt, ihre Begabung zu meistern, und wir können aus ihren Erfahrungen lernen. Wenn ich mich nicht sehr täusche, dann zeigt auch meine „kleine" Schwester ein Talent darin, Gefühle anderer wahrzunehmen…"

Ich wusste nicht, ob ich über diese Zeilen schockiert oder amüsiert sein sollte. Naril hielt also Telepathie bei Valoranern für möglich und ausbaufähig, und seine „kleine" Schwester zeigte angeblich darin Begabung! Endlich war mir auch klar, wer mit den „Meistern der Gedanken" im Text der antiken Kalligraphie gemeint war.

Im Augenblick wollte ich jedoch nicht weiter darüber nachdenken. Ich widmete meine Aufmerksamkeit wieder den Tagebucheinträgen. Ich fand Notizen über Merys Alani, die Narils Liebe und Bewunderung ausdrückten; Schilderungen ihrer Begegnungen auf der Raumstation und im Kloster, leicht amüsierte Bemerkungen über Alanis fehlgeschlagenen künstlerischen Versuche – und das obwohl ihre Mutter eine bekannte Ikonenmalerin gewesen war.

„… Alanis Kunstfertigkeit besteht hauptsächlich darin, die Gunst des Augenblicks zu nutzen. Sie lebt, indem sie handelt, und ihre Handlungen sind meist inspiriert. Bedauerlicherweise hat sich nun auch Alani meine „alte Freundin" Welek Rinn zur Feindin gemacht, denn Alanis unbedingte Aufrichtigkeit passt nicht zu Rinns ehrgeizigen Ränkespielen. Doch wenn es jemanden gibt, der Rinn in die Schranken weisen kann, dann ist es Alani…"

Ich wollte schon zum Anfang der Aufzeichnungen zurückkehren, die mehr oder weniger der fortlaufenden Zeitlinie folgten, als ich auf eine Datei stiess, die sehr gut versteckt war, und die sogar meinem geübten Blick beinahe entgangen wäre. Ich hielt den Atem an als die Daten auf dem Bildschirm erschienen, denn hier waren Aufzeichnungen, für die Herrscherin Rinn vieles gegeben hätte. Sie würde sicher auch vieles dafür gegeben haben, damit ich sie nicht las.

Vor etwa zehn Jahren war das strenge und orthodoxe Kloster, in dem Rinn ihr Noviziat und die Jahre der Ausbildung zur Welek absolviert hatte, von Korvasianischen Bomben zerstört worden. Erstaunlicherweise hatten sich zu jenem Zeitpunkt nur einige wenige Ordensangehörige im Kloster aufgehalten. Der grösste Teil der Ordensleute war angeblich auf dem Weg zu einem Treffen in der Hauptstadt. Die Nachricht von der Zerstörung hatte sich schnell verbreitet, und der heimatlose Orden fand Aufnahme in Welek Talrens Kloster, wo sich Naril bereits seinen geliebten Pflanzen im Arboretum widmete.

Schon bald darauf fand Rinns Orden auch in der Hauptstadt vermehrt Anhänger und zog in ein anderes Gebäude des Klosterviertels um. Rinn jedoch blieb – und sie sollte bis zum Aufstand der Rebellen bleiben, obwohl ihr von Welek Talren mehrmals dringend empfohlen worden war, in ihr eigenes Ordenshaus überzusiedeln. Es geschah damals, dass Naril Rinn über den Weg lief. Mein Bruder berichtete, wie sie sich bei einer Diskussion über ein religiöses Thema getroffen hatten. Er war derjenige gewesen, der Rinn dabei die Stirn geboten hatte, und ihr die starren und überlebten Grundsätze ihres konservativen Ordens vorhielt. Mit Welek Rinn ereignete sich daraufhin Seltsames. Anstatt beleidigt oder betroffen zu reagieren, war sie von dem jungen Priester fasziniert. Er hatte ihr Verlangen geweckt. Sie begann ihm heimlich überall hin zu folgen, eifersüchtig über seine Schritte wachend, und sie besass die fast schon unheimliche Fähigkeit an Orten und bei Gelegenheiten zu erscheinen, wo niemand sie vermutete.

Anfangs war Naril von dieser starken und feurigen Frau, die einige Jahre älter war als er selbst, eingenommen. Sie kamen sich tatsächlich näher. Naril äusserte sich in diesen so persönlichen Aufzeichnungen aber nicht darüber, wie weit diese Beziehung tatsächlich gegangen war.

Doch bald darauf sollte er ihren masslosen Ehrgeiz und ihre Herrschsucht kennen lernen, und auch die daraus folgenden selbstsüchtigen Handlungen. Besitzgier auf geistiger Ebene, nannte er es. Rinns konservativer Orden war die einzige Klostergemeinschaft gewesen, der sie sich hatte anschliessen können. Alle anderen Orden wiesen die Härte der Dogmen und die übertriebene Überzeugung von der eigenen Vollkommenheit weit von sich. Welek Rinn und mein Bruder führten endlose Gespräche darüber, nach denen Naril jedes Mal feststellte, dass das Einzige, was ihn mit jener Frau verband, die allgemeine Valoranische Genetik war. Er zog sich deshalb immer mehr von ihr zurück, ihres Benehmens überdrüssig, worauf sie mit beleidigtem Stolz reagierte. Eine Person, wie Rinn, wird auf jede Art von Zurückweisung mit Hass reagieren. Sie wird niemals einsehen, dass nicht nur ihr Wille gelten kann, sie wird niemals verzeihen. Es darf sie schon gar nicht der Mann zurückweisen, den sie für sich alleine haben wollte.

Dazu kam, dass Herrscherin Ilaka meinen Bruder als persönlichen Schüler angenommen hatte, und ihn als ihren Nachfolger im Herrscheramt zu fördern begann. Ilaka warnte Naril wiederholt vor Welek Rinns Eifersucht. Er ging ihr von da an privat aus dem Weg, doch die Zeit ihrer Intrigen gegen ihn hatte bereits begonnen. Wie Naril später herausfand, stand sie fast hinter jeder Stichelei oder Diskreditierung, die gegen ihn verbreitet wurde, war es nun in der Welekversammlung, in der Regierung oder sogar in der Öffentlichkeit. Nur gegen Herrscherin Ilaka, Welek Talren und Narils engste Freunde kam Rinn nicht an. Sie hatte sogar den Versuch unternommen Gerüchte über Welek Talren in Umlauf zu bringen, in der Absicht ihn seines Amtes als Ordensleiter enthoben zu sehen. Glücklicherweise schenkte niemand diesen Gerüchten Glauben. Welek Rinn war zu jener Zeit selbst Leiterin ihres Ordens geworden, oder besser, sie hatte sich dazu ernannt. In der Welekversammlung begann man sich vor ihr zu fürchten. Unentschlossene bestätigten ihre Ansichten nur, um Rinn nicht herauszufordern.

Herrscherin Ilaka sah die Gefahr, die aus Welek Rinns Verhalten erwuchs. Solch ein Verhalten war zwar innerhalb der Valoranischen Priesterschaft nicht gänzlich unbekannt, doch es war ungewöhnlich, und es mochte das Vertrauen des Volkes in die geistige Führerschaft empfindlich erschüttern. Solange Ilaka das Amt der Herrscherin bekleidete, gelang es ihr die ränkeschmiedende Welek Rinn in Schach zu halten. Doch als Herrscherin Ilaka zu unseren Propheten heimgegangen war, sah Rinn die Chance ihres Lebens gekommen. Sie liess kein Mittel ungenutzt, um ihre Ziele zu erreichen und ihren Willen durchzusetzen.

Naril schrieb, dass sie versucht hatte die Welekversammlung zu spalten – was ihr auch beinahe gelungen wäre. Ihr Plan war, die Weleks gegen den Abgesandten aufzuhetzen. Ein Abgesandter der Propheten, der kein Valoraner war, sondern ein fremder Terraner, musste ein schmerzhafter Dorn in Welek Rinns Auge sein. Ihre Angriffe auf die Präsenz der Interplanetaren

Föderation im Valoranischen Planetensystem und auf der Raumstation wurden immer heftiger. Die Raumstation gehörte allein Valor, unsere Vorfahren hatten sie im All errichtet, und sie hatte ursprünglich die Aufgabe unseren Propheten im Himmelstempel als Verbindung zu uns zu dienen. Während der Besetzungszeit Valors durch Korvasia hatten die Korvasier die Raumstation mit Waffengewalt eingenommen und alle dort arbeitenden Valoraner nach Korvasia entführt. Die Valoranische Crew der Raumstation war verhört und sogar gefoltert worden. Sie sollten den Korvasianern angebliche Geheimnisse verraten. Es gab keine Geheimnisse. Es gab nichts, was Korvasia nicht schon wusste. Es lag nicht in unserem Entscheidungsbereich, was unsere Propheten taten. Wir konnten zwar mittels der rituellen Energiefiguren mit ihnen in Kontakt treten, doch dies geschah über Visionen. Die hochentwickelten Wesen, die seit Jahrtausenden Propheten genannt werden, können sich unserer Dimension nur auf diese Weise mitteilen. Sie haben keine körperliche Gestalt, ihre Körper – wenn man so will – bestehen aus Energie. Erst wenn unsere eigene körperliche Welt einen Dimensionssprung zulässt, werden wir fähig sein, direkt mit diesen Wesen zu kommunizieren.

Korvasia hatte Valor und seine Kolonieplaneten besetzt, um sich unsere Rohstoffe anzueignen. Die Korvasier benötigen grosse Mengen an verschiedensten Rohstoffen, damit sie ihre komplexe Technologie aufrechterhalten können. Der grösste Teil davon wird für militärische Zwecke eingesetzt. Sie unterhalten eine grosse Flotte von Raumschiffen, da sie auf der Suche nach Rohstoffen immer weitere Distanzen zurücklegen müssen. Ihr eigenes Planetensystem haben sie bereits ausgebeutet. Wenn sie den Stand ihrer Technologie nicht grundlegend ändern, so werden sie immer weitere Welten zur Ausbeutung suchen und vereinnahmen, auch wenn diese Welten bewohnt sein sollten. So erging es Valor. Es war Teil der Friedensverhandlungen gewesen, dass nun Verträge zwischen Valor und Korvasia Rohstofflieferungen gegen Bezahlung regeln. Valor hat das Glück – oder hatte früher das Unglück – dass es in seinem System über einige unbewohnte Planeten verfügt, wo solche Rohstoffe vorkommen und gefördert werden können. Die Valoraner sind jetzt bereit bestimmte und begrenzte Mengen an diesen Rohstoffen den Korvasiern zu liefern – gegen faire Bezahlung und durch kontrollierten Abbau.

Während der Besetzungszeit versuchten korvasianische Militärs den den Eingang zum Himmelstempel unserer Propheten zu vernichten. Als diese Pläne durchgesickert waren, richtete Valor ein dringendes Hilfegesuch an die Interplanetare Föderation. Unserem Gesuch wurde stattgegeben. Die Föderation erliess ein Embargo gegenüber Korvasia und blockierte interplanetare Handelsrouten. Nach einer Weile zeigte dieses Vorgehen Wirkung. Auf Korvasia war ein Notstand ausgebrochen. Ohne die Lieferungen der dringend benötigten Rohstoffe geriet das Leben im Korvasianischen Planetensystem ins Stocken. Da sämtliche Rohstofflieferungen zum Aufrechterhalten der Raumflotte und der Armee benötigt wurden, kam es auf Korvasia zum Notstand in zivilen Bereichen und stellenweise sogar zu Hungersnöten. Dies war der Zeitpunkt gewesen, als sich Korvasia verhandlungsbereit zeigte. Unsere Propheten hatten bei dieser Entwicklung auch eine Rolle gespielt, obwohl es die Korvasier darauf angelegt hatten, jeden Kontakt von Valor zum Himmelstempel zu unterbinden. Während dieser Zeit gingen mehrere der Heiligen Energiefiguren verloren. Wir hoffen immer noch, dass die meisten nicht zerstört, sondern nur verschollen sind. Ohne die Heiligen Energiefiguren hätten wir keine Möglichkeit mit unseren Propheten zu sprechen. Die Heiligen Figuren können auch nicht nachgebaut werden. Es fehlen uns schlichtweg die Kenntnisse dazu. Es geht dabei nicht nur um Technologie. Die Energie und technische Beschaffenheit dieser Figuren sind lediglich Träger eines hochentwickelten Bewusstseins. Viele namhafte Wissenschaftler und Ingenieure hatten es versucht. Der Wunsch, eine rituelle Energiefigur zu bauen, hatte selbst Fälscher auf den Plan gerufen. Müssig zu sagen, dass die Fälschungen sehr schnell entlarvt wurden.

Bei dem Versuch den Eingang zum Himmelstempel zu zerstören – und somit auch unsere Propheten zu vernichten – hatte eine Korvasianische Gruppe Unterstützung im Dunklen Universum gesucht. Es war ihnen gelungen sich Eintritt ins Paralleluniversum zu verschaffen und Kontakt zu den sogenannten „Feinden der Propheten" aufzunehmen. Sie waren sich in ihrer Verblendung nicht bewusst, welche Kräfte sie entfesselten. Kein einziger jener Korvasier überlebte die Kontaktnahme, und was danach mit ihren Seelen geschah wage ich mir nicht vorzustellen. Natürlich wehrten sich unsere Propheten gegen die Zerstörung ihrer Heimstatt. Es kam zu einem fürchterlichen Kampf der Propheten gegen ihre Feinde. Ich muss anfügen, dass die „Feinde der Propheten" all jene dunklen und bösartigen Eigenschaften innehaben, welche unsere Propheten schon vor Zeitaltern abgelegt hatten. Es tobten bereits mehrere Kriege der hoch entwickelten Wesen während vergangener Äonen im All, wobei es bisher gelungen war, die Feinde wenigstens in Schach zu halten. Aus diesem Grund hatten unsere Propheten sämtliche Durchgänge zwischen den Parallelwelten versiegelt, und deshalb war es ihnen allein vorbehalten die Durchgänge zwischen den Dimensionen unter besonderen Umständen zu durchschreiten. Unter den Prophetenwesen gibt es solche, die es sich zur Aufgabe gemacht hatten die Durchgänge zu bewachen und die Zivilisationen auf ihren Heimatplaneten vor den „Feinden" zu schützen. Während der schwierigen Zeit der Verhandlungen zwischen Valor und Korvasia wählten unsere Propheten einen Mann zu ihrem Abgesandten: Einen Terraner und Regierungsmitglied der Interplanetaren Föderation. Trotzdem dieser Schritt von unseren Propheten ausging, fühlten sich gewisse Valoranische Kreise dadurch gekränkt. Zu diesen Kreisen gehörte der Orden von Welek Rinn. Ein Terraner als Abgesandter der Propheten wäre eine Schande für Valor, verkündeten die Sprecher des Ordens. Die Propheten hätten sich von Valor abgewandt, liessen sie uns wissen. Wegen unserer Schwäche und wegen der losen Sitten sollte Valor bestraft werden. Die konservativen Ordensangehörigen riefen zur Busse und Reue auf, und forderten harte Massnahmen – vor allem anderen eine bedeutende Beschneidung unserer Rechte und unserer Freiheit. Zuerst wurden die fanatischen Reden nicht ernst genommen, man lächelte darüber. Doch als Welek Rinn das Herrscheramt antrat und einige der vom Orden angestrebten Massnahmen sofort in die Tat umsetzte, wich das Lächeln erschreckten Mienen. Andere wiederum wurden wütend und äusserten ihren Ärger öffentlich. Es konnte nicht sein, dass Valor mit grosser Mühe und mit Hilfe der Föderation das Terrorregime der Korvasier abschüttelte, nur um sich einer eigenen, hausgemachten Gewaltherrschaft durch fanatische Priester zu unterwerfen! Mein Bruder befand sich unter diesen Stimmen, welche der neuen Herrscherin eine Änderung ihres Regierungskurses nahelegten.

Naril vermutete sogar, dass sich die Herrscherin Rinn selbst zur Abgesandten der Propheten ausrufen wollte, wenn die Föderation sich nach dem Friedensschluss zurückgezogen haben würde. Ich las in den Aufzeichnungen meines Bruders mit grossem Erstaunen, dass er mit dem Gedanken spielte, sollte er einmal der neue Herrscher werden, er Welek Rinn eine Aufgabe in einer der Valoranischen Kolonien im Gammaquadranten zuweisen würde. Dort hätte sie die geistige Führung, und seinetwegen auch die Regierungsgewalt, übernehmen können. Aus seinen Worten war bitterer Sarkasmus zu spüren. Für Welek Rinn hätte ein solcher Schritt Verbannung bedeutet. Ich hörte förmlich, wie Naril seufzte. Ihm war bewusst, dass er Rinn nicht mehr loswurde, und dass auch in ihrem Wesen Fähigkeiten lagen, die sich trotz all ihrer Fehler zum Wohle Valors nutzen liessen.

Naril hatte Rinn bedauert und ihr jede Gelegenheit zur Zusammenarbeit geboten. Mein Bruder hatte immer nur an das Gute in jedem Einzelnen geglaubt, welches sich schliesslich den Weg nach aussen bahnen würde. Er hatte fest daran geglaubt, dass das Beispiel der Interplanetaren Föderation Rinn schliesslich überzeugen würde, und es war möglicherweise sein grösster Fehler gewesen nicht einzusehen, dass sie, obwohl sie eine Valoranerin und dazu noch eine geistige Führerin war, nur für ihre eigenen, egoistischen Vorhaben lebte, die sie sorgfältig in ein ziemlich fadenscheiniges Mäntelchen des Wohlwollens und der Fürsorge hüllte. Mit Schrecken las ich sogar, dass vieles darauf hinwies, dass sie das Personal der Raumstation schon viel früher gegeneinander aufgehetzt hatte. In ihrem Auftrag wurden äusserst widersprüchliche Ansichten auf der Raumstation verbreitet. Es waren Unruhen unter den Mitarbeitern geschürt worden und Denunziation gefördert. Daraufhin hatte Rinn harte Massnahmen verlangt. Es war ihr gelungen die Mitarbeiter in zwei Gruppen zu spalten. Ihre Mitwisser brauchten dann nur noch die Gegensätze geschickt zu verstärken, bis die Gemüter hochkochten. Es kam zu einem Sprengstoffanschlag auf der Raumstation. Der Zeitpunkt und der Ort der Explosion waren gut gewählt worden, denn es sollte dabei niemand ernstlich verletzt werden. Die Intrige wurde aber durch den

Sicherheitsbeauftragten der Raumstation aufgedeckt und die Ordnung auf der Raumstation wieder hergestellt. Diese Ereignisse lagen nun eine Weile zurück, die Situation hatte sich beruhigt, und Naril hoffte auf die gute Wende.

Der Rest ist nur allzu gut bekannt. Das Shuttle, welches später meinen Bruder und die Herrscherin Rinn zur Raumstation brachte, wurde angeblich von Terroristen angegriffen, die einen Anschlag auf die Herrscherin verüben wollten. Doch mein Bruder erlitt dabei tödliche Verletzung und starb kurz darauf auf der Station. Die Herrscherin machte grosses Aufheben darum, als sie Narils Körper nach Valor zurückbringen liess. Sie ordnete eine rigorose Untersuchung des Falles an. Einige Personen wurden verhaftet, einige wurden befragt. Die Ermittlungen müsste eigentlich noch laufen, denn mir war nichts von einem abschliessenden Urteil bekannt. Ich hatte kein Vertrauen in diese, von der Herrscherin angeordnete Untersuchung. Die Herrscherin war nun ihren unbequemen Ratgeber, ihr lebendes, wandelndes Gewissen losgeworden. Es war abzusehen, dass künftig auch Andere zum Schweigen gebracht werden mochten.

Bei der Wahl Rinns ins Herrscheramt musste etwas vorgefallen sein, was Naril zu jenem unglaublichen Schritt veranlasste die eigene Kandidatur zurückzuziehen. Seine Aufzeichnungen schwiegen darüber, so dass ich anzunehmen begann, dieser Grund wäre sehr schwerwiegend gewesen. Ich fand nur kurz eine schreckliche Vision erwähnt, die ihm Angst machte. Danach folgten weitere Notizen und skizzenhafte Beschreibungen der Friedensverhandlungen mit Korvasia. Er erwähnte. dass er die Herrscherin zu diesen Verhandlungen regelrecht überredet hatte. Sie hatte sich zu Beginn geweigert, sich mit Korvasia und der Föderation an den Verhandlungstisch zu setzen. Naril gestand in seinem Tagebuch fast verschämt, dass er sie mit ihren eigenen

Waffen dazu gebracht hatte, indem er ihr klarmachte, wieviel Ansehen es für sie bedeuten würde als Friedensstifterin zu erscheinen. Naril schrieb, dass er sich dabei schmutzig vorgekommen war, als er Rinn mit solchen hinterhältigen Spielchen auf seine Seite lockte. Er äusserte die Hoffnung, dass es nur eine Frage der Zeit war, bis sie restlos einverstanden wäre, Valor als Mitglied der Interplanetaren Föderation zu sehen. An dieser Stelle hörte der Eintrag auf.

Eigentlich hatte ich genug gelesen. Doch ich musste die restlichen Dokumente auf der Platte auch noch durchsehen, denn ich zweifelte daran, ob ich die Kraft hatte eine weitere Nacht darüber zu verbringen. Mir war jetzt bewusst, welch explosives Material sich in meiner Obhut befand. Es war ratsam, mehrere Kopien davon anzufertigen und sie an geeigneten Stellen zu deponieren. Ich dachte, dass vor allem Offizier Merys Alani ein Anrecht auf eine Kopie hatte. Sie und der Abgesandte der Propheten sollten genau wissen, mit wem sie es bei Herrscherin Rinn zu tun hatten.

Mein Besuch der Raumstation schien mir immer noch wichtig. Irgendwann – nach der Eröffnung der Ausstellung, wollte ich mir dafür Zeit nehmen. Ich wusste, dass es nicht immer einfach war Offizier Merys anzutreffen. Es konnte sein, dass ich einige Tage aufgehalten würde, trotz eines vereinbarten Termins. Vielleich war es besser Kontakt mit ihr aufzunehmen, wenn ich wieder in der Hauptstadt war.

Als ich mich wieder der Speicherplatte zuwandte und beim Lesen systematischer vorging, erkannte ich, dass Naril über viele politische Themen schrieb, die ich öffentlich ganz anders dargestellt sah. Es war mir klar, dass dies noch nichts für die Öffentlichkeit war, und sollte die Herrscherin zu früh davon erfahren, dann war vielleicht auch mein Leben nicht mehr allzu sicher. Wenn sie nicht davor zurückgeschreckt jenem Mann schaden zu wollen, den sie einst geliebt hatte, um wieviel leichter musste es ihr bei dessen Schwester fallen! Ich erinnerte mich wieder an die Welle widersprüchlicher Gefühle, die mich während der Zeremonie im Grossen Tempel überflutet hatte, als ich sogar fast mein Bewusstsein verlor. Jetzt war ich mir sicher, dass ich einen Augenblick lang in die Gefühlswelt der Herrscherin hineingeraten war. Wenn mein Bruder mich für fähig hielt entwickelte Anlagen zur Telepathie zu besitzen, wie sehr musste ich dann, in einem entspannten Zustand, und in der geweihten Atmosphäre eines Tempels, für solch starke Gefühle offen gewesen sein! Angst und Bedenken begannen sich in mir zu regen. Hier in Dakhin war ich sicher, doch wie würde es nach meiner Rückkehr in die Hauptstadt sein?

Ich zwang mich weiterzulesen, wurde aber bald wieder durch meine eigenen Gedanken und Überlegungen abgelenkt. War es mir vielleicht doch bestimmt einem Orden anzugehören und Narils Nachfolge anzutreten? Es schien sehr wahrscheinlich, dass die Öffentlichkeit eine Ordensangehörige ernster nahm, als nur eine Historikerin. Ein kurzer maliziöser Gedanke an die Herrscherin tauchte plötzlich in mir auf: War es auch ihr Beweggrund gewesen in einen Orden einzutreten? Hatte sie auf ihrem Weg zur Macht auf das Vertrauen der Valoraner zu ihren geistigen Führern gesetzt? Waren das Welekgewand und die Ausbildung zur Priesterin nur Mittel zum Zweck gewesen. Erschüttert beantwortete ich mir die Frage selbst mit einem Ja.

Endlich hatte ich die Dateien alle durchgesehen. Ich fertigte Kopien an und schloss alles im Geheimfach ein. Am folgenden Tag wollte ich mich um die Schriftrollen kümmern und, wenn Zeit blieb, einige der Bücher genauer studieren.

Kapitel 9

Die folgenden zwei Tage verbrachte ich mit Lesen, Sortieren, Nachdenken. Die Informationen aus Narils Tagebüchern stürmten derart auf mich ein, dass ich mich oft gewaltsam davon losreissen musste. Meistens lief ich dann in den Garten hinunter oder suchte die Geborgenheit des Schreins, um zu meditieren.

Die Aufzeichnungen bedeuteten konzentrierte Macht in meinen Händen. Macht, die angewandt, Macht die missbraucht werden konnte. Macht, die für einige Personen – insbesondere für die Herrscherin – den Verlust ihrer Integrität bedeuten konnte. Manchmal geriet ich in Panik, wenn ich nur daran dachte, dass es in meiner Entscheidung lag, was mit diesen Aufzeichnungen geschah Ich hatte zwar Sicherheitskopien angefertigt, womit ich die Schriften wenigstens vor allzu schnellem Verschwinden schützte. Aber was dann? Sollte ich ein Buch herausgeben, das Narils Leben zum Gegenstand hatte? Sollte ich mich wirklich um seine Nachfolge bewerben, um dann dieses Wissen stückweise zu veröffentlichen? Naril war von der Herrscherin Rinn schon wenige Wochen nach ihrer Wahl zu einem ihrer Hauptberater ernannt worden – an eine Nachfolge in diesem Amt konnte mein Bruder wohl nicht im Ernst gedacht haben. Die Art der Nachfolge musste anders aussehen, doch im Augenblick war ich unfähig zu erkennen, worauf sie sich bezog.

Während meines Aufenthaltes in Dakhin hatte ich den Eintritt in einen geistigen Orden wenigstens erwogen. Mit einem starken Orden im Rücken wäre meine Person sicher gewesen und ich könnte mehr leisten. Hatte das nicht unsere neue Herrscherin bewiesen? Es stand ausser Frage, für welchen Orden ich mich entscheiden würde – wenn ich mich denn überhaupt dazu entschied. Ich war jetzt schon bestens in Narils ehemaligem Kloster eingeführt. Und dann das Angebot von Welek Hemala, mir in Dakhin ein Refugium bereitzuhalten... Es schien mir, als warteten alle nur auf meine Zustimmung. Dass ich mich für die Laufbahn einer Welek entschied, war wohl allen eindeutig klar. Allen, ausser mir selbst.

Narils Nachfolge anzutreten konnte allerdings auch bedeuten, sich auf anderen Gebieten zu betätigen, die mir vertrauter waren. Mein Bruder war auch ein Lehrer mit Leib und Seele gewesen. In Dakhin traf ich einige seiner Schüler, denen er Herrscherin Ilakas Lehren näher gebracht hatte. Die Berufung zu unterrichten lag offensichtlich in unserer Familie. Viele unserer Angehörigen waren Lehrer gewesen. Naril hatte über seine Lehrtätigkeit ins Tagebuch geschrieben:

„... seit geraumer Zeit scharen sich junge Menschen um mich, die in mir den Lehrer suchen. Ich bin mir der Verantwortung wohl bewusst, was das heisst, aber oft zweifle ich, ob ich die Aufgabe richtig erfülle. Von mir, als ihrem geistigen Lehrer, hängt es ab, ob ihr Apagha seine Lebensaufgabe findet, und ob es ihr gewachsen sein wird. Beim Unterricht nehmen wir meistens Herrscherin Ilakas Lehrsätze durch, und wir sprechen über ihre Taten. Danach übe ich mit den Schülern die stille Mediation oder den Fluss der Lebensenergie in den Bewegungen des Heiligen Tanzes. Sehr oft nehme ich sie einfach mit ins Arboretum, und wir kümmern uns um die Pflanzen und Bäume. Dies ist immer noch eine der wirkungsvollsten Arten der Meditation. Das Arboretum ist in Dakhin schwieriger zu pflegen als in der Hauptstadt, da das Klima hier rauer ist, aber umso mehr geniessen die Schüler ihre ersten sichtbaren Erfolge. Das inspiriert sie stärker als lange Diskussionen, nach denen der Kopf schmerzt. Die letzte Stunde des Unterrichts verbringen wir meistens auf dem Sportplatz und im Schwimmbecken. Ich hoffe sehr, dass ich dazu beitragen kann einen Teil der jungen

Generation Valors im Sinne unserer Propheten auszubilden, damit wiederum sie ihre eigenen Erfahrungen weitergeben können. So kann Valor wieder an jenem Punkt anknüpfen, an dem es vor der Besetzung stand, dieses Mal jedoch reifer, und geläutert durch das viele Leid. Valor soll ein geachtetes Mitglied der Interplanetaren Föderation werden. Valors Kultur kann für viele Welten eine Bereicherung sein. Wir müssen endlich aufhören ständig um Hilfe zu jammern, wenn wir sie zuletzt doch wieder ablehnen, nur weil gewisse Kreise bei uns die Interplanetare Föderation fürchten. Wir müssen auch endlich die Schmerzen der Besetzungszeit loslassen, denn dieses anhaltende Selbstbedauern zieht uns in den Abgrund. Die Besetzungszeit ist vorbei, sie ruht in der Vergangenheit und dort soll sie bleiben. Möglicherweise kommt einmal der Tag, an dem Valoraner und Korvasier zusammen von einem weit mächtigeren Feind bedroht werden. Vielleicht werden sich dann beide Völker zur Zusammenarbeit entschliessen müssen, anstatt einander längst vergangene Geschehnisse vorzuwerfen. Deshalb bin ich fest entschlossen, mit all meiner Kraft, meine Vision von einem Frieden mit Korvasia zu verwirklichen. Die Vision, die mir der Heilige Energiekörper vermittelt hatte, zeigte mir genau, dass dies die Aufgabe meines Apagha ist, und dass mich der Abgesandte der Propheten dabei unterstützen wird. Ich werde mich dieser Aufgabe mit all meinen Fähigkeiten und Kräften stellen – auch wenn ich dieses Ziel vielleicht mit dem Leben bezahlen sollte…"

Diese Stelle berührte mich tief. Mein Bruder war sich genau bewusst, was die Propheten ihm in der Vision mitteilten. Da unsere Propheten ausserhalb von Raum und Zeit leben, hat für sie die lineare Zeit keinerlei Bedeutung. Unter sehr wichtigen Umständen, und sofern es dem allgemeinen Wohl dient, teilen sie vereinzelten Personen mit, was sie in der Zukunft erwartet.

Ichhielt den Atem an, als ich diese Stelle im Tagebuch las. Naril war sich bewusst gewesen, dass man ihm nach dem Leben trachtete, und dass der Grund dafür die Friedensverhandlungen waren. Er kannte jedoch weder den Zeitpunkt, noch den Ort, noch den Plan. Sein Vertrauen in die Lehren unserer Propheten, und seine Überzeugung das Richtige zu tun, mussten felsenfest gewesen sein.

Im Tagebuch gab es auch Einträge völlig unterschiedlicher Art. Einige waren mit bitteren Selbstvorwürfen gespickt, wie jene Aufzeichnung, in der sich Naril der Feigheit beschuldigte.

„… Heute sagte man mir, dass ich auf meine Popularität stolz sein könne, doch in den stillen Stunden meiner Meditationen schäme ich mich dieser steigenden Beliebtheit. Oft habe ich auch den Eindruck, dass es auf die Kosten der Herrscherin geschieht. Man kann Rinn gegenüber nicht gleichgültig sein, man liebt sie oder man fürchtet sie, doch diejenigen, die sie lieben sind rar. Da nun jedes Volk eine Führungsperson braucht, zu der es aufblicken kann, von der es sich umsorgt weiss wie von den eigenen Eltern, projizieren die Valoraner ihre Erwartungen nun auf mich. Habe ich mein geliebtes Volk nicht schon einmal enttäuscht? Als Rinn damals ihren „heiligen Krieg" begonnen hatte, und die Wirksamkeit ihres „Programms" auf der Raumstation erprobte, suchte mich der Abgesandte der Propheten im Kloster auf und bat mich um Hilfe. Er hatte um Audienz vor der Welekversammlung gebeten…

… und was tat ich? Vor lauter Befürchtungen, dass meine Position noch nicht genug gefestigt war, lehnte ich ab. Es war die feigste Tat meines Lebens. Jetzt, nachdem Rinn zur Herrscherin gewählt wurde, steht es klar vor meinen Augen. Hätte ich damals dem Abgesandten die Audienz gewährt, hätten wir uns viele Unruhen ersparen können. – Jetzt ist es zu spät, um daran etwas zu ändern. Diese feige, unglückliche Entscheidung wird mich mein ganzes Leben lang verfolgen. Ein verpasster Augenblick, eine vertane Möglichkeit, Schwäche zur falschen Zeit. Was hatte ich denn zu verlieren? Es war bekannt, dass mich Herrscherin Ilaka als ihren Nachfolger vorgeschlagen hatte, wir warteten lediglich auf den offiziellen Wahltermin...

... Ich war derjenige, der sich dadurch in Sicherheit wiegte und es somit zuliess, dass Rinn und ihr Orden weitere Anhänger gewinnen konnten. Wer einem jahrzehntelang unterdrückten Volk weismacht, dass es eine strahlende Zukunft vor sich hat, wenn es nur jener „auserwählten" Persönlichkeit folge, hat schon halb gewonnen. Viele geknechtete Völker leben nur von der Hoffnung etwas Besonderes zu sein, und dass sich dieses Besondere in einer noch nebelhaften jedoch „glorreichen" Zukunft offenbaren wird. Solche Völker wiegen sich in ihren Träumen und erkennen nicht, dass sie selbst, jeder Einzelne, Hand anlegen müssen, um sich der Freiheit würdig zu erweisen. Die sogenannten „besseren Zeiten" kommen nie, wenn man nur auf sie wartet, man muss sich um sie ein wenig bemühen...

... Der Abgesandte der Propheten hatte mich um Hilfe gebeten. Er war uns von unseren Propheten geschickt worden. Durch ihn hatten sie in jenem Augenblick zu mir gesprochen. Ich war ihren Wünschen gegenüber blind gewesen. Es grenzt an Verrat. Was auch immer ich tun werde, ich kann nur durch meinen Dienst an Valor versuchen diese Tat zu sühnen..."

Soviel Bitterkeit, solche Selbstanklage, hatte ich vorher noch nie von meinem Bruder gehört. Dieser Eintrag berührte mich so sehr, dass ich für eine Weile den Computer verlassen musste, um mich zu fassen. Ich fühlte tiefe Trauer, Reue – als hätte Naril jedwede Verantwortung für die darauf folgenden Unruhen und die kurz aufflammende Rebellion auf sich nehmen wollen.

Zu jener Zeit hatte ich ihn nur sehr selten gesehen. Ich hatte nicht die Gelegenheit ihn noch vor dem unseligen Flug zur Raumstation zu sehen. Er schrieb davor in sein Tagebuch, dass er oft mit den Propheten Zwiesprache durch die Energiefigur gehalten hatte. Er hatte unsere Propheten um Vergebung gebeten, hatte ihnen sein Leben geweiht im Dienst für Valor, als Wiedergutmachung für einen Augenblick der Feigheit. Dieser Eintrag machte mich sehr betroffen.

Ich fühlte mich aufgewühlt und mochte eine Weile nicht mehr weiterlesen. Mein Herumstochern in Narils Leben, in seinem privaten Gedanken, erschien mir plötzlich widerlich. Er war zu den Propheten gegangen, warum konnte man ihn jetzt nicht in Ruhe lassen? Und welche Rolle spielte ich dabei? War ich nur ein Werkzeug in den Händen von Leuten, die an diese Dokumente gelangen wollten?

Ich brauchte lange bis ich wieder in ruhigeren Bahnen denken konnte, bis die Wichtigkeit meines Tuns wieder vor meinen Augen stand.

Naril hatte sich in seinem Tagebuch nicht geschont. Er hatte nicht versucht seine Handlungen zu rechtfertigen. Er liess auch Peinliches nicht aus. An einer Stelle fand ich seine Erinnerungen an das letzte Jahresfest. Dieses Fest symbolisiert bei uns einen neuen Anfang, man kann es mit den Neujahrs-Feierlichkeiten der Terraner vergleichen. Auf Valor werden allerdings zu diesem Fest kleine Schriftrollen verfasst, in die jeder seine Sorgen, Probleme und Ängste hineinschreibt. Die Schriftrollen werden in den Tempeln in grosse Feuerschalen geworfen. Während sie verbrennen, sollen sich auch all die beschriebenen Schwierigkeiten im Feuer auflösen.

Das letzte Jahresfest fand nur wenige Monate vor Narils Tod statt. Ich hätte ihm gewünscht, dass sein letztes Fest harmonischer verlaufen wäre. Vieles davon, was er schrieb konnte ich mir nicht vorstellen. Vielleicht würde ich einmal Zeit haben, um mich mit Offizier Merys darüber zu unterhalten. Was ich aber sehr wohl verstand, war die peinliche Situation, in die mein Bruder unwissentlich geraten war. Naril schrieb:

„... heute bin ich von der Raumstation zurückgekehrt, wo ich mit der Crew und ihren Gästen das Jahresfest gefeiert hatte. Gefeiert – ist kein zutreffender Ausdruck. Es wird besser sein, wenn ich mich in den nächsten Monaten nicht auf der Station blicken lasse. Wenigstens hat mir diese ganze unangenehme Geschichte bestätigt, wie wichtig es ist, die eigenen, erwachenden telepathischen Fähigkeiten zu schulen und die eigenen Gedankenkräfte gegen äussere Einflüsse zu stärken. Das Beste wird sein, jetzt gleich alles aufzuschreiben, denn ich weiss nicht, ob ich morgen noch den Mut dazu haben werde...

... Ich hatte zwei Gründe um das Fest auf der Station zu feiern. Erstens hatte ich Alani eine halbe Ewigkeit lang nicht gesehen, und zweitens erfuhr ich, dass eine Botschafterin von Beharzad, als offizielle Vertreterin ihrer Regierung an unserem Fest teilnehmen sollte. Ich hoffte auf ein Gespräch mit ihr. Ich wollte sie über gegenseitigen Kulturaustausch befragen. Dabei wollte ich ganz besonders das Thema der Telepathie ansprechen. Aber alles kam ganz anders...

... Die Botschafterin hatte auf ihrer Reise noch andere Niederlassung der Interplanetaren Föderation besucht und befand sich an Bord desselben Shuttles wie ich. Hätte ich das nur gewusst! Da ich sie nicht kannte, verbrachte ich den Flug umringt von Valoranern, mit denen zusammen ich verschiedene Gespräche führte. Ich war zu sehr abgelenkt, als dass ich der auffallend gekleideten Frau Beachtung geschenkt hätte. So kam es, dass ich erst auf der Station erfuhr, wer sie in Wirklichkeit war. Die Botschafterin machte auf mich nicht den Eindruck einer überzeugten Dienerin ihrer Nation. Sie schien vielmehr ihre Position als unerschöpfliche Quelle des Vergnügens aufzufassen. Vielleicht tue ich ihr Unrecht, aber ich hatte nie die Gelegenheit – und nach dem, was geschah, auch nicht mehr den Wunsch – sie näher kennenzulernen...

... Die Botschafterin hatte nach ihrer Ankunft auf der Station leicht über Kopfschmerzen geklagt, doch anstatt sich wegen ihres Unwohlseins ärztlich untersuchen zu lassen, stürzte sie sich kopfüber in die Feierlichkeiten. Das Chaos, das sie dadurch verursachte, spottet jeder Beschreibung...

... Beharzoiden verfügen nicht nur über die Fähigkeit in Gedanken miteinander zu kommunizieren, sondern auch über stark entwickelte Emotionen. Sie sind auch in der Lage diese Emotionen auf andere Personen zu übertragen. Früher stellte dies eine Art Selbstverteidigung dar, indem man versuchte einen angreifenden Feind mit negativen Gefühlen von seinem Vorhaben abzubringen. Heute gilt es als gesetzwidrig. Doch es gibt eine Ausnahme. Einige Frauen von Beharzad können in einem gewissen Alter an einem Fieber erkranken, welches diese emotionalen Übertragungskräfte unbewusst aktiviert und sogar verstärkt. (Die Botschafterin ist ohne Zweifel nicht mehr die Jüngste, und übrigens findet Alani sie viel zu theatralisch. Sie macht sich bei jeder Gelegenheit über ihre Versuche jünger zu erscheinen lustig...)

... Gerade die Affektiertheit der Botschafterin wurde einigen von uns zum Verhängnis. Offensichtlich trug sie keine Schuld daran, ausser vielleicht, dass sie sich hätte unverzüglich wegen ihrer Kopfschmerzen untersuchen lassen sollen, aber die Folgen waren trotzdem höchst unangenehm. Jeder, der in ihre Nähe kam und ein emotionales Problem in sich trug – wenn auch im Unterbewussten, und mochte dieses Problem noch so klein sein – wurde zur Zielscheibe. Nicht dass die übertragenen Gefühle negativ gewesen wären, im Gegenteil – doch gerade das war das Unerfreuliche daran...

... Ich hatte mich sehr auf ein Wiedersehen mit Merys gefreut, doch sie bat mich eine Weile zu warten, da sie noch mit den Festvorbereitungen beschäftig war. Sie sollte dem Fest vorstehen. Dabei nannte sie den Name einer Mitarbeiterin, die ihr assistierte. Es war jemand aus ihrem Team. Und was tat ich? Ich war enttäuscht, sogar eifersüchtig und ärgerte mich, dass diese Mitarbeiterin Alani wichtiger war als ich! Bei der Eröffnungszeremonie stand ausgerechnet diese Frau mir gegenüber. Sie lächelte mir sogar zur Begrüssung freundlich zu. Genau in diesem Moment ging die Botschafterin an mir vorbei. Ich erinnere mich dunkel an einen plötzlichen stechenden Schmerz in meinem Kopf, doch von da an ist die Erinnerung ausgelöscht. Anscheinend habe ich mich nachher ziemlich dumm aufgeführt. Es hiess, dass ich versuchte Alanis Mitarbeiterin zur Heirat zu überreden. Ich hoffe inständig, dass es nicht allzu viele Zeugen dieses Benehmens gab...

... Die restliche Zeit des Festes verbrachte ich in Quarantäne in meinem Quartier und Alani ebenfalls. Auch sie war angesteckt worden und ihre Zielscheibe war der Arzt. Wie man uns im Nachhinein sagte, waren wir bei weitem nicht die Einzigen, die sich auffällig verhielten. Die meisten Anwesenden auf der Station waren betroffen. Nur diejenigen, die Dienst taten und sich nicht von ihren Arbeitsstationen entfernen durften, blieben verschont. Zum Glück! ...

... Die Botschafterin reiste daraufhin ab, ohne dass ich sie ein zweites Mal zu Gesicht bekam. Ich denke, eine offizielle Entschuldigung ihrerseits wäre angebracht gewesen, doch ich glaube nicht, dass diese exzentrische Persönlichkeit sich dessen bewusst war ..."

Ich schmunzelte über die geäusserte Besorgnis meines Bruders um seine Würde. Bei einem Jahresfest wird auch immer viel getrunken, so dass man immer wieder in peinliche Situationen geraten kann. Möglicherweise feiert man das Fest in den Klöstern weniger ausgelassen, so dass Naril seinem Erlebnis grösseres Gewicht beimass und sich in Grund und Boden schämte. Ich nahm an, dass die Geschichte weitgehend unbemerkt geblieben war, als alle wieder zum Arbeitsalltag zurückkehrten.

Allerdings zeigte diese Begebenheit wieder Narils Interesse an der Telepathie. Ich fand es auch interessant, dass das Volk von Beharzad in früheren Zeiten einen feindlichen Angriff dadurch abwehren konnte, indem sie ihren Gegner heftige, negative Emotionen überstülpten. Ich stellte mir vor, dass es sehr wirksam war, Angreifer durch Einimpfen von Angst in die Flucht zu schlagen.

Weitere Aufzeichnungen aus Narils Tagebuch waren allerdings weniger unterhaltsam. Mein Bruder beschrieb in einer eigens dafür angelegten Datei den Sinn und Zweck der vor uns verehrten Heiligen Energiefiguren. Er zählte alle Fakten auf, die uns darüber bekannt waren, und er schilderte die Geschichte dieser geheimnisvollen Objekte. Mit angehaltenem Atem las ich von Narils Plänen zum Schutz der Energiefiguren.

Es war mir bekannt, dass nicht alle der ursprünglichen Energiefiguren, die sich auf Valor befunden hatten, nach der

Besetzungszeit wieder zu uns zurückkehrten. Aus der Korrespondenz zwischen Naril und Legat Korell von der Korvasianischen Regierung wusste ich, dass die Korvasier einige der Heiligen Figuren gestohlen hatten. Bei dieser Beute sollten sich weitere, alte und unschätzbare Kunstwerke – Skulpturen, Bilder, Kalligraphien – aus Valoranischen Tempeln befunden haben. Mein Bruder schrieb darüber:

„… die Besetzungsmacht demütigt unser Volk, indem sie ihm sein kulturelles Erbe wegnimmt – Kunstwerke, Kultgegenstände, Literatur. Die Demütigung ist umso grösser, wenn sich die Invasoren mit dem geistigen Erbe eines ihnen fremden Volkes bereichern und sich sogar nach Beendigung der Invasion weigern die Werke wieder zurückzugeben…"

Demnach mussten sich immer noch Valoranische Kulturschätze auf Korvasianischem Hoheitsgebiet befinden! Narils Verhandlungen mit Korell umfassten auch die Rückgabe dieser Güter, allen voran der Heiligen Energiefiguren. Narils höchstes Ziel war es, diese Heiligen Figuren, die den Valoranern von den Propheten gegeben worden waren, wieder nach Valor zurückzuholen. Welchen Einfluss mochten die Energiefiguren wohl auf ein Volk wie die Korvasier haben? Hatten sie sich je offenbart? Und wenn ja, waren die Korvasier in der Lage die Botschaften der Energiefiguren überhaupt zu empfangen, geschweige denn zu verstehen?

Soviel mir bekannt war, hatten die Korvasier in ihren früheren Epochen eine blühendes geistiges Leben gehabt. Ihre Götter waren zwar damals schon sehr „Korvasianisch" gewesen und forderten Kriegskunst und unbedingte Disziplin. Doch die alten Götter wurden nach und nach von Machthabern verdrängt, die sich selbst als Götter verehren liessen. Die Entwicklung ging von da aus nur noch in Richtung von Machtentfaltung hochrangiger

Personen. Das politische Ränkespiel war auf Korvasia zu einer Art Philosophie geworden, doch gleichzeitig wurde die Bedeutung des Kollektivs über das Individuum gestellt. Dem half die natürliche Anlage der Korvasier ihre Familienverbände an erste Stelle zu setzen. So seltsam es klingen mag, Korvasier erachteten es als höchstes Ideal, wenn Einzelne sich für das Wohl des Kollektivs opferten. Dies betraf jedoch Korvasias Vergangenheit. Seit langem schon war jedes höhere geistige Leben im Planetensystem von Korvasia erloschen. Als Glaubensgrundsätze und unumstössliche Dogmen gilt heute die Ideologie der Regierung. Die Dogmen schreiben den Bewohnern von Korvasia vor, dass jeder Einzelne sich schon in der Kindheit in den Dienst der Regierung zu stellen hat, dass privater Besitz eine Schande ist, und dass ein jedes Volk, welches keinen dieser Grundsätze befolgte ein Feind der Korvasier war. Die Gesellschaftsordnung der Korvasier ist sehr rigide. Es gibt eine Minderheit, welche die Oberschicht bildet. Diese Oberschicht stellt alle Regierungsbeamten und Vorsteher von Forschung, Industrie und Handel. Die Armeeangehörigen geniessen grosse Verehrung und bilden die höchste, in sich geschlossene Gesellschaftsschicht. Der Rest der Bevölkerung, die Mehrheit, ist zu Gehorsam gegenüber der Oberschicht und der Armee verpflichtet, und vor allem zur Arbeit. Disziplin und Ordnung sind rigoros. Verstösse dagegen wiegen schwer. Aus diesem Grund sind Korvasier dazu angehalten, Freunde, Mitarbeiter, Nachbarn und sogar Familienangehörige sofort bei der Disziplinbehörde anzuzeigen, wenn ihnen ein solcher Verstoss auffällt. Dass dies zu einer andauernden gegenseitigen Bespitzelung ausartet, liegt auf der Hand. Bespitzeln, zutragen, verleumden, anschwärzen. Wie konnte ein Volk mit dieser Lebenseinstellung auch nur daran denken, dass unsere Propheten ihm ihre Geheimnisse erschliessen würden? Mir war aber auch zu Ohren gekommen, dass sich nach dem Rohstoffembargo durch die Interplanetare Föderation auf Korvasia politische Gruppen gebildet hatten, die Reformen verlangten und sich für die Auflösung der Disziplinbehörde stark machten. Es war zu hoffen, dass solche Gruppen mehr Zulauf erhielten.

Als die Korvasier das Valoranische System gewaltsam einnahmen, hatten sie als erstes versucht die geistige Macht Valors zu brechen. Es war ihnen nicht gelungen, obwohl sie einige Erfolge verbuchen konnten. Dabei handelte es sich um Kollaborateure aus unserem Volk, die mit der Besetzungsmacht gemeinsame Sache machten. Die meisten solcher Individuen hatten wir nach dem Abschluss der Friedensverhandlungen in die Verbannung geschickt. Es gibt einen kleinen, unwirtlichen Planeten in unserem System, den wir als eine Art Gefängnis nutzen. Schiffe unserer Raumflotte, bemannt mit Armeeangehörigen, patrouillieren in der Umlaufbahn dieses Planeten, um Flucht unmöglich zu machen.

Zurück aber zu den Heiligen Energiefiguren. Sie bildeten Valors allerheiligsten Schatz. Es war eingeweihten Weleks und den Herrschern vorbehalten über die Energiefiguren Visionen zu erhalten. Nur wenigen Laien wurde jeweils eine „Zwiesprache" mit den Energiefiguren gestattet. Es musste in jedem Fall ein Welek dabei anwesend sein, der die Vision begleitete. Die damalige Welek Rinn war über Narils eigenmächtiges Vorgehen empört gewesen, als er einmal Merys Alani die Gelegenheit zu einer Vision gab. Hätte sie vorher davon erfahren, hätte sie es zu verhindern gewusst, denn Rinn war von den Propheten über die Folgen ihrer eigenen Intrigen unterrichtet worden. So vermutete es wenigstens Naril, und berief sich auf seine eigene Vision zu jener Zeit.

Ich erfuhr weiter, dass Herrscherin Ilaka sich mit den Plänen zu einer neuen Ordensgründung befasst hatte. Man hatte bereits die entsprechenden Personen ausgesucht und mit ihrer Ausbildung begonnen. Der Orden sollte den Namen „Hüter der Heiligen Energiefiguren" tragen. Seine Aufgabe erklärte sich von selbst. Das Besondere daran war, dass es ein militärischer Orden werden sollte. Einige der hohen Armeeführer hatten begonnen mit korvasianischer Disziplin zu liebäugeln und wollten ähnlich rigorose Methoden auf Valor einführen. Der Orden der „Hüter der Heiligen Energiefiguren" sollte nun das gesamte Valoranische Militär auf eine höhere Stufe heben. Ilakas Plan war langfristig angelegt, doch seine Ausführung nahm mit ihrem Heimgang zu den Propheten ein vorläufiges Ende. Naril beschrieb, dass er sich in manchen Visionen selbst in einer roten Armeeuniform gesehen hatte. Er erwähnte auch die Satzungen des neuen Ordens, die er zusammen mit Herrscherin Ilaka verfasst hatte – auf traditionelle Art, als Kalligraphie.

Dies weckte meine Neugier mich endlich mit den Schriftrollen im Altarversteck zu befassen. Handelte es sich dabei vielleicht um die Satzungen des neuen Ordens? Meine Neugier wurde so stark, dass ich kurz entschlossen die Rollen aus dem Versteck hervorholte.

Meine Vermutungen bestätigten sich. Vor meinen Augen breiteten sich kunstvoll geschriebene und mit Verzierungen versehene Ordensregeln aus, Entwürfe für Symbole, und Pläne für den Bau eines Ordenshauptsitzes. Es war ehrfurchtgebietend diese Dinge in den Händen zu halten. Sie waren von so solcher Tragweite, dass ich die Rollen schnell wieder in ihrem Versteck unterbrachte. Dies hatte nichts mit mir zu tun, ausser dass ich die Überbringerin war. Wem sollte es übergeben werden? Wohl kaum Herrscherin Rinn! Denn hätte Naril gewollt, dass sie die Sache weiterverfolgte, wären die Rollen nicht in Dakhin, versteckt zurückgeblieben. Ich fand auch nirgends Anzeichen, dass man innerhalb der Armeeleitung für einen solchen Plan Begeisterung gezeigt hätte. Vielleicht war es zu Herrscherin Ilakas Lebzeiten anders gewesen, aber nach dem Zwischenspiel mit den Rebellen, unter denen sich auch viele Militärangehörige befanden, schien es nicht angebracht einen Orden gründen zu wollen, der missbraucht werden konnte.

Ich ahnte, dass die einzige Person, der ich die Schriftrollen anvertrauen könnte, Welek Talren war. Seine Position war dazu geeignet, um zu entscheiden, wie dieses Geheimnis zu behandeln war. Allenfalls konnten die Rollen in einem Geheimarchiv gelagert werden, bis die Zeit zur Durchführung der Pläne reif war, oder bis solche Massnahmen nicht mehr notwendig waren.

Eine Rolle unterschied sich deutlich von den anderen. Sie war kleiner und steckte in einem versiegelten Behälter. Ich entdeckte den Namen „Alani" in das Siegel eingraviert – und ich legte die Rolle sanft zu den anderen. Diese Schriftrolle ging mich nun wirklich nichts an. Hierbei hatte ich tatsächlich nur eine bescheidene Botenfunktion auszuüben. Im Geiste versprach ich meinem Bruder, dies unter allen Umständen zu tun.

Mein Aufenthalt in Dakhin näherte sich nun schnell seinem Ende. Als ich am Vorabend meiner Abreise meine Sachen packte, wusste ich, dass ich als eine völlig andere Person in die Hauptstadt zurückkehren würde. Die Erfahrungen der wenigen Tage in diesem Kloster legten mit zwar eine Bürde auf, eine schwierige Aufgabe, doch gleichzeitig stärkten sie mich. Es würden sich Änderungen in meinem Leben ergeben, doch die Lektüre von Narils Aufzeichnungen hatte mich gestärkt. Im Bewusstsein meines neu erworbenen Wissens fühlte ich mich selbst der Herrscherin gegenüber gut gewappnet. Ausserdem konnte ich jederzeit für einige Tage nach Dakhin kommen, wenn mir das Leben in der Hauptstadt zu viel wurde, oder wenn ich mich bedroht glaubte. Daran mochte ich nicht denken. Ich beschloss vorsichtig zu sein, mich jedoch nicht von Angstgefühlen bedrücken zu lassen. Nachdem ich diesen Entschluss gefasst hatte, blickte ich hoffnungsvoller in die Zukunft.

Der Abschied von Dakhin fiel mir nicht leicht. Genauso herzlich wie ich in die Gemeinschaft aufgenommen worden war, wurde ich auch verabschiedet. Ein letztes Lächeln, und die Tür des Shuttles, das mich zu meiner Arbeit und meinem Leben in der Hauptstadt zurückbringen sollte, schloss sich hinter mir.

In der Hauptstadt bezog ich wieder mein Quartier in Welek Talrens Kloster. Meine eigene Wohnung hatte ich seit der offiziellen Zeremonie im Grossen Tempel nicht mehr betreten. Ich bewohnte zwei Räume in einem Haus, in dem sich nur Dienstwohnungen der Mitarbeiter des Zentralarchivs befanden. Man hatte von dort eine wunderschöne Aussicht auf den Grossen Tempel, den Klosterbezirk und dessen Wasserbecken. Hatte ich mich nun schon soweit mit der Vorstellung angefreundet dem Orden beizutreten, oder hatte Herrscherin Rinns besitzergreifendes Auftreten den starken Wunsch in mir ausgelöst, die früheren Räume meines Bruders nicht kampflos aufzugeben? Ich musste zugeben, dass ich mich gegenwärtig im Kloster sicherer fühlte, als in meiner Dienstwohnung. Trotzdem beschloss ich, gleich am nächsten Tag nach meiner Wohnung zu sehen. Zuerst wollte ich jedoch Welek Talren aufsuchen und danach sofort ins Zentralarchiv gehen.

Blieb nur noch die Frage, wo ich die brisanten Informationen, die ich mit mir führte, sicher aufbewahren konnte. Ich änderte vorerst den Code zum elektronischen Schloss der Eingangstür zu Narils ehemaligen Räumen. Vielleicht wäre es notwendig, diesen Code in unregelmässigen Zeitabständen zu ändern, denn hier in der Hauptstadt konnte sich ein unvorhergesehener Besuch jederzeit wiederholen.

Dann kontaktierte ich den Klostervorsteher über das Intercomsystem. Welek Talrens Gesicht erschien auf dem Bildschirm.

„Schön Sie wieder bei uns zu wissen", sagte er zur Begrüssung.

„Kann ich Sie kurz sprechen, Welek?" fragte ich, „ich habe hier einige Dinge für Sie."

Ich war vorsichtig. Das Intercomsystem konnte abgehört werden. Es war aber nur natürlich, dass ich von einer Reise dem Welek etwas mitbrachte. Kurze Zeit später stand in seinem Empfangsraum und überreichte ihm einen Teil von Narils Erbe. Talren überblickte nachdenklich die Schriftrollen und die Speicherchips, die ich vor ihm auf dem Tisch ausgebreitet hatte. Ich erklärte ihm kurz die Bedeutung der Dinge und informierte ihn über den Verbleib der Originale der „Verborgenen Schriften".

„Diese Werke sind überaus wertvoll, denn es scheinen die noch einzigen vorhandenen Bände zu sein. Ich weiss nicht einmal ob sie vollständig sind. Hingegen bin ich mir sicher, dass es im ganzen Zentralarchiv keines dieser Bücher gibt. Man könnte höchstens noch die Inventare der Provinzialarchive durchsehen – wenn Sie das möchten, werde ich das gerne für Sie tun."

Der Welek nickte zustimmend und nahm mein Angebot an.

„Danke, dass Sie damit zu mir gekommen sind", sagte er.

„Ich vertraue Ihnen, Welek", antwortete ich, „in Dakhin lernt man so Einiges dazu."

„Gut", sagte Talren, „Vertrauen gegen Vertrauen. Da ist noch etwas, das Sie wissen sollten: Das Computerterminal in ihrem Quartier..."

„... in Narils ehemaligem Quartier", verbesserte ich. Der Welek lächelte.

„Ich werfe Sie nicht heraus. Bitte, verstehen Sie mich richtig", meinte er, „... und diesem Kloster stehe immer noch ich vor – und nicht die Herrscherin. – Also, das Terminal in „ihrem" Quartier, war mit Narils Büro im Palast der Herrscherin verbunden. Das bedeutet, dass sie zwar den Zugang sichern können, wenn Sie daran arbeiten, aber völlig abhörsicher wird es nicht sein. Ich würde Ihnen deshalb empfehlen, die Kopien der „Verborgenen Schriften" nicht ausgerechnet hier zu studieren."

Ich gab ihm recht. Ich gestand, dass ich selbst schon diese Möglichkeit bedacht hatte. In meinem Beruf musste man sich immer unerwünschter Mitleser bewusst sein und ihnen das Mitlesen so schwer wie möglich machen. Ausserdem gab es immer noch die kleinen Handlesegeräte, die zwar nicht so komfortabel in der Anwendung waren, aber gute Dienste leisteten, was die Privatsphäre betraf. Ich empfahl dem Welek ebenfalls solche Geräte zu benutzen, wenn er sich später in Narils Aufzeichnungen vertiefen wollte.

„Ich freue mich schon darauf", sagte entschlossen, um gleich das Thema zu wechseln: „Wie steht es übrigens mit Ihrem Eintritt in unseren Orden; haben Sie darüber auch schon nachgedacht?"

Ich fühlte mich in die Enge getrieben. Zögernd gab ich zu, diesen Gedanken mehrmals hin und her gewälzt zu haben, dass ich aber noch zu keiner Entscheidung gekommen sei.

„Wie ich Ihnen schon sagte, der Orden kann Ihnen einen gewissen Schutz bieten, den Sie draussen nicht geniessen können. Ausserdem, Sie wissen noch nicht, wohin unsere Propheten sie führen werden."

Das klang geheimnisvoll. Wer konnte schon wissen, wozu mich die Propheten bestimmt hatten? Einen Augenblick lang fühlte ich mich unangenehm berührt.

„Wissen Sie es denn, Welek Talren?" fragte ich aus dieser Stimmung heraus. Dann fiel mir aber die Botschaft ein, die mein Bruder Welek Talren hinterlassen hatte und die nach Dakhin übermittelt worden war.

„Verzeihung", meinte ich kleinlaut, „es scheint, als wiesen mir unsere Propheten einen Weg, den ich nicht sehen kann – wenigstens nicht zu diesem Zeitpunkt."

Der Welek hatte mich ruhig betrachtet während ich sprach. Sein Gesichtsausdruck konnte am besten mit „wissend" beschrieben werden. Auf einmal hatte ich den Eindruck, dass er tatsächlich von Dingen wusste, die mein künftiges Leben beeinflussen mochten. War er nicht ein hochrangiger Welek? Jemand, dem die Propheten Hinweise durch eine Heilige Energiefigur eingaben?

„Möglicherweise kann ich Ihnen helfen", hörte ich ihn in meine Überlegungen hinein sagen. „Sie müssten sich aber dazu durchringen, mich Ihr Apagha fühlen zu lassen."

Ich zog die Luft hörbar ein. Da ich seit meiner Jugend gelehrt worden war, niemandem den Griff an mein Ohr zu erlauben, mutete es mich nun befremdend an. Doch Talren war der Vertraute meines Bruders gewesen, mein Vertrauen genoss er ebenfalls, und es schien nicht unmöglich, dass ich ihn zu meinem geistigen Lehrer wählte.

Ich nickte deshalb wortlos und fühlte im nächsten Augenblick seine Hand an meinem Ohr. Ein Prickeln der Wirbelsäule entlang, ein Bild vor meinem inneren Auge, das mich spiralförmig aufsteigende Energiewellen sehen liess und ein weisser, blendender Lichtschein, der mich zusammen mit der Gestalt Talrens einhüllte. Dies waren die Eindrücke, die sich mir mitteilten. Dann liess Talren die Hand sinken. Ich hätte nicht sagen können wie lange es gedauert hatte. Sekunden? Minuten? Der Welek hielt meinen Blick mit seinen Augen.

„Ihr Apagha ist stark, Nasheela", hörte ich ihn schliesslich sprechen, „stark für eine Aufgabe, die zu vollbringen Sie die Voraussetzungen haben. Doch unsere Propheten zwingen uns zu nichts. Sie allein entscheiden, ob Sie die Aufgabe annehmen. Sie kennen bereits den Wunsch ihres Bruders. Werden Sie sich diesem Wunsch stellen, oder wollen Sie weiterhin ein unauffälliges Leben führen? Ein arbeitsames Leben, aber nutzlos für unsere Propheten und nutzlos für Valor…"

Ein dicker Kloss verschloss meinen Hals, an Sprechen war nicht zu denken. So schüttelte ich nur den Kopf. Nein! Ich wollte gewiss kein nutzloses Leben führen. Nicht nach allem, was mein Bruder für Valor gewagt hatte, und nicht nachdem ich ihn während der vergangenen Tage um so vieles besser kennengelernt hatte. Durch seine Tagebücher war mir Naril näher, als unser ganzes Geschwisterleben hindurch. Schliesslich brachte ich doch noch eine Antwort heraus.

„Mein Bruder wollte, dass ich seine Arbeit weiterführe, und es scheint, als wollen es unsere Propheten ebenfalls – wer bin ich, um mich zu verweigern? Ich kenne die Aufgabe noch nicht. Was genau soll ich tun? Wie kann ich für Valor von Nutzen sein?"

Der Welek nahm mich bei der Hand und führte mich zu einem Stuhl. Ich war dankbar, dass ich mich setzen durfte, denn plötzlich zitterten meine Knie.

„Die Antwort wird im richtigen Augenblick kommen", sagte er, „noch ist es zu früh. Sie sollen nur wissen, dass Sie Hilfe haben, und dass Sie nicht alleine sind. Vertrauen Sie mir. Führen Sie Ihre Arbeit wie gewohnt weiter und informieren Sie sich vor allem über Regierungsbelange. Halten Sie einfach die Augen offen und machen Sie sich mit Narils Hinterlassenschaft noch besser vertraut."

Das klang als wüsste er bereits etwas, worüber er noch nicht sprechen durfte, doch seine Antwort genügte mir. Ich fühlte mich gut aufgehoben. Ich fühlte sogar eine Art geistiger Verbindung zwischen uns, die neu und inniger war als die bisherige. War dies eine Auswirkung des Apaghafühlens? Wenn ja, dann war das Fühlen des Apagha ein zweischneidiges Schwert. Es entstand eine Art Lehrer-Schüler Beziehung. Das heisst, der Lehrer konnte Macht über den Schüler gewinnen. Mir wurde nun klar, weshalb Naril ständig betonte, dass einige Weleks nicht mehr wussten, was sie taten, wenn sie das Apagha bei anderen Personen fühlten. Es wurde mir auch klar, warum es die Herrscherin fast bei jedem versuchte. Im Fühlen des Apagha wurden alle Ordensangehörigen unterwiesen. Naril hatte mir einmal sehr kurz und sehr verschleiert angedeutet, dass es eine besondere Konzentration verlangte, eine Technik, die streng innerhalb der Klöster gehütet wurde. Ich erinnerte mich gut daran, wie einige Weleks in meiner Kindheit an mein Ohr gegriffen hatten, aber ich hatte damals nur dieses leichte, aufsteigende Prickeln in der Wirbelsäule gespürt – niemals hatte ich jedoch ein Gefühl von Zusammengehörigkeit empfunden oder einen Lichtschein gesehen.

Wir sprachen dann noch eine Weile über meine Arbeit im Zentralarchiv und die bevorstehende Ausstellung antiker Bücher, und plötzlich wurde mir bewusst, dass ich ja unterwegs zur Arbeit war. Ich hatte die Zeit komplett vergessen! Schnell verabschiedete ich mich von Welek Talren und versprach, ihn über meine weiteren Schritte zu unterrichten. Ich wusste, dass ich gerade einen Freund gewonnen hatte. Der Eindruck vertiefte sich noch, als ich den Klosterbezirk verliess und die Richtung zum Zentralarchiv einschlug.

Mein Weg führte mich durch einige belebte Strassen ins Regierungsviertel, wo sich das Zentralarchiv zwischen den Gebäuden des Nationalmuseums und der Universität befand. Es überragte alle anderen Bauwerke. Meine Gedanken befassten sich schon bald mit meiner Arbeit. Ich überlegte, ob ich mit meinen Unterrichtsstunden und der Studentenberatung für eine Weile auszusetzen sollte. Die zusätzlichen Arbeiten am Ausstellungsprojekt würden meinen Zeitplan sowieso stark belasten. Ich freute mich aber trotzdem, alle bekannten Gesichter wiederzusehen, jene besondere Atmosphäre des Gebäudes um mich herum zu spüren, und ich liess mich nach herzlichen Begrüssungen und gutgelaunt an meinem Schreibtisch nieder. Das Computerterminal zeigte, dass viele Nachrichten auf mich warteten. Es war eine unglaublich lange Liste von Anfragen, die ich beantworten musste. Es gab auch Aufträge für die die nächsten Tage und Wochen. Ich atmete tief durch und machte mich an die Arbeit.

Es war schon spät am Abend, als ich nach einem gemeinsamen Essen mit meinen Kollegen noch einmal mein Büro betrat und die Tür hinter mir verschloss. Ich wollte mein Vorhaben, die Provinzialarchive nach Spuren der „Verborgenen Schriften" zu durchsuchen, in die Tat umsetzen. Während ich die Korridore entlang ging, dachte ich an das Gespräch beim Abendessen. Ich hatte erfahren, dass unmittelbar nach Narils Tod und dem Unterzeichnen der Friedensverträge mit Korvasia, mein Bruder in den Mittelpunkt öffentlichen Interesses geraten war, obwohl sich Herrscherin Rinn fleissig bemühte, seine Rolle als Friedensvermittler nur auf helfenden Beistand herunterzuspielen. Ich war dankbar für diese Informationen, denn während der Zeit, die ich in der Abgeschiedenheit von Dakhin verbracht hatte, war keine Zeit gewesen, um mich mit den Sendungen des öffentlichen Nachrichtennetzes zu befassen. Das würde sich jetzt ändern. Zu meinem Erstaunen hörte ich, dass auch mein Name hin und wieder erwähnt wurde, während die Öffentlichkeit über Narils Leben und Wirken informiert wurde. War da etwas durchgesickert? Einzelheiten aus Narils Botschaft an Talren vielleicht? Aber wie hätte so etwas geschehen können? Ich musste mich täuschen. Den Nachrichtenkanälen waren Narils Familienverhältnisse bekannt – und es war zumindest seit der Zeremonie im Grossen Tempel bekannt, dass ich seine Schwester und Erbin war.

Jemand zitierte sogar die folgende Information des Nachrichtennetzes. Es hiess: „… es ist anzunehmen, dass keiner von Welek Narils Schülern seine Nachfolge antreten wird, obwohl er begonnen hat einige junge Ordensleute auszubilden. Die einzige Person aus Welek Narils Umkreis, die seine Arbeit weiterführen könnte, wäre seine Schwester, die bekannte Historikerin und Literaturexpertin am Zentralarchiv, Ondas Nasheela…" Ich freute mich nicht sonderlich über die Erwähnung meines Namens, denn jetzt wusste ganz Valor, wer ich war und wo man mich finden konnte.

Ich versuchte vor meinen Kollegen die Sache leichthin abzufertigen und scherzte über die plötzliche Bekanntheit. Doch die Kollegen meinten, dass sie sich bereits mit dem Gedanken vertraut gemacht hätten, in mir Narils Nachfolgerin im Orden zu sehen. Man fragte mich sogar, wann ich meinen Eintritt plante.

„Ihr scheint ja über meine nächsten Schritte besser Bescheid zu wissen als ich selbst – und das noch bevor ich überhaupt darüber nachgedacht habe."

Die Bemerkung war patzig, doch plötzlich stieg leiser Ärger in mir hoch. Sogar meine Arbeitskollegen und Freunde schienen über mich zu bestimmen und unterstellten mir Entscheidungen, mit denen ich selbst noch rang und deren Ausgang höchst ungewiss war.

„Heutzutage zählt jeder, der an die Einheit Valors glaubt, Nasheela", liess sich meine Mitarbeiterin Viran Ynis hören, „die Regierung von Herrscherin Rinn ist immer noch provisorisch, und das darf nicht mehr lange bleiben, sonst wird es zum Gewohnheitsrecht. Es sind zwar einige fähige Leute darunter, aber es muss bald etwas geschehen, damit wir wieder eine Regierung haben, die diese Bezeichnung verdient. Die letzten fünfzig Jahre stecken uns noch in den Knochen, und besonders die Kinder und Jugendlichen sind von ihnen gezeichnet. Sie sind in ein unfreies Valor hineingeboren worden. Wenn wir nun wirklich eine neue Ära in unserer Geschichte beginnen wollen, dann müssen wir die alte Ordnung in ihre Schranken weisen. Was zählt, ist der Wille unserer Propheten, und den erfüllt die jetzige Regierung mit Sicherheit nicht."

„Dein Bruder wäre der richtige Herrscherin für Valor gewesen", bemerkte meine Kollegin Taala, doch ich schüttelte den Kopf.

„Glaubt mir, es war erfolgversprechender, so wie es kam. Die Herrscherin hätte Naril niemals unterstützt. Wahrscheinlich wären die meisten seiner Projekte von ihrer Opposition abgeblockt worden. Ich bin auch ziemlich sicher, dass die Rebellen wieder auferstanden wären, und diese Zeit wollte niemand von uns wieder durchleben müssen!"

„Das ist wahr", bemerkte Taala, „aber vielleicht wäre es doch anders gekommen. Vor einigen Tagen hat sich die Herrscherin öffentlich für einen Beitritt zur Föderation ausgesprochen."

„Was hat sie?" Ich traute meinem Gehör nicht, „sie war doch immer die erbittertste Gegnerin eines Beitritts gewesen!"

„Nun, sie wird ihre Meinung geändert haben, besonders da sie jetzt auf die Hilfe der Föderation hofft. Sie hat sehr ehrgeizige Landwirtschaftsprojekte angefangen. Gestern hiess es in den Nachrichtenkanälen, dass sie mit dem Abgesandten der Propheten Gespräche über die Aufnahme in die Föderation beginnen wird."

„Sie wird in die Geschichte eingehen wollen", bemerkte Ynis trocken zwischen zwei Bissen.

Ich war verwirrt. Auf solche Neuigkeiten war ich nicht gefasst gewesen, sie rückten einige Dinge in ein völlig anderes Licht. Ich wunderte mich nur darüber, wie meine Freunde so ruhig davon sprechen konnten. Schliesslich hatte der Aufstand der Rebellen der einen unsinnigen Fremdenhass schürte und der die alten, vielfachen überlebten Bräuche wieder einführen wollte, manchen Valoranern das Leben gekostet. Diese Todesfälle waren nicht mehr von einer Invasionsmacht verursacht worden, sondern von den eigenen Landsleuten! Es war allgemein bekannt, dass Herrscherin Rinn mit den Rebellen sympathisierte, vielleicht sogar der Kopf der Bewegung war. Warum hatte sie dann meinen Bruder in diesem Punkt so sehr bekämpft, um nach seinem Tod plötzlich in die entgegengesetzte Richtung zu schwenken? Was bewegte sie wirklich dazu? War ihr mein

Bruder vielleicht lästig geworden, weil er ihr Gewissen verkörperte? Oder ging sie grundsätzlich zu jedem seiner Vorschläge in Opposition? Ich erinnerte mich an die Gefühle, die mich bei der Zeremonie im Grossen Tempel durchflutet hatten – Herrscherin Rinns dunkle Gefühle und Gedanken.

Kam ihr der Unfall auf dem Raumschiff nicht sehr gelegen? Ich spürte plötzlich aufsteigende Ungeduld Ein grosser Teil des Geheimnisses um Narils Tod war noch nicht gelöst, und mir war klar, dass ich es nur auf der Raumstation herausfinden konnte. Doch bald sollte die Ausstellung beginnen, und ich ahnte, dass es noch lange dauern mochte, bis ich mich für einen längeren Zeitraum von meiner Arbeit frei machen konnte. Ich musste vorher mit Offizier Merys Kontakt aufnehmen, schon bald.

Meine Freunde und Mitarbeiter hatten sich weiter unterhalten, und meine kurze Geistesabwesenheit war unbemerkt geblieben. Ich trank schnell mein Glas aus, entschuldigte mich, und verliess die Tischrunde. Ich hatte es sehr eilig wieder in mein Büro zurückzukehren.

Ich sicherte alle Zugänge zu meinem Terminal. Das Zentralarchiv verfügte über einige Spezialsysteme, denn obwohl unsere Datenkanäle öffentlich sein sollten, wollte doch niemand, dass man in unseren noch nicht abgeschlossenen Arbeiten blättern konnte. Es hatte schon genügend Einbruchsversuche in unsere Computersysteme gegeben. Doch je mehr Unbefugte versuchten an Daten heranzukommen, die sie nichts angingen, umso besser lernten wir diese Daten zu schützen. Manche Daten unterlagen dazu noch befristeten Sperren oder waren erst ab gewissen Sicherheitsstufen einsehbar. Einige wenige Systeme galten nach Valoranischem Stand der Technik als völlig einbruchsicher, ausser man bediente sich fremder Technologien, die weiter entwickelt waren als unsere. Bei den

Sicherheitsvorkehrungen hatten wir einmal auch Hilfe von Fachleuten der Interplanetaren Föderation erhalten. Man hatte mir gesagt, dass der Leiter des Teams bis vor kurzem auf der Raumstation gearbeitet hätte. Ich war ihm einige Male kurz begegnet. Er war sehr nett gewesen, grüsste immer freundlich und wirkte ein wenig schüchtern. Innerhalb weniger Tagen waren alle unsere Systeme neu konfiguriert worden, der Zugriff auf die öffentlichen Daten war effektiver gestaltet und unsere Arbeitsprogramme so gut gesichert, dass unautorisierte Zugriffe fast gänzlich aufhörten. Fast – eben nicht ganz, denn Schnüffler und Neugierige werden wohl nie aussterben. Inwieweit gehörte ich jetzt auch zu dieser Spezies? Ohne das Wissen wie man Sicherheitssperren und Codes umgehen konnte, wäre ich wohl nie an die Aufzeichnungen meines Bruders gelangt...

Nach einigen Stunden Arbeit erwies sich meine Vermutung als bestätigt. Ich hatte die Verzeichnisse der Provinzialarchive nach den Titeln der „Verborgenen Schriften" durchsucht – als leitende Mitarbeiterin des Zentralarchivs und Historikerin war ich dazu sowieso berechtigt. Aus Sicherheitsgründen lud ich die Listen der Provinzarchive erst auf mein eigenes Terminal und liess erst dann den Computer suchen. Der umgekehrte Weg wäre schneller gewesen, aber es hätte auffallen können, dass jemand diese besonderen Werke in allen Provinzen Valors suchte.

Während der Computer beschäftigt war, hatte ich viel Zeit zum Nachdenken. Das Gespräch mit Welek Talren hatte einige beunruhigende Fragen aufgeworfen. Was steckte wohl hinter seinen Andeutungen? Dazu noch die Bemerkungen meiner Freunde. Es schien als würde ich in allernächster Zeit einige Entscheidungen treffen müssen, die ein völlig verändertes Leben bedeuteten. Wollte ich das überhaupt?

Ja, ich wollte es. Ich wollte eine Veränderung. Ich sehnte sie sogar herbei. Ich konnte mich nicht mehr länger in meiner Arbeit vergraben und vorgeben glücklich und zufrieden zu sein. Seit Narils Tod war ich es nicht mehr. Ich hatte es mir nur noch nicht bewusst gemacht. Mit fast erschreckender Klarheit sah ich mein Leben vor mir und die Richtung, in die es führen sollte. Narils Erbe war eine Verpflichtung. Es gab für mich nur eine Entscheidung: Das Erbe anzunehmen.

Somit waren die nächsten Schritte vorgegeben – ich musste sie nur noch gehen. Auf einmal konnte ich es kaum erwarten die Suche in den Provinzarchiven zu beenden und ins Kloster zurückzukehren. Ausserdem war es ein langer Arbeitstag gewesen und ich hatte mir eine Ruhepause verdient. Am nachfolgenden Tag würde ich einen Abschnitt meines Lebens abschliessen, einen neuen beginnen und ganz ins Kloster ziehen. Die Entscheidung war wirklich einfach gewesen, warum hatte ich überhaupt so lange gezögert?

Es war mitten in der Nacht, als ich das Zentralarchiv verliess. Der Weg zum Kloster war nicht weit und ich lief geradezu die ganze Strecke. Von Müdigkeit keine Spur mehr. Die Wächter am Eingangstor nickten mir freundlich zu und liessen mich durch das hohe Tor ins Hauptgebäude hinein. Ich durchquerte schnell die grosse Halle und eilte die Treppe hinauf zu den Quartieren der Ordensangehörigen. Schon bald sollte ich hier kein Gast mehr sein, sondern das Kloster würde mein zu Hause werden.

Es war, wie Herrscherin Rinn ganz richtig bemerkt hatte, ein grosses Vorrecht, welches mir Welek Talren damit erwies, dass ich in den ehemaligen Räumen meines Bruders wohnen durfte. Für Laiengäste standen sonst kleinere Unterkünfte in einem besonderen Gästehaus zur Verfügung. Es bildete eine kleine Anlage für sich. Jedermann, der den Wunsch verspürte einige

Tage lang in ungestörter, geweihter Atmosphäre zu meditieren, durfte sich dorthin zurückziehen. Das Gästehaus verfügte über einen eigenen Andachtsraum und hatte Zugang zu einem Teil des Gartens. Vier Weleks wohnten ständig im Gästehaus. Sie waren für den Betrieb des Hauses verantwortlich, wobei sie von Freiwilligen, Ordensangehörigen und den Gästen selbst unterstützt wurden. Natürlich waren die Weleks auch dazu da, um die Gäste aus geistiger Sicht zu betreuen. Viele Einwohner der Hauptstadt hielten regelmässig einen Mediationsaufenthalt im Kloster ihrer Wahl. Während jener Zeit, als die Rebellen in der Hauptstadt fast einen Bürgerkrieg entfacht hätten und man damit rechnen musste, auf der Strasse verletzt zu werden, war das Gästehaus ständig überbelegt gewesen. Damals hatte ich eine Art Lager in meinem Büro im Zentralarchiv eingerichtet und es mit zwei Mitarbeiterinnen geteilt, die nicht über den Luxus eines eigenen Arbeitsraumes verfügten.

Ich fühlte tiefe Dankbarkeit als ich meine Räume im Kloster betrat. Ich atmete den Frieden ein und fühlte mich zu Hause. Zwei oder drei Stunden Schlaf würden mir gut tun, um dann erfrischt Welek Talren meinen Entschluss bekanntzugeben. Noch bevor ich einschlief, nahm ich mir vor, trotz der vielen wartenden Arbeit, von nun an auch die Nachrichtenkanäle aufmerksamer zu verfolgen.

◲

Kapitel 10

Seit meinen letzten Eintragungen sind mehrere Tage vergangenen und es drängt mich sehr damit fortzufahren. Eine innere Ahnung sagt mir, dass ich regelmässige Aufzeichnungen führen soll. Meine Erfahrung bestätigt nur zu gut, dass sich selbst klare Tatsachen im Laufe der Zeit verändern, wenn man auf sie zurückblickt. Demnach halte ich es für das Beste die Geschehnisse zu dokumentieren, damit sich darin mein Leben spiegle und auch das Andenken meines Bruders.

Im Zentralarchiv gab es sehr viel zu tun. Die Ausbildungs-Behörde hatte meine eingereichte Kündigung bestätigt, und man teilte mir mit, dass ich ab sofort frei von allen Verpflichtungen des Unterrichts war. Man äusserte Bedauern, und sollte ich jemals wieder die Lust verspüren zu unterrichten, so wäre ich herzlich willkommen. Ich atmete erleichtert auf und konzentrierte mich auf die Bearbeitung des Ausstellungskatalogs, in dem die ausgestellten Bücher und Schriften aufgelistet waren. Jedes Buch, jede Schriftrolle und jede Kalligraphie sollte mit erklärenden Texten versehen werden. Es war meine Aufgabe, einen Teil dieser Texte zu verfassen und zu redigieren. Dieser Bereich umfasste die Werke der Feudalzeit. In einigen Tagen würden auch die anderen Mitarbeiter ihre Gebiete fertiggestellt haben, und dann galt es zu koordinieren. Weit grössere Mühe hatte ich mit der Textlänge. Ich empfand es den Werken gegenüber als ungerecht, dass man sie in einigen wenigen Sätzen abhandeln musste, doch der Platz war beschränkt. Obwohl ich mich auf die Ausstellung freute, beschlich mich doch immer öfter Ungeduld. Nach der Eröffnung würde ich für mindestens für zwei Monate in der Hauptstadt festsitzen. Ich hatte fast täglich Vorträge zu halten, Führungen zu koordinieren, und ich teilte mit einigen Mitarbeitern die Verantwortung für den reibungslosen Ablauf der gesamten Ausstellung. Da ich durch meinen Aufenthalt in Dakhin bereits wertvolle Vorbereitungszeit eingebüsst hatte, musste Vieles nachgeholt werden. Meine Vorträge wollte ich in groben Zügen skizzieren, im Weiteren konnte ich mich auf meine Routine verlassen. Ich kannte meine Themen gut.

Ich erinnere mich, dass ich mich nach der Abgabe meiner Dienstwohnung befreit fühlte. Nun war der Schritt vollzogen und ich wohnte im Kloster. Welek Talren war überraschend für einige Tage verreist, so dass ich noch keine Gelegenheit hatte mit ihm zu sprechen seit jener Nacht, als der Entschluss klar vor mir stand dem Orden beizutreten und mich der Führung unserer Propheten anzuvertrauen. Talrens Abwesenheit bot mir einerseits genug Zeit mich an den Gedanken zu gewöhnen, anderseits war es mir wichtig, dass er von meinem einmal gefassten Entschluss sofort erfuhr.

Auch nutzte ich jeweils einige Nachtstunden dazu, mich durch die Nachrichtenkanäle zu schalten. Bei einer solchen Gelegenheit erfuhr ich, dass der Vorsitzende des Ministeriums für Kunst und Kultur bei den nächsten Wahlen nicht mehr kandidieren wollte. Sein Platz gebühre einem jüngeren Minister, gab er bekannt. Da die nächsten Wahlen erst in einigen Monaten abgehalten würden, verblieb genug Zeit, um einem passenden Kandidaten zu finden. Es überraschte mich nicht, denn der Minister war ein beinflussbarer Mann, und nur seine Verdienste als Gelehrter und Schriftsteller hatten ihm die Tür zu einem Amt geöffnet, welches während der Besetzungszeit und während der letzten Jahre viel Staub angesetzt hatte.

Ich hatte mit dem Gedanken gespielt, welchen Aufruhr es verursachen würde, die „Verborgenen Schriften" öffentlich auszustellen. Aus dem Gedankenspiel wurden ernsthafte

Überlegungen, denn wären die Schriften erst einmal einer breiteren Öffentlichkeit bekannt, könnte man sie nicht so schnell vom Tisch wischen. Doch die Entscheidung dazu lag nicht in meinen Händen. Leider, denn ich spürte den Mut zu diesem Schritt in mir und fühlte mich auch stark genug die Schriften zu verteidigen. Solche kostbaren Bücher auszustellen, bedeutete aber auch viel Aufwand. Vor allem die Sicherheitsvorkehrungen konnten kompliziert werden, und das alles würde Zeit kosten.

Ich erfuhr, dass Welek Talren erst kurz vor der Eröffnung der Ausstellung zurückerwartet wurde. Vielleicht war er sogar nach Dahkin geflogen, niemand wusste es genau, denn er hatte keine Mitteilung über seinen Aufenthalt zurückgelassen. Das konnte nur bedeuten, dass er nicht gestört werden wollte.

Meinen letzten freien Tag vor der Eröffnung der Ausstellung hatte ich im Kloster verbracht. Danach sollte es wochenlang keine Freizeit mehr geben. Ich hatte beschlossen, diesen einen Tag lang, sämtliche antiken Schriften Valors aus meinem Bewusstsein zu verbannen und mir etwas Gutes zu tun. Die Vorbereitungen zur Ausstellung waren so gut wie abgeschlossen. Wir sahen vertrauensvoll der Eröffnung entgegen. In den folgenden Tagen sollten organisatorische Gespräche stattfinden, wir würden Einsatzpläne fertigstellen und noch all jene Kleinigkeiten erledigen, die immer vor dem Beginn einer Veranstaltung wie aus dem Nichts auftauchen.

Ich freute mich deshalb auf den freien Tag, an dem ich Körper und Geist entspannen wollte. Ich hatte mir vorgenommen, mich innerlich auf das Gespräch mit dem Ordensleiter vorzubereiten. Am Morgen ging ich in den Tempel und nahm mit den übrigen Ordensangehörigen am Ritual zur Begrüssung des Lichtes teil. Es wäre an der Zeit, dass ich mich an die Klosterregeln gewöhnte, schoss mir durch den Kopf. Ich setzte mich leise auf einen für Gäste reservierten Platz und badete meine Seele in den Tönen der Gesänge. Die Propheten hatten mich hierher geführt, und sicher würde sich mir bald meine Lebensaufgabe enthüllen. Es lag jetzt nur an mir den Propheten meinen Dienst anzubieten.

Als die Andacht vorüber war, schlenderte ich den Gartenpfaden entlang durchs Arboretum und wieder ins Klostergebäude zurück. In meinem Quartier schloss ich die Tür hinter mir zu. Ich wollte mich mit dem Inhalt der „Verborgenen Schriften" befassen und Narils Eintragungen noch einmal durchblättern. Ich hatte viel Mühe darauf verwendet die Speicherchips, die ich aus Dakhin mitgebracht hatte, an einem sicheren Ort zu verwahren. Ich hoffte inständig, dass es niemand wagte in meinem Quartier herumzuschnüffeln, und auch dass die Herrscherin mir keinen weiteren Besuch abstattete. Allein Welek Talrens Abwesenheit beunruhigte mich ein wenig.

Nach einigen Stunden schaltete ich den Computer ab. Ich hatte genug Informationen gesammelt, die ich erst in meinem Geist verarbeiten musste. Ich ging deshalb hinunter in den Speiseraum, holte mir eine Frucht und wandte mich dem Arboretum zu. Es war Nachmittag geworden. Die Sonne stand schon tief und das Schattenspiel der Blätter auf den kiesbestreuten Wegen, die Statuen, welche sich zwischen Bäume und Sträucher einfügten als wäre es ihr angestammter Platz, der reiche Duft vollständig geöffneter Blüten, dies alles verband sich zu einem Gemälde vollkommenen Friedens und Harmonie. Ich setzte mich auf einen Stein unter einen jahrhundertealten Baum, genoss meine Frucht und hörte dem Murmeln des Wasserlaufs zu, der das Arboretum durchfloss. Ich dachte daran, wie mich Naril einige Male hier herumgeführt hatte. Es war ein Vorrecht gewesen, das nur Familienmitgliedern der Weleks oder hochrangigen Gästen zustand, denn dieser Teil des Gartens war den Laiengästen nicht zugänglich. Es war schön zu wissen, dass ich nun berechtigt war, mich hier frei zu bewegen. Narils Hand und sein Schönheitssinn waren in der gesamten Gartenanlage spürbar. Vor mehr als zwanzig Jahren hatte er hier – damals ein junger Novize – als Gärtner angefangen, und am Ende seines Lebens war er zum Gärtner des ganzen Planeten geworden. Leider war es ihm nicht vergönnt gewesen sämtliches Unkraut zu entfernen.

Es liess sich gut nachdenken unter dem Baum, und meine Überlegungen befassten sich wieder mit den Informationen der letzten Tage. Ich hatte erfahren, dass das Ministerium für Kultur den Abgesandten der Propheten offiziell zur Eröffnung unserer Ausstellung eingeladen hatte. Mein Bruder hatte von ihm immer als von einem Freund gesprochen, und so malte ich mir aus, dass es mir, Narils Schwester, gut gelingen müsste den Abgesandten zu sprechen. Ich würde zumindest alles daransetzen einen Termin zu erhalten.

Allmählich verblasste die Sonne und es wurde kühler. Es war ein schöner Tag gewesen, den ich genau so friedlich beschloss wie ich ihn begonnen hatte. Da ich nichts mehr weiter vorhatte, legte ich mich bald schon schlafen. Nach einem guten, erholsamen Schlaf erwachte ich am anderen Morgen mit neuer Zuversicht und Hoffnung, dass meine Befürchtungen nur Hirngespinste waren, die meine Ablehnung der Herrscherin verursacht hatte.

In zwei Tagen sollte die Ausstellung eröffnet werden und in sechs Wochen – wenn alles gut ging – konnte ich mich schon auf der Raumstation befinden. Ich hatte während der letzten Tage versucht Offizier Merys zu erreichen, doch sie war oft auf auswärtigen Missionen unterwegs, so dass ich nur meine Grüsse übermitteln konnte und eine formelle Einladung zur Ausstellung im Zentralarchivs, sollte sie in nächster Zeit einmal nach Valor fliegen. Merys Alani schien eine vielbeschäftigte Frau zu sein.

Ich traf früh im Zentralarchiv ein. Die Hallen und Gänge waren noch nicht mit hastenden Mitarbeitern und Besuchern angefüllt, wie es nur kurze Zeit später sein würde. Als ich die Vorhalle jenes Stockwerks durchquerte, auf dem mein Arbeitsraum lag, sah ich einen kleinen, älteren Mann mir entgegenkommen. Er hielt ein Computerpad in der Hand, in das er im Vorübergehen schnell etwas eintippte. Er schien sehr in seine Daten vertieft zu sein und es eilig zu haben. Ich seufzte, als er um die Ecke verschwand, wenn es einige hier schon um diese Zeit so eilig hatten, wie mochten dann die nächsten Tage aussehen?

Ich gab meinen Code in den Türöffner ein. Zu meinem Erstaunen forderte mich die Computerstimme auf es zu wiederholen. Endlich öffnete sich die Tür. Ich schaltete mein Terminal ein, das neue Nachrichten anzeigte. Die erste Besprechung sollte später beginnen als geplant, und am Nachmittag waren weitere Orientierungsgespräche in den Museumssälen angesetzt. Es blieb demnach Zeit genug, um den Entwurf des Einsatzplanes zu studieren und auf mein Computerpad zu übertragen. Vorher wollte ich mir aber noch einen heissen Tee vom Replikator auf dem Gang holen. Als ich mit der Tasse dampfender Flüssigkeit in der Hand wieder die Tür zu meinem Büro öffnen wollte, sah ich mich erneut gezwungen meinen persönlichen Code zu wiederholen. Ich nahm mir vor bei der Besprechung auf diese Fehlfunktion hinzuweisen. Es war sehr aussergewöhnlich, dass die Türöffner in diesem Teil des Gebäudes nicht korrekt arbeiteten. Ich nahm an, dass dies vielleicht mit den vorübergehend geänderten Sicherheitsmassnahmen während der Zeit der Ausstellung zusammenhing und vertiefte mich, vorsichtig heissen Tee sippend, in den Einsatzplan. Wir wussten zwar, dass die Zeit während der Ausstellung anstrengend werden und besondere Präsenz erfordern würde, was ich aber auf dem Plan sah überstieg alle Befürchtungen. Vielleicht sollte ich mir eine Klappliege ins Büro stellen lassen, dachte ich grimmig, als ich bemerkte, dass wir uns, zusammen mit Mitarbeitern des Kulturministeriums um besondere Gäste zu kümmern hatten. Einzelheiten dazu sollten wir bei der Besprechung erfahren, stand als Bemerkung darunter. Besondere Gäste?

Ich hatte soeben meinen Kopiervorgang beendet, als es Zeit wurde in den Besprechungsraum zu gehen. Die nächste Stunde verbrachte ich mit verschiedenen Vertretern des Zentralarchivs und einer Organisatorin aus dem Kulturministerium. Wir klärten die letzten Fragen. Dann stand Lin Helahr auf, Leiter der Sektion Literatur und somit einer der Hauptverantwortlichen des Zentralarchivs, und mit Hilfe der Abgeordneten des Kulturministeriums informierte er uns über die Eröffnungsfeier. Er erwähnte auch die besonderen Gäste, die wir zu betreuen hatten. Selbstverständlich würde auch die Herrscherin mit ihrem gesamten Stab anwesend sein, Vertreter der Regierung hatten sich angemeldet, hochrangige Weleks und alles, was einen Namen auf dem Gebiet der Bildung und Kunst hatte. Sogar eine Vertreterin der bedeutendsten Hochschule Korvasias war unter den Gästen. Sie sollte sich der Gruppe um die Herrscherin anschliessen. Herrscherin Rinn hatte selbst darum gebeten. Sie betrachtete es als freundliche Geste zur Bestätigung der Wiederversöhnung beider Welten, eine Geste die die Herrscherin nichts kostete, dafür sehr gut wirkte. Zuletzt sprach mein Vorgesetzter mich an:

„Für Sie haben wir eine besondere Aufgabe, Nasheela", sagte er, „es ist bekannt, dass Ihr Bruder ein Freund des Abgesandten war, und so dachten wir, dass Sie die ideale Gastgeberin für ihn und für die Repräsentanten der Interplanetaren Föderation wären."

Mit stockte das Herz, ich sollte Gastgeberin spielen für den Abgesandten und die Föderationsvertreter? Ich räusperte mich.

„Ich fühle mich sehr geehrt", sagte ich und liess es dabei bewenden. Lin Helahr lächelte verständnisvoll.

„Ich bin sicher, dass Sie Ihre Aufgabe ausgezeichnet bewältigen werden", meinte er aufmunternd. Danach wandte er sich noch einmal an die ganze Runde:

„Noch irgendwelche Fragen?"

„Ja", meldete ich mich, „wurden gestern vielleicht Änderungen oder Reparaturen am System der Türöffner vorgenommen? Ich hatte heute Fehlfunktionen an meiner Tür."

Niemandem war etwas darüber bekannt. Lin Helahr konnte mir nur empfehlen einen Techniker zu bestellen und Meldung an den Sicherheitsdienst zu machen. Die Sitzung wurde beschlossen. Wir hatten mehrere Stunden im Besprechungsraum verbracht und die meisten von uns waren hungrig. Ich nahm gerne eine Einladung zum gemeinsamen Essen mit den Kollegen an, wollte aber vorher noch schnell meine Unterlagen ins Büro legen. Der Türöffner wies immer noch die gleiche Störung auf. Ich glaubte sogar festzustellen, dass es mit jedem erneuten Öffnen nur noch schlimmer wurde und nahm mir deshalb vor, mich gleich nach dem Essen darum zu kümmern. Während der Mahlzeit unterhielten wir uns über unsere Zuteilungen.

„Ich gebe zu, dass ich dich fast ein wenig beneide", sagte Viran Ynis und stocherte in ihrem Gemüse herum, „weiss man eigentlich, wer diese Föderationsvertreter sind, die den Abgesandten begleiten werden?"

„Keine Ahnung", antwortete ich nach einem Schluck Fruchtsaft, „ich wusste bis heute nicht, dass überhaupt welche eingeladen wurden. Bis vor kurzem dachte ich noch, dass man in Gegenwart der Herrscherin die Föderation nicht einmal erwähnen durfte. Jetzt weiss ich, dass ich falsch lag."

„Seit sie ihre Landwirtschaftsprojekte betreibt, erhofft sie sich vermehrte Hilfe der Föderation", warf meine Kollegin Ildana ein, und ein Gespräch entwickelte sich darauf hin zwischen ihr und Ynis, das ich jedoch nur halb wahrnahm. Ich schreckte erst wieder auf als ich hörte wie jemand meinen Namen rief.

„Ich habe nicht zugehört, tut mir leid", entschuldigte ich mich verlegen, doch Ynis sprang mir ins Wort:

„Wenn du dir wegen deiner Zuteilung Sorgen machst…" begann sie. Ich schüttelte den Kopf und protestierte:

„Nein, nein, das war es nicht! Entschuldige, es ist zu banal… ich habe überlegt, was ich anziehen werde!"

Das Gelächter, das darauf folgte, war sehr erfrischend. Als hätten wir beschlossen, ernste Themen nicht mehr anzuschneiden, bestellten wir uns Süssspeisen, eine weitere Runde Getränke, erzählten uns Witze und benahmen uns ziemlich ausgelassen. Nach all der Anspannung der letzten Wochen wirkte das wie ein reinigender Wind.

Übermorgen sollte ich also den Abgesandten der Propheten treffen. Was konnte mir Besseres passieren? Ich kehrte nach dem Essen in mein Büro zurück, mit dem Vorsatz, die neuen Informationen aus der Sitzung vom Computerpad aufs Terminal zu übertragen und eine Liste mit allen wichtigen Informationen für den Abgesandten und seine Begleiter zu erstellen. Zu meinem Ärger wurde ich wieder an die Fehlfunktion des Schlosses erinnert. Als ich mir endlich Eintritt verschafft hatte, rief ich den Wartungsdienst. Es erwies sich als schwierig mir sofort einen Techniker zu schicken. Man informierte mich, dass die Teams mit der Sicherheit der Ausstellungsräume alle Hände voll zu tun hatten, ich sollte mich gedulden. Es blieb mir nichts anderes übrig als mich zu bedanken und zu warten.

Ich wartete bis zum Abend. Dann versuchte ich dem Assistenten des Wartungsdienstes noch einmal klarzumachen, dass ich mir der vermehrten Arbeit der Technikteams durchaus bewusst war, dass ich aber dringend Hilfe benötigte. Ich wollte dem Mann schon energisch sagen, dass ich in jedem Fall persönlich anwesend sein wollte, wenn sich jemand an meinem Büroschloss zu schaffen machte, aber ein jähes Gefühl, das zur Vorsicht mahnte, liess mich schweigen. Ich wurde auf den nächsten Tag vertröstet. Die ganze Sache begann mich zu ärgern, und mit dem Ärger kehrten die Befürchtungen zurück.

Es blieb mir in der Tat nichts anderes übrig als meine Arbeit zu beenden. Ich legte mir noch zurecht, was ich am nächsten Tag erledigen wollte, und beschloss eine Vorsichtsmassnahme anzuwenden. Während der letzten Jahre der Besetzungszeit war es vorgekommen, dass Valoranische Kollaborateure der Korvasier ins Zentralarchiv eindrangen und Arbeitsräume bestimmter Personen nach belastenden Dokumenten durchsuchten. Wir hatten damals unseren eigenen, leisen Abwehrkampf geführt, indem wir die Widerstandszellen mit Informationen versorgten, Parolen ins Computernetz einspeisten, den Widerstandkämpfern durch Botschaften Mut zusprachen, ihnen nützliche aber geheim gehaltene Daten lieferten und derlei mehr. Es war ein Katz und Maus Spiel gewesen, denn wir durften keine Spuren hinterlassen, die uns selbst in Schwierigkeiten gebracht hätten. Ich hatte sehr viel gelernt während jener Zeit, was mir heute, wie ich mit Genugtuung feststellte, von Nutzen war.

In jenen Tagen wurden in einigen Räumen auch Anlagen und Programme zur Überwachung installiert, die aber nach dem Abzug der Korvasier abgeschaltet wurden. Abgeschaltet, aber nicht abmontiert. Die Geräte waren sie immer noch vorhanden und konnten auf einfache Weise reaktiviert werden. Als ich die Aktivierungscodes eingab, wurde mir klar, dass ich bereits erwartet hatte, jemand könnte unerwünscht in meinen Sachen wühlen und versuchen in meine Privatsphäre einzubrechen. Ich erinnerte mich an den Mann, den ich früh am Morgen durch die Gänge hatte eilen sehen. Wenn ich die Begebenheit nochmals überdachte, dann war er aus der Richtung gekommen, wo mein Büro lag. Ich konnte jedoch ebenso gut einen unschuldigen Mann verdächtigen, der seiner Arbeit nachgegangen war. Es war nicht möglich alle Mitarbeiter zu kennen. Jener Mann hatte ein Computerpad bei sich gehabt, und plötzlich erinnerte ich mich, dass er auch einen Werkzeugbehälter an einem Schulterriemen trug. Einen Werkzeugbehälter? War dieser Mann vielleicht Mitglied eines Technikteams? Wenn ja, was tat er dann hier in unserer Abteilung? Ich hatte doch von unseren Vorgesetzten heute Morgen bestätigt bekommen, dass keine Wartungsarbeiten durchgeführt wurden. Vielleicht hatte er sich in den Gängen verirrt, weil er neu an seinem Posten war. Es gab viele Möglichkeiten. Mein Gefühl weigerte sich jedoch hartnäckig an eine so harmlose Erklärung zu glauben. Nicht nach all dem, was ich in den letzten Tagen erfahren hatte. Ich machte mich daran, die Software der Geräte zur Raumbeobachtung wieder zu installieren und die Anlage zum Laufen zu bringen.

Die Programme waren mit einem Alarm beim Sicherheitsdienst gekoppelt. Mann würde sich dort wundern, falls der Alarm überhaupt bemerkt werden sollte. Und wenn schon – ich hatte gute Gründe für mein Tun. Ich war verantwortlich für die Sicherheit der Daten, die in meinem Büro verarbeitet wurden, gerade jetzt vor dem Termin einer so wichtigen Veranstaltung wie der Ausstellung musste ich meine Daten mit allen Mitteln schützen. Wenn der Sicherheitsdienst des Zentralarchivs angeblich überlastet war, um sich einer technischen Fehlfunktion anzunehmen, so musste ich selbst eine Lösung finden. Während meiner Anwesenheit im Büro stand die Tür für jeden Mitarbeiter offen. Ansonsten waren unsere Arbeitsräume mit persönlichen Codes gesichert. Selbst die Reinigungskräfte mussten ihre Arbeit während unserer Anwesenheit verrichten. Wer sich darüber hinwegsetzte, brach schlicht und einfach die Sicherheitsregeln.

Der nun aktivierte Beobachtungsmodus würde jede Person erfassen, die sich im Raum bewegte, also auch mich. Angenommen, jemand würde tatsächlich in mein Büro einbrechen, so müsste er sofort meinen persönlichen Code in den Computer eingeben, um das Beobachtungsprogramm abzubrechen und keinen Alarm auszulösen. Wenn nun der Mann, dem ich auf dem Gang begegnete ein Techniker war, der nur seine Arbeit tat und vielleicht meine Tür reparieren wollte, so würde sich die ganze Angelegenheit augenblicklich aufklären. Sollte er kein Techniker gewesen sein, dann musste er gefunden und dazu befragt werden, was er an dem Ort zu jener Zeit tat. Ich musste mir höchstens einige unangenehme Fragen gefallen lassen, warum ich mich gezwungen sah die Überwachungsanlage wieder zu aktivieren. Damit konnte ich leben.

Diese Überlegungen führten mich zur Frage, wie es um die Sicherheit meines Quartiers im Kloster bestellt war. Ich beeilte mich daher ins Kloster zu kommen. Ich wollte mich sofort nach Welek Talren erkundigen und hoffte, dass er von seiner Reise schon zurückgekehrt war.

Meine Hoffnung wurde enttäuscht. Talrens Sekretär teilte mir mit, dass man den Ordensleiter nicht vor dem folgenden Abend erwartete – das bedeutete, nicht vor der Eröffnungsfeier der Ausstellung. Ich verbrachte eine unruhige Nacht, wälzte Gedanken hin und her und überlegte, wie weit wohl Herrscherin Rinn gehen mochte, um an die Geheimnisse meines Bruders zu gelangen. Es war mir mittlerweile klar geworden, dass ich mich selbst belog, wenn ich mich für zu unbedeutend hielt, um die Aufmerksamkeit der Herrscherin zu wecken. Allein der Umstand, dass Welek Talren mich in Narils Räumen, im inneren Teil des Klosters wohnen liess, musste ihr sehr missfallen. Ich begann mich auch zum ersten Mal ernsthaft zu fragen, warum der Welek diese Einladung überhaupt ausgesprochen hatte. Die Herrscherin hatte sich bei ihrem Überraschungsbesuch klar und deutlich ausgedrückt, dass sie meine Anwesenheit in Narils ehemaligem Quartier unangebracht fand. Möglicherweise hatte sie bereits erfahren, dass ich nun vollständig ins Kloster gezogen war. Auch aus diesem Grund wollte ich so schnell wie möglich mit Welek Talren sprechen. Ja, ich wollte dem Orden beitreten. Ich hatte keine andere Wahl. Ich war jetzt die alleinige Bewahrerin von dem unschätzbaren Erbe und Gedankengut meines Bruders, und es war meine Aufgabe dafür zu sorgen, dass seine Ideen, Beobachtungen und Schlüsse weder verloren gingen noch in falsche Hände gerieten. Die Herrscherin hatte mich damals direkt aufgefordert, ihr Narils Hinterlassenschaft zu überlassen. Diese Forderung war widerrechtlich. Ich war die Erbin, und niemand hatte das Recht es mir abzustreiten. Die Herrscherin schon gar nicht. Das hätte eine grobe Übertretung unserer Gesetze bedeutet. Vielleicht war nur meine Antwort auf ihre Forderung ungeschickt gewesen. Ich hatte höflich sein wollen. Ich hatte ihr angedeutet, dass ich mich melden würde, wenn ich Narils Erbe durchgesehen hätte. Nachdem ich nun wusste, was es beinhaltete, hätte man durchaus sagen können, dass alles für den Staat und die Gesellschaft von Bedeutung war. Das konnte sich auch die Herrscherin denken. Jemand wie mein

Bruder, dazu noch ein Welek, umgab sich nicht mit Wertlosem und Durchschnittlichem. Dass ich mich bis jetzt noch nicht bei der Herrscherin gemeldet hatte, musste in ihr den Eindruck bestärken, dass ich etwas vorenthielt. Jemand wie die Herrscherin würde sich das nicht bieten lassen. Und jetzt war ich auch noch mit der Betreuung des Abgesandten der Propheten betraut worden – wenn auch nur als Gastgeberin während einer kulturellen Veranstaltung – wie mochte sich die Herrscherin hierzu stellen?

Ich dachte auch an die Bücher der längst verstorbenen Autoren, die Narils Ansichten bestätigten. Die „Verborgenen Schriften", Bücher, deren Existenz eine Ausnahme bildete, deren Schwesternbände verschollen oder vernichtet waren, wie ich nach meiner sorgfältigen Prüfung der Archive festgestellt hatte. Ihre Sicherheit war nur eine Frage der Zeit. Ebenfalls meine eigene Sicherheit. Deshalb war es höchste Zeit meinen Ordenseintritt bekannt zu geben. Die Herrscherin würde sich nicht über die Gesetze der Orden hinwegsetzen können. Auch wenn sie selbst Ordensangehörige war, das Herrscheramt liess es nicht zu, dass sie sich in Belange der Welekversammlung und der Ordensleiter einmischte. Die Welekversammlung war befugt Herrscher sogar zu verurteilen, wenn sie die Gesetze der Orden übertraten. Nur wenn ich in den Orden eintrat, würde ich vor der Herrscherin nicht fliehen müssen, um dann ein Leben entweder auf der Raumstation oder in einer der Kolonien zu führen. Oh ja, ich könnte mich dort sehr kämpferisch geben und Leute um mich scharen, die mich bei einer Revolution auf dem Heimatplaneten unterstützen sollten. Kampf gegen die Herrscherin. Rebellion! Noch mehr Kämpfe! Ich lachte bitter bei dieser verrückten Vorstellung. Ich war kaum dazu geeignet, um eine offene Rebellion anzuzetteln.

Mit dem Eintritt in den Orden war man die erste Zeit des Noviziats nur dem Ordensleiter unterstellt. Ein Novize auf dem Weg zum geistigen Führer, zum Welek, war unantastbar. Einen ersten, vollen Jahreszyklus verbrachte man damit, sich auf den Weg des Weleks, auf seine Aufgaben und Verantwortungen vorzubereiten. Danach konnte man wählen, ob man den Weg eines geistigen Führers beschreiten oder sein Leben dem Dienst als einfacher Ordensangehöriger weihen wollte. Manche entschieden sich für die ruhige Abgeschiedenheit des Klosters und gingen den Weg der Meditation, andere blieben in ihrem äusseren Leben, gingen ihren Berufen nach, um sich gleichzeitig geistigen Studien zu widmen. Verheiratete Weleks bildeten mit ihren Familien oft den religiösen Mittelpunkt von Dörfern oder Stadtteilen, in denen es keine Klöster gab. Jeder Orden verfügte neben einem Kloster, das ausschliesslich dem meditativen Leben geweiht war, auch über Klosteranlagen mit Schulen und Ausbildungsstätten. Sollte ich es wünschen, konnte ich auch an einer solchen Schule Literatur und Geschichte unterrichten, es kam ganz allein auf meinen Wunsch an, ob ich meine Stellung im Zentralarchiv behalten oder mir neue Horizonte eröffnen wollte. Die Entscheidung wog nun nicht mehr so schwer, denn in Wirklichkeit war sie bereits damals gefallen als ich nach Narils Tod in seine Klosterräume gezogen war. Ich wusste nun, dass ich schnell handeln musste. Welek Talrens Abwesenheit hinderte mich ja nicht daran, ihm eine Nachricht zu hinterlassen. Eine Nachricht, geschickt durch einen offiziellen, und somit leicht abhörbaren Kanal…

Ich setzte mich an den Computer und übermittelte meine Nachricht an den Ordensleiter. Ich schrieb, dass ich mich mit dem heutigen Tag entschieden hätte mein Leben in die Hände unserer Propheten zu legen, und dass ihn deshalb darum bat, mich in den Orden aufzunehmen. Ich fügte noch hinzu, dass ich diese Mitteilung als verpflichtend betrachtete und mich sehr freuen würde bald Antwort zu bekommen. Ich sass noch eine Weile da, als die Nachricht schon längst abgeschickt war. Stationen meines bisherigen Lebens zogen an meinem inneren Auge vorüber. Ich dachte über den Entschluss nach, der eine Konsequenz der Erfahrungen der wenigen vergangenen Tage war, und der mein Leben veränderte. Dann stand ich auf, zündete die Flammen am Altar meines Quartiers an und sprach ein Dankgebet für die Weisheit und Führung unserer Propheten, und einen Dank an die Voraussicht und Besonnenheit meines Bruders. Ich führte eine Art Zwiegespräch mit Naril, als wäre er im Raum anwesend. Ich sprach im Geist zu den Propheten und zu allen, die mich auf meinem Weg bisher unterstützt hatten.

Als der Morgen anbrach, fand mich das erste Sonnenlicht zusammengekauert vor dem Altar liegend. Ich musste irgendwann dort eingeschlafen sein und weder die Härte des Bodens noch die Kälte der Nacht hatten mich gestört.

Kapitel 11

Es war mir längere Zeit nicht gelungen meine Tagebucheinträge regelmässig fortzuführen. Ich hole es deshalb jetzt nach. Der Tagesablauf während der Eröffnung unserer Ausstellung und die zusätzlichen Aufgaben liessen mich kaum atmen. Doch jetzt, da der Abgesandte der Propheten wieder zur Raumstation zurückgekehrt ist und auch auf anderen Gebieten Frieden herrscht – oder zumindest Waffenstillstand – kann ich mich den Aufzeichnungen wieder widmen.

Nachdem ich also den wichtigsten Entschluss meines Lebens gefasst hatte, in jenen Orden einzutreten, dessen Angehöriger auch mein Bruder gewesen war, konnte ich es kaum abwarten, es dem Ordensleiter mitzuteilen. Ich hatte ihm über einen öffentlichen Kanal meinen Entschluss mitgeteilt, in der Hoffnung, dass dieser Kanal abgehört wurde, und dass mein Ordenseintritt damit sozusagen offiziell war. Am Tag vor der Eröffnung der Ausstellung machte mich in meiner Ungeduld früh auf den Weg ins Zentralarchiv, unruhig auch darüber, was die Computerüberwachung meines Büros ergeben hatte und ob überhaupt etwas vorgefallen war. Ich beeilte mich an meinen Arbeitsplatz zu kommen. Die Tür zu meinem Büro liess sich nicht mehr öffnen. Erschrocken rannte ich zum nächsten öffentlichen Terminal auf dem Korridor und rief den Sicherheitsdienst. Der Einsatzleiter meldete sich.

„Wir mussten letzte Nacht ihr Büro sichern", informierte mich der Mann, „wir haben da noch einige Fragen an Sie." Er bat mich zu warten und fügte hinzu, dass er gleich kommen würde. Was sollte ich auch anderes tun als warten? Ich kam ja nicht in mein Büro hinein! Einige Minuten später sah ich ihn, wie er zusammen mit einem Mitarbeiter durch den Gang auf mich zukam. Der Mitarbeiter trug einen Werkzeugbehälter. Dieser

Behälter sah allerdings anders aus, als jener, den der unbekannte Mann bei sich gehabt hatte.

„In der Nacht ging der Alarm los", unterrichtete mich der Einsatzleiter nach einer kurzen Begrüssung, „es war ein stiller Alarm, der nur in der Sicherheitszentrale zu hören ist. Hatten Sie etwa den Überwachungsmodus eingeschaltet?"

„Ja", sagte ich zögernd, „ich hatte Grund anzunehmen, dass jemand in meinen Unterlagen schnüffeln könnte. Wissen Sie, ich gehöre zu dem Arbeitsteam, das sich mit Korvasianischen Dokumenten aus der Besetzungszeit befasst. Darin werden manchmal Leute erwähnt, denen das heute nicht mehr gefällt. Sie verstehen doch…"

Der Sicherheitsleiter nickte, und ich bemühte mich nicht allzu offensichtlich aufzuatmen.

„Wir haben den Eindringling erwischt", sagte er, „wenn wir hier fertig sind, werden Sie uns begleiten, damit Sie sich ihn ansehen können. Wenn Sie ihn identifizieren könnten, wäre das sehr hilfreich."

Inzwischen hatte der Mitarbeiter meine Tür geöffnet und ich konnte eintreten. Auf den ersten Blick schien alles in Ordnung. Wer auch immer hier eingebrochen war, hatte es offensichtlich nur auf meinen Computer abgesehen. Ich fragte die Sicherheitsleute, ob ich meinen Computer einschalten durfte, um mir das Ergebnis der Überwachung anzusehen und wurde mit einer Geste dazu aufgefordert. Auf der Bildschirmfläche erschien der ganze Raum. Ich gab Schnellsuchlauf ein und wartete. Plötzlich kam Bewegung ins Bild, ich hielt den Bildlauf an als auf dem Bildschirm zu sehen war wie die Tür aufging. Ein älterer Mann trat ein und blickte sich um. Er legte eine Umhängetasche auf meinen Stuhl und machte sich am Terminal zu schaffen. Ich erschrak. Es war der gleiche Mann, den ich an jenem Morgen auf dem Gang getroffen hatte! Dann musste der Alarm losgegangen sein und eine Weile später füllte sich mein Büro mit Sicherheitsleuten, die den Mann festnahmen. Das Bild flackerte und verschwand. Der Mann hatte nur in meinen Dateiverzeichnissen gewühlt, er hatte keine Zeit gehabt, um sich auch nur einen Überblick über meine persönlichen Einträge zu verschaffen.

„Ich habe diesen Mann gestern Morgen hier auf dem Gang gesehen", informierte ich den Einsatzleiter, „er kam aus der Richtung meines Büros, und dann gab es die Fehlfunktionen am Schloss. Ich hatte es sofort gemeldet...."

Der Sicherheitsmann kommentiere meine letzte Bemerkung nicht. Doch er vermied es auch mich anzusehen.

„Am besten Sie kommen gleich mit", sagte er „Sie können sich den Mann anschauen während er unter elektronischer Bewachung steht."

Ich erklärte mich einverstanden, und nachdem ich einen geänderten, persönlichen Zugangscode in mein Türschloss eingegeben hatte, ging ich mit den beiden Sicherheitsleuten auf ihre Abteilung. Dort wurde mir auf einem grossen Bildschirm der Mann gezeigt, der am vorhergehenden Tag, eifrig in sein Computerpad tippend, an mir vorüber gegangen war. Ich erkannte ihn gut. Nun sass er in einem abgeschlossenen Raum und wurde mit Sicherheitsanlagen überwacht. Er war und blieb mir vollkommen fremd. Er blickte mit kleinen, kalten Augen vor sich, als würde ihn das alles nichts angehen. Kein schöner Anblick.

„Wir werden sie beide kurz gegenüberstellen", sagte der Sicherheitsleiter, „die Auswertung seiner biometrischen Daten danach könnte aufschlussreich sein. Ich erklärte mich einverstanden, obwohl mir dabei unangenehm zumute war. Die Gegenüberstellung ging durch Computerbildschirme vonstatten, wenigstens brauchte ich so die Anwesenheit des Mannes nicht zu ertragen. Er sah mich nur kurz an und schwieg. Der Sicherheitsleiter schaltete daraufhin den Bildschirm wieder auf Überwachungsmodus. Er bot mir einen Platz an, gab einige Befehle in einen Computer ein und wartete auf Ergebnisse.

„Puls- und Atemfrequenz leicht erhöht, Pupillen erweitert", informierte er mich nach einer Weile, „das könnte darauf hinweisen, dass er Sie erkannt hat – wenn ja, dann ist er allerdings ein guter Schauspieler."

Der Computer gab ein Signal, das den Sicherheitsbeamten veranlasste sich in weitere Daten zu vertiefen.

„Das ging ja schnell. Da haben wir seine Identität. Ein Gewohnheitsverbrecher, der sich anscheinend schon an vielen Orten herumgetrieben hat. Von alleine ist er nicht auf die Idee gekommen ausgerechnet in ein Büro des Zentralarchivs einzubrechen. Das entspricht nicht seinen Gewohnheiten. Für ihn gibt es in Ihrem Büro, wie ich annehme, nichts Wertvolles zu holen, oder gehe ich falsch in der Annahme?"

Der Blick des Sicherheitsleiters war einen Moment lang sehr unangenehm. Verdächtigte er jetzt etwa mich? Auf einmal nahm ich tiefes Misstrauen wahr, das von ihm ausging. Es nahm mir fast die Luft zum Atmen. Ich erkannte auch genau, welche Überlegungen er anstellte.

„Sie denken also, dass ich den Mann selbst angeheuert hätte, um belastende Unterlagen aus meinem Büro zu entfernen und es als Einbruch zu tarnen?" rief ich. Ich war ärgerlich geworden und stand auf. Einen Augenblick schien der Sicherheitsmann verdutzt, dann – nach einem kurzen Blick auf seinen Bildschirm – meinte er entschuldigend:

„Nicht doch, setzen Sie sich, bitte. Es tut mir leid, aber ich darf keine Möglichkeit ausschliessen."

„So? Dann entsprechen wohl die Werte meiner Reaktion jetzt denen einer Person, die die Wahrheit sagt – das hat doch ihre elektronische Überwachung gerade ergeben, nicht wahr?"

Ich war immer noch verärgert, doch ich setzte mich wieder hin. Wenigstens war das beengende Gefühl des Misstrauens verschwunden. Welch ein hässliches Gefühl...

„Finden Sie seine Auftraggeber", bat ich den Sicherheitsleiter nach kurzem Durchatmen, „und halten Sie mich, bitte, auf dem Laufenden. Ich bin durchaus daran interessiert zu wissen, wem ich so viel bedeute!"

Es sollte sarkastisch klingen, und vielleicht tat es das auch. Der Einsatzleiter nickte. Kein Versprechen, keine Versicherung, dass man sich bemühen werde, und dass der Mann gleich ins Verhör genommen werde. Dem Sicherheitsleiter schien es nicht daran gelegen Sympathien zu gewinnen. Er stellte mir noch einige weitere Fragen, die ich wahrheitsgemäss beantwortete. Ich erzählte ihm genau von der Begegnung auf dem Korridor, und er meinte, dass ich den Mann vielleicht aufgescheucht hatte. Möglicherweise hätte er innerhalb oder ausserhalb des Gebäudes einen Komplizen gehabt, der ihn gewarnt hatte.

Die Frage nach einem möglichen Motiv beantwortete ich ausweichend mit dem Vorhandensein der Korvasianischen Dokumente und der Ausstellungplanung. Ich konnte ja nicht frisch herausplappern, dass ich Herrscherin Rinn verdächtigte, hinter dem Erbe meines Bruders zu sein. Es war kaum angebracht die Herrscherin anzuklagen, einen Verbrecher auf

Umwegen beauftragt zu haben, damit er mein Büro durchsuchte. Deshalb hielt ich an meiner Ausrede über die Korvasianischen Aufzeichnungen fest. So falsch war das zumal nicht. Wir hatten tatsächlich längst verschollene Unterlagen zutage gefördert, die einigen Leuten, die jetzt Ämter in der Regierung bekleideten, wohl heftige Kopfschmerzen bereiten mochten, sollten die Dokumente an die Öffentlichkeit durchsickern. Diese Akten waren tatsächlich zum grossen Teil geheim, teils weil uns noch weitere Beweise fehlten, und teils weil es sich bei einigen der beschuldigten Personen um Verstorbene handelte. Trotzdem unterlag unsere Arbeit nicht der höchsten Geheimhaltungsstufe, wir wahrten oft nur aus eigenem Entschluss Diskretion. Ich war nichtsdestotrotz davon überzeugt, dass der Einbrecher andere Motive hatte in mein Büro einzudringen, als nach historischen Fakten aus der Besetzungszeit zu suchen. Ich drehe den Spiess deshalb um. Nun stellte ich dem Sicherheitsleiter Fragen:

„Hat der Mann gestanden, was er bei mir suchte? Und warum ausgerechnet bei mir?"

Der Einsatzleiter zuckte mit den Schultern und verlagerte seine Position in seinem Stuhl. Er seufzte, als wäre ihm die ganze Geschichte plötzlich lästig und kreuzte die Beine.

„Material… Belastendes Material. Mehr bekamen wir aus ihm nicht heraus."

Jetzt war die Reihe an mir dies alles lästig zu finden.

„Aber das ist doch Unsinn!" rief ich aufgebracht, „ausser diesen Korvasianischen Daten werden Sie auf meinem Terminal nur historische und literarische Arbeiten finden. Was soll denn dabei belastend sein?"

„Das weiss ich nicht", antwortete der Sicherheitsmann, „aber Sie hatten anscheinend Grund anzunehmen, dass jemand ihr Büro unerwünscht betreten konnte. Hätten Sie denn sonst den Überwachungsmodus aktiviert?"

Fing er etwa von neuem an mich zu verdächtigen?

„Hören Sie", sagte ich und lehnte mich ein wenig vor, „gestern hatte meine Bürotür eine Fehlfunktion. Es war angeblich kein Techniker abkömmlich, der sie hätte reparieren können. Es waren keine Umprogrammierungen der Schlösser vorgesehen. Genau das alles führte mich zu der Annahme, dass da vielleicht jemand an der Tür herumgespielt haben könnte... und das gefiel mich ganz und gar nicht. Was sollte ich denn anderes tun, um mich zu schützen? Ich habe viel Arbeit wegen der Ausstellung. Dazu bin als Gastgeberin für den Abgesandten der Propheten eingeteilt worden – da kann ich mir wirklich keine Probleme wegen eines Einbrechers leisten!"

Das hatte nun endlich Eindruck gemacht. Der Sicherheitsmann richtete sich auf seinem Stuhl auf und entschuldigte sich. Dann stand er auf und begleitete er mich zur Tür. Er versicherte mir, dass er sofort ein weiteres Verhör einleiten und mich informieren wollte, sobald sich etwas Neues ergab. Er wirkte auf einmal sehr viel dienstbeflissener als vorher. Lag das etwa an der Erwähnung des Abgesandten?

Wie dem auch war, ich kehrte einigermassen beruhigt in mein Büro zurück und versuchte mich so gut es ging, auf den folgenden Tag vorzubereiten. Danach ging ich in die Museumssäle. Die Ausstellung war riesig Schriftliche Zeugnisse Valoranischen Geistes lagen dort stumm auf von Kraftfeldern geschützten Tischen und Regalen. Die kostbarsten Stücke hatte man zusätzlich durch spezielle Vitrinen gesichert, in denen die Bücher oder Schriftrollen zu schweben schienen. Ich sollte mehrheitlich in jenen Räumen arbeiten, in denen die Schriften der Feudalzeit ausgestellt waren, doch während der Abgesandte der Propheten zu Besuch war, sollte ich mich nach seinen Wünschen richten. Den Nachmittag verbrachte ich mit Erledigen von tausend Kleinigkeiten, die sich plötzlich wie von Zauberhand zu vermehren schienen.

Zweimal rief ich Welek Talren von meinem Büro aus an, doch es wurde später Abend, und er war immer noch nicht zurück.

Kapitel 12

Am folgenden Tag hinterliess ich auf Welek Talrens Computer den Rufcode meines Komunikators und eine Nachricht, dass ich den ganzen Tag – und wohl auch den ganzen Abend – im Zentralarchiv bei der Eröffnungsfeier zu erreichen wäre. Einen Augenblick lang hegte ich den Verdacht, dass ihn die Herrscherin mit einer ihrer Intrigen bewusst von mir fernhielt, doch ich wischte den Gedanken beiseite. Talrens Abbild formte sich in meiner Vorstellung. Er war im Augenblick der Einzige, dem ich vertrauen konnte. Im Bewusstsein, dass ich mich nur noch in Geduld üben konnte, machte ich mich auf den Weg ins Zentralarchiv. Alle Mitarbeiter, Helfer und Begleiter sollten früh genug zur Stelle sein, man wollte uns noch die letzten Instruktionen geben. Danach hatten wir noch mehrere Stunden zu unserer Verfügung, und nach dem Eintreffen der Gäste sollte die Eröffnungsfeier beginnen. Uns erwarteten Begrüssungsreden und ein Konzert. Danach war die Besichtigung der Ausstellung vorgesehen und anschliessend ein Essen, bei dem alle sich entspannen und ihre Kontakte pflegen konnten.

Trotz meiner Unruhe war ich sehr neugierig auf den Abgesandten der Propheten, obwohl ich befürchtete, dass mich die Herrscherin die ganze Zeit mit aufmerksamen Blicken verfolgen würde. In solche wirren Gedanken vertieft kam ich im Zentralarchiv an. Ich beeilte mich in mein Büro zu kommen, wo das Türschloss nun wieder so funktionierte wie ich es gewohnt war. Ich wollte nur noch schnell mein Computerpad mit dem Kommunikator mitnehmen, als ich bemerkte, dass auf meinem Terminal das Signal für eine besonders gekennzeichnete Nachricht blinkte. Ich schaltete den Bildschirm ein und war erstaunt das Zeichen unseres Sicherheitsdienstes zu sehen. Der Sicherheitsmann, mit dem ich am Tag vorher zu tun gehabt hatte, informierte mich über eine interessante Entdeckung im

Falle des Einbrechers. Es war gelungen festzustellen, dass der Mann die letzten Tage im Gästehaus unseres Klosters verbracht hatte! Ich war geschockt. Demnach war ich tagelang beobachtet worden! Keine angenehme Vorstellung. Aber warum sollte sich jemand, der vorhat in einen fremden Bereich einzubrechen, tagelang in einem Kloster einschliessen? Wohl kaum zur Meditation! Der Mann hatte sich nach der Abreise von Welek Talren im Gästehaus einquartiert. Wusste er etwa, dass Talren seine Gäste zu besuchen pflegte, um sie kennenzulernen, und wollte er genau das vermeiden? Ich wusste, dass Talren schon einige Male Besucher sogar zurückgewiesen hatte, wenn sie aus unlauterer Absicht ins Gästehaus kamen. Auch diesen Mann hätte er bestimmt wieder weggeschickt. Den Abgewiesenen wurde jeweils verständnisvoll aber nicht ohne Autorität mitgeteilt, dass sie willkommen waren, wenn sie das nächste Mal aus wahrhaftigen Gründen kamen. Es konnte kein Zufall sein, dass sich der Einbrecher im Kloster aufhielt, wenn der Ordensleiter nicht anwesend war. Der Mann war gekommen, um zu spionieren. Ich war ebenfalls sicher, dass man ihn eingeschleust hatte, wer auch immer seine Auftraggeber waren. Der Sicherheitsleiter versprach, mich künftig über weitere Ergebnisse seiner Nachforschungen sofort zu informieren.

Die folgenden Stunden nutzte ich, um mich auch äusserlich auf die Eröffnungsfeier vorzubereiten. Dann musste ich mich schon beeilen, um rechtzeitig in die grosse Empfangshalle des Museums zu kommen, wo bereits die ersten Gäste eintrafen und ihren Begleitern vorgestellt wurden. Ich entdeckte Lin Helahr in der Menge. Er winkte mich zu sich heran.

„Ich erhielt eine Nachricht von der Raumstation", informierte er mich, „es könnte sein, dass sich der Abgesandte ein wenig verspätet. Die anderen wissen schon Bescheid."

Ich bedankte mich und fragte aus Neugierde, ob schon bekannt war, wer der Vertreter der Interplanetaren Föderation wäre. Lin Helahr zuckte mit den Schultern. Er wusste es nicht. Der Sprecher der Raumstation hatte keine weiteren Einzelheiten genannt. Im Stillen fragte ich mich, was wohl Herrscherin Rinn über diese Verspätung dachte. Wir hatten alle erwartet, dass sie gleichzeitig mit dem Abgesandten eintraf, um auf diese Art das Einvernehmen zwischen ihnen beiden zu demonstrieren. Es war nur natürlich, dass sich die Herrscherin Valors in der Öffentlichkeit in Begleitung des Abgesandten der Propheten zeigte. Ganz Valor würde aus den Nachrichtennetzen erfahren wie gut sich Herrscherin Rinn und der Abgesandte der Propheten verstanden. Die Anwesenheit der Gäste der Interplanetaren Föderation würde das Ansehen der Herrscherin noch zusätzlich heben. Der Abgesandte der Propheten an der Seite der Herrscherin musste eine enorme Wertsteigerung ihrer Person bedeuten. Auch wenn dieser Abgesandte niemals aufhörte von sich zu behaupten, dass er nur ein einfacher Beamter im Dienst seiner Organisation war.

Ich beobachtete die Menge, grüsste hin und wieder einige Gäste und Mitarbeiter und schlenderte durch die Halle, um abseits des Hauptgeschehens zu warten. Ich stieg gerade die Stufen zu einer erhöhten Plattform hinauf, die mit Sitzbänken und grossen Kübelpflanzen ausgestattet war, als am Eingang plötzlich Bewegung entstand. Die Herrscherin war mit ihrer Begleitung eingetroffen. An eine Säule gelehnt konnte ich von meinem Standort die Halle gut überblicken. Ich sah wie die Herrscherin in ein Gespräch mit den Leitern des Museums und des Zentralarchivs vertieft die Empfangshalle betrat. Ihr langes, goldenes Herrschergewand leuchtete zwischen den roten Welekgewändern und dunklen Festanzügen ihrer Begleitung. Sofort scharte sich eine Menge Leute um sie herum, man tauschte Begrüssungen und Komplimente. Herrscherin Rinn war glänzender Laune. Sie lächelte strahlend, nickte huldvoll nach allen Seiten und liess es sich nicht nehmen, bei verschiedenen Personen deren Apagha zu fühlen. Mich schauderte. Rinn stellte sich und ihre Machtposition hervorragend zur Schau und vergass dabei, wie es schien, dass hinter ihr, nur einen Schritt entfernt, die Korvasianische Repräsentantin stand und sich offensichtlich verloren vorkam. War das Rinns Absicht? Die Korvasierin hielt sich zwar würdevoll und stolz, doch es hatte sich unmerklich ein freier Raum um sie herum gebildet. Ich betrachtete sie lange mit gemischten Gefühlen. Sie vertrat hier die angesehenste Hochschule ihres Heimatplaneten, wo sie selbst Korvasianische Geschichte und politische Wissenschaften lehrte. Im Grossen und Ganzen waren wir Kolleginnen, doch ich vermutete, dass unsere Unterrichtsstile erhebliche Unterschiede aufwiesen. Inwieweit glichen wohl Korvasianische Frauen ihren unberechenbaren, grausamen und trotzdem geschliffen höflichen und eleganten Männern? Ich wusste es nicht.

Ich dachte an Naril und die Notizen seines Tagebuches, die sich mit Korvasia und dem Frieden mit Valor befassten. Naril hatte stets nach Gemeinsamkeiten zwischen beiden Völkern gesucht, um sich nicht der Spannung zwischen Faszination und Ablehnung auszuliefern. Dass er diese gegensätzlichen Gefühle trotzdem in sich trug, dass er trotz aller Bemühungen um Frieden und Verständnis nicht das Leid vergass, das Korvasier uns zugefügt hatten, konnte er nicht vermeiden. Er bemühte sich um Verständnis, um Vergebung, doch auch für ihn war dies anscheinend nicht immer einfach gewesen. Ich verstand ihn sehr gut. Doch im Gegensatz zu meinem grossherzigen Bruder, war ich glücklich über den Umstand, nichts mit Korvasiern zu tun zu haben. Meine „Korvasianische Kollegin", wie ich sie in meinen Gedanken nannte, musste eine kluge und mutige Frau sein, denn allein die Tatsache, dass sie ohne Begleitung hier erschien, wo ihr die meisten Valoraner nur mit schlecht verstecktem Misstrauen und schmerzenden Erinnerungen gegenübertraten, verdiente Anerkennung. Sie tat mir plötzlich leid, und ich wünschte mir, die Herrscherin würde sie nicht allzu sehr demütigen.

Während ich noch in meine Gedanken versunken war, hatte die Herrscherin alle ihr wichtig erscheinenden Personen begrüsst und sah sich unruhig in der Halle um. Sie lächelte zwar immer noch, aber ihr Lächeln wirkte nun aufgesetzt und eingefroren. Ich fühlte, dass sie den Abgesandten der Propheten suchte, der auf sich warten liess. Die Herrscherin nahm ein angebotenes Getränk an und nippte geistesabwesend daran. Liess sie der Abgesandte absichtlich warten oder gab es einen völlig banalen, verständlich erklärbaren Grund für seine Verspätung?

„So nachdenklich?" sagte plötzlich eine leise Stimme direkt hinter mir. Ich fuhr herum und blickte geradewegs in das Gesicht von Welek Talren. In meiner Bestürzung stammelte ich: „Welek! Sie hier?!" und ich sah wohl aus wie ein Kind, das man mit einem unerwarteten Geschenk überrascht. Er schien sich daran zu amüsieren.

„Es ist eine lange Geschichte", meinte er lächelnd, „ aber um sie kurz zu fassen: Nachdem ich erledigt hatte, was ich mir vorgenommen hatte, liess ich mich leider ablenken und aufhalten. Als ich dann diesen Fehler wiedergutmachen wollte entdeckte ich, dass jemand meinen Namen von der Liste der geladenen Gäste gestrichen hatte. Unseren Propheten sei Dank, dass eine geistesgegenwärtige Person dies für einen Fehler hielt und meinen Namen wieder einsetzte. Sie wissen doch, dass die Wege der Propheten für uns oft unergründlich sind, und dass es sich auszahlt, Freunde am richtigen Ort zu haben."

„Ich fürchte, ich verstehe nicht ganz…"

„Oh, es ist ganz einfach! Jemand wollte mich nicht hier haben."

Es klang wie eine nüchterne Feststellung. Welek Talren hatte dabei nicht mich angesehen als er sprach. Ich folgte seinem Blick und sah, dass er auf die Gruppe um die Herrscherin gerichtet war. Bevor ich darauf etwas erwidern konnte fuhr er fort:

„Nun, es ist nicht gelungen. Ich bin da."

Er lächelte breit, und zu meiner grössten Verwunderung zwinkerte er mit einem Auge-

„Sie sehen aus, als hätten Sie Vergnügen daran", bemerkte ich.

„Da haben Sie durchaus recht. Ich freue mich auf einem bestimmten Augenblick. Freuen Sie sich einfach mit mir."

Ich schüttelte lachend den Kopf über seine so vorsichtig geäusserten Rachegedanken.

„Nein, das sehen Sie nicht ganz richtig", sagte er, als hätte er meine Gedanken gelesen, „ich will in keiner Weise Rache üben. Ich möchte nur... sagen wir mal... Kompetenzbereiche klären."

„Gut, ich habe verstanden", antwortete ich, „und Sie glauben gar nicht wie ich mich freue Sie hier anzutreffen. Ich machte mir grosse Sorgen, weil ich Sie nicht erreichen konnte."

War jetzt vielleicht der letzte Augenblick gekommen, um mit ihm zu sprechen, bevor der Abgesandte eintraf und meine Zeit nicht mehr mir gehörte?

„Haben Sie meine Botschaft bekommen?" fragte ich geradeaus. Talren schüttelte den Kopf.

„Nein. Ich darf wohl annehmen, dass es sich um eine wichtige Botschaft handelt?"

Er sagte es halb fragend halb feststellend, und diesmal zwinkerte er nicht mehr. Ich ahnte jedoch, dass er ganz genau wusste, worüber ich mit ihm sprechen wollte. Ich holte tief Atem.

„Ich habe mich für den Eintritt in den Orden entschieden, und da Sie weg waren, schickte ich Ihnen eine Nachricht – eine Nachricht über den offiziellen, öffentlichen Kanal…"

Der Welek sah mich lange an und seine Augen schienen direkt in die Tiefen meiner Seele zu blicken. Dann erschien wieder das Lächeln auf seinem Gesicht, und er verneigte sich leicht vor mir, die rechte Hand auf Herz gelegt.

„Ich ehre Ihren weisen Entschluss, Nasheela. Später werden Sie selbst erkennen, dass es die einzig richtige Entscheidung und der Wille unserer Propheten war. Ich danke Ihnen."

Ich war sehr gerührt über seine Anteilnahme. Ich fühlte wieder Vertrauen und Zuversicht in mir aufsteigen und teilte ihm schnell mit, was während seiner Abwesenheit geschehen war. Plötzlich kam wieder Bewegung in die Menge. Jemand musste durch das Eingangstor gekommen sein, denn alle Köpfe drehten sich in jene Richtung. Ich sah wie sich die Menge teilte, um die Herrscherin durchzulassen, und ich entdeckte Lin Helahr, der sich nervös suchend umsah. Als er mich auf meinem erhöhten Platz entdeckte winkte er aufgeregt und bedeutete mir zu ihm zu kommen.

„Der Abgesandte muss eingetroffen sein", sagte ich zu Welek Talren, „bitte, kommen Sie mit mir."

Wir stiegen die Stufen hinunter und bahnten uns den Weg frei zum Eingang. Lin Helahr hatte uns eingeholt. Er zog mich mit sich und begrüsste gleichzeitig Welek Talren. Er schien erleichtert zu sein. Einige Gäste traten zur Seite und gaben uns die Sicht frei auf die Herrscherin, die sich mit einem grossen, grauhaarigen Mann unterhielt. Das musste der Abgesandte sein. Es war der Mann, den wir bei verschiedenen Gelegenheiten in unseren Nachrichtenkanälen gesehen hatten. Herrscherin Rinn wirkte sehr erfreut, und sie neigte den Kopf in einer wohlwollenden Geste während sie sprach. Der Abgesandte hörte aufmerksam zu und antwortete. Ich nahm nicht wahr, worüber sie sprachen. Ich war damit beschäftigt mir das Äussere des Abgesandten, seine Bewegungen und sein Auftreten einzuprägen. Er war Terraner, und Terra stand gegenwärtig der Interplanetaren Föderation vor. Dass unsere Propheten diesen Mann zu Ihrem Abgesandten gewählt hatten, war eines der grossen Geheimnisse, das wir auf Valor in dieser Form einfach anzunehmen hatten – selbst unsere Herrscherin hatte sich dem Willen unserer Propheten zu beugen.

„… Botschafterin Th'laya", hörte ich auf einmal die Stimme des Abgesandten durch den Übersetzer seines Kommunikators. Ich schloss daraus, dass seine Studien der Valoranischen Sprache noch nicht fortgeschritten waren, und dass er es deshalb vorzog den Kommunikator zu benutzen.

„… Botschafter Siran Lai und sein Mitarbeiter, Valeni Ral von Beharzad, sie beide handeln auch als Vertreter der Interplanetaren Föderation…"

Die Herrscherin deutete eine Verneigung an, mit der rechten Hand über ihrem Herzen, und äusserte ihre Freude und Ehrerbietung. In diesem Augenblick trat Lin Helahr vor, als Verantwortlicher und eigentlicher Initiator der Ausstellung und sprach die Herrscherin und den Abgesandten an. Es war mutig von ihm, und es war mir klar, dass er für seine eigene Arbeit, für das Zentralarchiv und auch ein wenig für mich kämpfte, denn die Herrscherin hatte den Abgesandten schon am Arm gefasst und wollte ihn in eine andere Richtung lenken. Es ergab ein bedeutendes Bild: Die Herrscherin von Valor führt den Abgesandten der Propheten. Niemand sollte daran zweifeln, wer hier der wirkliche Führer war. Die Nachrichtenkanäle würden diese Bilder sicher tagelang senden.

Eine Hand auf meiner Schulter weckte mich aus meinen Grübeleien. Welek Talren war es, der mich aufgeschreckt hatte. Er stand hinter mir und sah mich mit einem verschwörerischen Lächeln an. ‚Er hat genau gemerkt, was ich soeben dachte!‘ schoss mir durch den Kopf, doch ich hatte keine weitere Zeit mich dieser Erkenntnis zu widmen. Lin Helahr schob mich nun nach vorne, in Richtung des Abgesandten und der Herrscherin. Er begrüsste sie beide, nickte den Föderationsbotschaftern höflich zu und hiess den Abgesandten öffentlich willkommen. Dann stellte er mich und Welek Talren vor, wies auf dessen Aufgabe als Ordensleiter hin und erwähnte beiläufig, dass ich die Schwester von Ondas Naril war, jenes Mannes, den der Abgesandte zu schätzen gelernt hatte. Zum Schluss fügte er an, dass ich dem Abgesandten als Gastgeberin während seines Besuchs der Eröffnungsfeier zugeteilt war.

Narils Name war gefallen. Das Gesicht des Abgesandten leuchtete in ehrlicher, freudiger Überraschung auf, als hätte er einen Freund wiedergetroffen, dessen Gesellschaft er lange vermisst hatte. Mit einem Schlag hatte er meine Sympathien.

Die Herrscherin liess sich äusserlich nichts anmerken, als sie auf Welek Talren aufmerksam wurde, doch ihr innerer Aufruhr war für mich beinahe greifbar. Ich fühlte ihren Ärger, was mir einen jähen Schmerz in der Magengegend verursachte. Sie lächelte zwar, aber ihr Blick war eisig. Talren begrüsste sie aufs Freundlichste. Die Herrscherin wandte sich mit grosser Geste an den Abgesandten:

„Es freut uns sehr, dass Welek Talren hier ist, er ist einer jener grossen Männer, auf die sich Valor immer verlassen kann."

„Ich bin ganz Ihrer Meinung, Eminenz", antwortete der Abgesandte und wandte sich mit einem Lächeln an mich: „Genau so, wie man sich immer auf Welek Naril verlassen konnte."

Es stellte sich heraus, dass der Abgesandte und Welek Talren sich gut kannten, und mir fiel auf, dass sie in einer Vertrautheit miteinander sprachen, die nicht nur diplomatisch bedingt sein konnte. Herrscherin Rinn betrachtete die beiden Männer abwägend. Dann bedachte sie mich mit einem durchdringenden Blick. Ein eigenartiger Ausdruck erschien auf ihren Zügen. Doch es blieb keine Zeit für irgendwelche taktischen Floskeln, denn die Aufmerksamkeit verlagerte sich nun zu den Botschaftern der Interplanetaren Föderation.

Botschafterin T'hlaya wirkte kühl und distanziert, wie man sich allgemein die Angehörigen ihres Volkes vorstellt, doch sie schien interessiert und erwartungsvoll. Zumindest kam es mir so vor. Das Volk, dessen Botschafterin Th'laya war, hielt messerscharfe Logik für den Hauptzweck ihres langen Lebens. Sie hatten die Unterdrückung der Gefühle zur Meisterschaft gebracht, obwohl sie eine geistig hoch entwickelte Spezies waren. Für mich bedeutete Logik ein gutes Mittel zum Zweck, das man auch in der Geschichtsforschung gut anwenden konnte, aber man sollte es nicht übertreiben – und schon gar nicht zum Lebenszweck machen. Ich war vielmehr der Auffassung, dass ungezügelte Gefühle zwar jeder Spezies des Universums schadeten, doch dass man Emotionen nicht rigoros unterdrücken sollte Th'layas Welt war für ihre Disziplin und Philosophie berühmt, aber kaum für Kunstrichtungen, die den Geist in die Himmelsphären der Propheten erheben. Auf Th'layas Heimatplaneten war die

Architektur solide, die Musik war in Töne gesetzte Mathematik, und die Philosophen brachten grossartige Erkenntnisse hervor. Doch die Schriftsteller, Dichter, Maler und Bildhauer waren ausserstande sich in jene lichtvollen Höhen zu schwingen, welche nur Künstler betreten dürfen, die ihre Gedanken mit tiefem Gefühl paaren und so der Vorstellungskraft eine lebendige Stärke verleihen.

„Es freut mich sehr, dass ich in Ihnen die Schwester eines grossartigen Freundes kennenlernen darf", sagte der Abgesandte an mich gewandt und fügte mit einem entwaffnenden Lachen hinzu, "es wird mir ein Vergnügen sein herauszufinden, wie ähnlich sie ihm sind."

„Ich hoffe Sie nicht zu enttäuschen", entgegnete ich, bevor mir die Herrscherin, die immer noch neben uns stand, das Wort abschnitt.

„Bedenken Sie, Kind, dass Ihr Bruder ein Mann war, mit dem sich nur wenige von uns messen können…!" sagte sie warnend.

War das ihre Kriegserklärung an mich gewesen? Es hatte sich wie ein anerkennendes Lob angehört, aber kaum hatte die Herrscherin die Worte ausgesprochen, fühlte ich mich bedroht. Sie hatte mir klar zu verstehen gegeben, dass sie entschlossen war jedes meiner Vorhaben, die Nachfolge meines Bruders anzutreten, im Keim zu ersticken. Ich war gewarnt. Ich sah wie der Abgesandte lächelnd den Kopf schüttelte, in einer Weise, die ich sonst bei niemandem gesehen hatte, eine sehr liebenswerte Geste. Eine Geste, die mir zu verstehen gab, dass auch er den Sinn hinter den Worten der Herrscherin verstanden hatte.

„Welek Narils Verdienste für das Volk von Valor sind unschätzbar, und wir alle erkennen sie an," fuhr er schnell dazwischen, „ich denke, dass er dies hier sehr gerne gesehen hätte, besonders da wir eine Korvasianische Vertreterin unter uns begrüssen dürfen, und auch weil dieses Ereignis, als ein Zeugnis Valoranischer Kultur, so reges Interesse auf anderen Welten findet."

Endlich hatte jemand auf die Korvasierin aufmerksam gemacht und die Situation entschärft. Sie neigte lächelnd den Kopf zur Bestätigung der Worte des Abgesandten. Diplomatisches Geplänkel auf höchster Ebene.

Gerade als die Herrscherin darauf etwas erwidern wollte, erklang das Signal, das die versammelte Gesellschaft dazu aufforderte, sich an die zugewiesenen Plätze zu begeben. Die Eröffnungsfeier sollte in wenigen Minuten beginnen. Zu meiner Erleichterung wurde die Herrscherin nun von ihren Begleitern zu ihrem Ehrenplatz weggeführt. Leider bedeutete das auch, dass sich Welek Talren von uns trennen musste, da die Valoranische Geistlichkeit ihre Plätze neben der Herrscherin einnahm.

Die Feier verlief ruhig und in einem Rahmen, in dem solche Ereignisse abzulaufen pflegen. Zwischen den verschiedenen Begrüssungsreden führten Orchester und Musiksolisten Kompositionen verschiedener Valoranischer Meister auf. Nach dem Konzert wurden alle Gäste und Mitarbeiter zur eigentlichen Besichtigung der Museumssäle eingeladen. Durch die Ausstellung führten die Hauptverantwortlichen des Projekts. Die Führung diente lediglich zur Orientierung der Gäste. Es war nicht beabsichtigt in die Einzelheiten zu gehen. Man wies dabei auf alle Vorträge und Veranstaltungen hin, die während der Ausstellung abgehalten würden und verteilte eigens für diesen Zweck angefertigte Computerpads, die den gesamten Katalog der ausgestellten Schriften, sowie weitere nützliche Informationen enthielten. Anschliessend wurden wir in einen

Saal geführt, in dem ein festliches Essen die Eröffnungsfeier abrunden sollte.

Es war unterdessen Abend geworden und ich glaubte zu beobachten, dass sich viele der Gäste ehrlich auf das Essen freuten. Wir nahmen Platz an sorgfältig gedeckten und mit Blumen üppig dekorierten Tischen. Mein Sitz war zwischen dem Abgesandten und den Botschaftern von Beharzad, an der langen Tafel der Herrscherin. Dort nahmen auch der Premierminister und der Kulturministers Platz, weitere Mitarbeiter der Regierung und hochrangige Weleks, darunter Talren. Der Platz der Korvasianischen Professorin war ebenfalls an diesem Tisch. Sie sass mir schräg gegenüber, man hatte sie vernünftigerweise neben Welek Talren gesetzt und ihr Lin Helahr zur anderen Seite gegeben. Ich konnte nicht umhin, sie einige Male verstohlen zu beobachten. Die Korvasianische Physiognomie übte auf mich immer noch den gleichen faszinierend abstossenden Reiz aus. Die fahle Haut der Korvasier und ihre Knochenwülste über den Augen bildeten einen viel zu schroffen Gegensatz zu unseren valoranischen Zügen, selbst zu dem statuenartigen Aussehen von Botschafterin Th'laya. Ich schämte mich auf einmal meiner eigenen Vorurteile und schalt mich innerlich dafür. Solche Gedanken waren meiner nicht würdig – nicht hier und nicht jetzt. Plötzlich vernahm ich Lachen – ich fühlte es mehr als es zu hören – und jemand sagte:

„Sie haben völlig recht. Solche Gedanken sind Ihrer nicht würdig."

Es klang ehrlich erheitert. Doch ich erschrak wie ein Kind, das beim Aushecken eines Streiches ertappt wird und sah mich um. Niemand lachte. Niemand schien gesprochen zu haben. Nur mein Tischnachbar, der Botschafter von Beharzad sah mich von der Seite an. Nun erkannte ich woher die Heiterkeit kam. Er lächelte, dann neigte er sich näher zu mir und sagte leise:

„Ihre telepathischen Fähigkeiten sind gut entwickelt. Darf ich Ihnen aber trotzdem noch ein wenig Schulung und Training empfehlen?"

Ich wusste nicht, was ich darauf zu erwidern sollte. Der Botschafter befreite mich jedoch aus der Verlegenheit, indem er direkt fragte:

„Sie wissen doch genau, dass Sie diese Fähigkeiten besitzen?"

Ich nickte. Es hatte keinen Sinn es zu leugnen. Schliesslich sass ich neben einem Telepathen. Ich beherrschte mich, um nicht nervös zu kichern, stattdessen sagte ich ernst:

„Ja, ich weiss es. Aber, ehrlich gesagt, fühle ich mich unbehaglich, wenn Sie alles so genau erkennen können."

Er lachte wieder und lehnte sich in seinem Stuhl zurück.

„Verzeihen Sie", bat er, „ich werde mich zurückhalten. Sie müssen mir aber versprechen, dass Sie lernen werden Ihre Gedanken zu schützen. Sonst tragen Sie sie wie ein offenes Buch vor sich her. Jeder Telepath kann darin lesen, ob er möchte oder nicht. Bei uns lernen es die Kinder als Erstes wie man sich abschirmt, und wie man seine Gedanken nur jenen Personen offenlegt, die man bewusst dazu auswählt."

„Sie sprechen mir aus der Seele – aber das wissen Sie wahrscheinlich bereits."

Der Botschafter war über meine Antwort belustigt. Dann wechselte er aber das Thema und fragte mich in einem diplomatischen Ton:

„Wie ich hörte, sind Sie eine der hauptverantwortlichen Organisatoren dieser Ausstellung?"

„Hauptverantwortlich ist ein wenig übertrieben, ich habe hier ganz einfach viel zu tun."

„Die Ausstellung ist beeindruckend. Ich habe mir fest vorgenommen meine Kenntnisse über Valoranische Literatur und Kunst zu vertiefen. Es freut mich sehr, das ich eingeladen wurde, auch in meiner Funktion als Föderationsvertreter."

Ich bedankte mich für das Kompliment. Es war ehrlich gewesen, keine leere Floskel zur Förderung diplomatischer Beziehungen.

Ich hoffte während des Essens, dass es mir gelang, den Abgesandten um ein privates Gespräch zu bitten, doch ich war ebenso begierig darauf mehr über die Botschafter der verschiedenen Welten und ihre Kulturen zu erfahren. Ich hatte bemerkt, dass sich Botschafterin Th'laya fliessend und ohne jeden fremden Akzent, in der Hauptsprache von Valor unterhielt. Sie trug keinen Kommunikator mit eingebautem Übersetzer, so weit ich dies entdecken konnte. Mit dem Abgesandten der Propheten sprach sie in Föderationsstandard. In dieser Sprache kommunizierten auch die beiden Diplomaten von Beharzad mit dem Abgesandten.

„Ich werde den ersten Ihrer Vorträge besuchen", wandte sich der Abgesandte nun an mich, „ich muss gestehen, dass so gut wie nichts über die Valoranische Feudalzeit weiss."

Er lächelte zur Entschuldigung und fuhr fort:

„Leider ist meine Kenntnis ihrer Sprache genauso mangelhaft. Offen gestanden war ich in letzter Zeit kein fleissiger Schüler. Ich kann zwar die Valoranischen Schriftzeichen lesen, aber es ist sehr gut, dass es diese klugen, kleinen Geräte gibt…", er wies lächelnd auf seinen Kommunikator.

„Wenn es Ihnen lieber ist, können wir uns auch in Ihrer Sprache unterhalten", schlug ich vor. Ich erntete einen anerkennenden Blick des Abgesandten und Zustimmung der Botschafter. Valeni Ral meldete sich zu Wort:

„Wir sind auf Beharzad zu sehr verwöhnt, was die Verständigung untereinander angeht. Als Telepathen können wir zwar alle fremden Sprachen mühelos verstehen, aber es ist eine andere Sache sich in diesen Sprachen auszudrücken. Aus diesem Grund ist Föderationsstandard eine äusserst bequeme Sache!"

Ich erfuhr dann, dass die Beharzoiden einen längeren Aufenthalt auf Valor planten. Sie waren hergekommen, um offizielle Beziehungen zum Valoranischen Kulturministerium zu knüpfen und wollten die nächsten Tage mit dem Minister verbringen. Ausser dem Besuch von Valors schönsten Sehenswürdigkeiten sollten die Botschafter auch einen Eindruck über unseren Glauben und unsere Rituale gewinnen. Ihr Besuch sollte den Auftakt für einen regen Kulturaustausch nicht nur zwischen den beiden Welten bilden, sondern auch zwischen Valor und der gesamten Interplanetaren Föderation. War möglichweise auch die Ausbildung telepathischer Fähigkeiten ein Punkt des Programms? Ich ertappte mich bei dem Gedanken, dass dieses Thema nicht vor Herrscherin Rinn laut erwähnt werden sollte.

„Sie werden sicher auch Gäste der Herrscherin sein?" sagte ich mit einem schnellen Seitenblick in Richtung von Herrscherin Rinn. Botschafter Lai bemerkte es.

„Ja", sagte er, „es ist vorgesehen…"

In seiner Stimme klang eine gewisse Ehrerbietung mit, aber keine Begeisterung. Ich nutze die Gelegenheit ihm ins Wort zu springen, ohne dass es allzu unhöflich erschien:

„Sie sollten auf alle Fälle ein Gespräch mit Welek Talren vereinbaren. Er ist einer unserer weisesten geistigen Führer…" und in Gedanken fügte ich hinzu: „… und seine telepathischen Fähigkeiten sind weit besser als meine…!"

Ich hatte versucht diesen Gedanken wirklich klar und deutlich auszusenden. Es gelang mir, denn der Botschafter stutzte ein wenig, von der Art meiner Kommunikation überrascht. Dann lächelte er verstehend.

„Welek Talren scheint ein bemerkenswerter Mann zu sein, ich würde mich freuen ein Treffen vereinbaren zu können."

Er sah sich kurz nach seinem Mitarbeiter um, und ich konnte sehen wie Valeni Ral nickte, als hätte er eine Anweisung erhalten und bestätigt. Nach aussen hin hatte er sich lediglich seinem Essen gewidmet.

Der Abgesandte der Propheten brachte dann das Gespräch auf die Raumfahrt und erzählte von seinem Interesse an der Technologie der alten Valoraner. Er wäre fest entschlossen, erklärte er, mehr darüber zu lernen. Ich bot ihm gerne meine Hilfe an. Diese Technologie ist auf Valor bekannt geblieben, obwohl sie nicht mehr angewandt wird. Sie wurde auch in unserer frühen Literatur oft erwähnt. Es hatte früher einige Versuche gegeben, solche alten Raumschiffe nachzubauen, doch die Korvasianische Besetzungszeit hatte die Forschungen unterbrochen, die seitdem nicht mehr aufgenommen worden waren. Dies sollte sich nach Ansicht des Abgesandten ändern.

Wir sprachen danach über andere Themen, darunter auch über meinen Bruder. Bei dieser Gelegenheit konnte ich dem Abgesandten der Propheten einige meiner Pläne unterbreiten.

„Ich möchte Näheres über die Begleitumstände des Unfalls meines Bruders erfahren", erklärte ich, „deshalb möchte ich gerne, wenn die Ausstellung zu Ende ist, zur Raumstation fliegen. Es würde mir viel bedeuten, wenn auch Sie, als Föderationsvertreter, damit einverstanden wären, Abgesandter."

„Von meiner Seite ist das kein Problem, Welek Nasheela. – Oh! Verzeihung! Habe ich Sie jetzt Welek genannt? Das muss wohl daran liegen, dass wir von Ihrem Bruder gesprochen haben..."

Für einen Augenblick klang diese Anrede sehr fremd. Doch schliesslich befand ich mich bereits auf dem Weg zum Amt und Leben einer Welek, also war es nur folgerichtig.

„Sie brauchen sich nicht zu entschuldigen, Abgesandter", beschwichtigte ich, „schon sehr bald wird dies mein offizieller Titel sein."

Er nickte, als hätte er nichts anderes erwartet.

„Ich nehme an, dass Sie in den Orden von Welek Naril eingetreten sind. Hat Sie deshalb Herrscherin Rinn an die Grösse Ihres Bruders gemahnt, die angeblich nur von Wenigen erreicht werden kann?"

Der Abgesandte sprach nun leiser, als würde auch er anerkennen, dass gewisse Dinge nicht für alle Ohren bestimmt waren. Allerdings schmunzelte er dabei.

„Es war eine Ermahnung, das ist wahr, und erst noch vor all diesen wichtigen Leuten. Nun, ich bin mir keiner Schuld bewusst. Sagen wir es so: Die Herrscherin ist vielleicht ein kleines Bisschen verärgert über mich.

„Und was ist der Grund des herrscherlichen Ärgers?" fragte der Abgesandte mit einem eigenartigen Blick, in dem sich Ernst und Belustigung mischten.

„Gerade deswegen wollte ich einmal mit Ihnen unter vier Augen sprechen. Allerdings nicht hier, an einem so überfüllten Ort."

„Sind Sie sicher, dass ich der geeignete Gesprächspartner bin? Wäre für Sie der Rat von Welek Talren nicht wertvoller?

Ich fühlte, dass er sich sträubte in Valoranische Angelegenheiten verwickelt zu werden, die über Kunst, Kultur und Technologie hinausgingen. Es war mir bewusst, dass er sich an die Vorschriften der Interplanetaren Föderation, zu halten hatte, es war mir aber auch bekannt, dass diese nicht in jedem Fall streng ausgelegt wurden. Ich wollte nicht aufgeben.

„Welek Talren geniesst mein uneingeschränktes Vertrauen, und alles, was Sie hören werden, wird auch er erfahren. Leider war er die letzten Tage abwesend, und es gibt Grund zur Annahme, dass ihn jemand von Ihnen fernhalten wollte. Verstehen Sie bitte, ich möchte keine offizielle Untersuchung auf der Raumstation. Ich will mich nur bei dem Arzt bedanken, der versuchte meinen Bruder zu retten. Vielleicht kann er mir genauer erklären, was passierte. Es gibt einen medizinischen Bericht, doch hat man mir den, trotz mehrerer Nachfragen, noch nicht ausgehändigt. Ich möchte einfach mehr über die Umstände erfahren. Es könnte für mich in nächster Zeit sehr wichtig werden, gut vorbereitet zu sein. Ich werde auch bald mit Offizier Merys Alani persönlich sprechen, und ihr einige Dinge übergeben, die ihr mein Bruder hinterlassen hat."

Der Abgesandte hatte während meiner Rede nachdenklich mit einer Blüte der Tischdekoration gespielt.

„Soweit ich unterrichtet bin, bleibt die Föderation nur Beobachterin der Untersuchung durch die Valoranischen Behörden. Glauben Sie mir, wir alle waren sehr erschüttert durch den Unfall – gerade zu dem Zeitpunkt als Valors Beitritt zur Föderation auf dem Tisch liegt..."

„Danke für Ihre Anteilnahme, Abgesandter. Doch ich möchte nur im Sinn und Geist meines Bruders handeln", wandte ich ein.

„Es ist meine Aufgabe und meine Pflicht Friedensverhandlungen zwischen verfeindeten Welten zu unterstützen", antwortete der Abgesandte, „Sie verstehen aber sicher, dass ich nicht in Valors interne Angelegenheiten eingreifen darf, der Valoranische Sicherheitsdienst wird das letzte Wort haben…"

„Ich verstehe…" meinte ich nachdenklich.

„Aber, wissen Sie, die Erfahrungen der letzten Wochen haben mein vermehrtes Interesse an Valors Entwicklung geweckt. Der Rat der Föderation wird meinen Bericht anfordern. Wie ich schon erwähnte: Letztendlich geht es auch um die Entscheidung über Valors Beitritt zur Interplanetaren Föderation …"

Die tiefe Ernsthaftigkeit, die mir schon fast die Hoffnung nahm, verschwand plötzlich aus seinem Gesicht und machte einem spitzbübischen Ausdruck Platz. Er beugte sich näher zu mir und sagte sehr leise: "…es könnte mir sogar Spass machen der Herrscherin eine Nasenlänge voraus zu sein!"

Der Abgesandte war wirklich gut für Überraschungen! Gerade noch hatte ich geglaubt, dass er sich hinter dem Protokoll verstecken wollte, und nur einen Augenblick später hatte ich einen Verbündeten gewonnen.

Wir verabredeten uns auf den nächsten Tag. Es gab völlig unverdächtige Gründe dafür: Besuche der Ausstellung. Die Botschafter von Beharzad sollten am darauffolgenden Tag Gäste der Musikakademie der Hauptstadt sein. Botschafter Lai versicherte mir jedoch, dass er um jeden Preis einen meiner Vorträge hören wollte. Der Abgesandte bat mich daraufhin, ihm und Botschafterin Th'laya jene Säle des Museums zu zeigen, in denen Schriften technischer und wissenschaftlicher Art ausgestellt waren. Er bat mich, ihn vorher in seinem Quartier im Gästeflügel des Zentralarchivs abzuholen. Dabei würde er sich erstens ein Umherirren in den zahlreichen Gängen des Museums ersparen und zweitens hätten wir die Gelegenheit uns zu unterhalten. Ich war mehr als zufrieden.

Der weitere Verlauf des Essens war ruhig und angenehm. Als es offiziell beendet war, begleitete ich den Abgestandenen und die Botschafter zu ihren Quartieren und verabschiedete mich.

Mittlerweile war es Nacht geworden. Ich kehrte zurück in die Empfangshalle, denn ich hoffte Welek Talren anzutreffen. Einige Teilnehmer der Eröffnungsfeier standen noch hier und da in Gruppen beisammen und unterhielten sich. Talren war nicht unter ihnen. Da mein Dienst nun beendet war, beschloss ich ins Kloster zurückzukehren. Als ich in die frische Nachtluft der Strassen hinaustrat, wurde mir bewusst wie müde ich war. Die Eindrücke des Tages waren so vielfältig gewesen, die Bekanntschaften mit dem Abgesandten und den Botschaftern, die Gespräche am Tisch, und im Hintergrund die lauernden, beobachtenden Blicke der Herrscherin – es war genug, ich brauchte Ruhe. Als ich das Eingangstor des Klosters durchschritt, wäre ich am liebsten gleich hinauf in meine Räume gegangen und ins Bett gesunken, aber ich hatte Welek Talren versprochen, noch mit ihm zu reden. Ich erreichte ihn über das Kommunikationssystem des Klosters und wurde gebeten ins seinen Besprechungsraum zu kommen. Talren begrüsste mich, machte einige Bemerkungen über den Verlauf der Eröffnungsfeier, über unsere offensichtliche Müdigkeit und bat mich in einen angrenzenden Raum.

„Hier sind wir ein wenig sicherer", meinte er als sich die Tür hinter ihm geschlossen hatte, „ich beglückwünsche Sie übrigens zu Ihrem weisen Entschluss. Ihr Noviziat ist auch noch eine Sache, über die wir uns unterhalten müssen."

Ich setzte mich auf den angebotenen Platz. Auf dem Tisch stand eine Kanne mit frisch zubereitetem, heissem Jilghari-Tee. Der Welek bot mir eine Tasse der duftenden Flüssigkeit an, die wohltuend und entspannend wirkte.

„Ich möchte sie über einige Dinge informieren", begann ich, „während Ihrer Abwesenheit geschah hier Merkwürdiges. Aber die gute Nachricht zuerst: Die Botschafter von Beharzad sind an einem Treffen mit Ihnen interessiert."

Der Welek war angenehm überrascht. Meine Schilderung des Tischgespräches mit Botschafter Lai amüsierte ihn. Der Mitteilung über das Gespräch mit dem Abgesandten der Propheten hörte er nachdenklich zu. Dann hiess er meinen Entschluss zur Raumstation zu fliegen gut. Als ich von der angespannten Stimmung der Herrscherin und ihren Andeutungen erzählte, verdüsterte sich seine Miene. Ich vergass natürlich nicht den Einbruch in mein Büro zu erwähnen, und die Tatsache, dass sich der Eindringling tagelang im Gästehaus des Klosters aufgehalten hatte.

„Ich danke Ihnen für Ihr Vertrauen, Nasheela", begann er, „ich weiss es zu schätzen, vermutlich mehr als Sie ahnen, und ich werde es nicht enttäuschen. Aber nun wird es Zeit, um über die ersten Einzelheiten ihres Noviziats zu sprechen. Ich erwarte Sie morgen zum Ritual der Begrüssung des Lichtes im Tempel, wo ich Sie den anderen Brüdern und Schwestern vorstellen werde. Erstens ist es so Sitte, und zweitens ist es für Sie besser je früher andere Leute von ihrem Eintritt in den Orden erfahren. Das haben Sie bereits selber erkannt. Ihre Novizentracht wird Ihnen morgen früh vor der Zeremonie gebracht werden, und ich bitte Sie diese Tracht im Kloster immer zu tragen, ausserhalb der

Klostermauern nur wenn Sie es möchten. Wenn Sie sich damit noch eine Weile Zeit lassen wollen, so verstehen wir es. Und nun erzählen Sie mir bitte, wen Sie sich zu Ihrem Lehrer ausgewählt haben, damit ich ihn, oder sie, benachrichtigen kann."

„Das wird nicht notwendig sein", entgegnete ich, „denn mein Lehrer steht bereits vor mir."

Talren verneigte sich leicht, sichtlich gerührt über meine Wahl.

„Ich danke Ihnen. Es wird mir eine Freude sein, Sie zur Schülerin zu haben. Zu den Pflichten eines Lehrers gehört es aber auch, sich ein Bild über das Apagha des Schülers zu machen, und obwohl ich weiss, dass Sie dieses Rituals ablehnen und damit dem Beispiel Ihres Bruders folgen, muss ich Sie bitten es jetzt zu gestatten."

Natürlich gestattete ich es! Ich hatte mir Welek Talren zu meinem Lehrer gewählt und ich wusste, dass ihm mein Apagha den Weg weisen würde, wie meine Lehrzeit zu gestalten war. Es war angebracht, und es war wichtig. Ich senkte den Kopf und fühlte gleich darauf die kühlen Finger des Weleks an meinem Ohr. Auf einmal spürte ich eine Verbindung, die mehr auf Gewissheit beruhte, als auf dem Vertrauen, welches in Talrens Gegenwart ständig um mich war. Die Gewissheit das Richtige zu tun, den richtigen Weg zu beschreiten, der für mich durch unsere Propheten vorgezeichnet war, und Gewissheit, dass ich meine geistige Ausbildung in die Hände des richtigen Lehrers gelegt hatte. Ich fühlte wieder die tiefe Dankbarkeit unseren Propheten gegenüber. Im Inneren bewegt, verabschiedete ich mich daraufhin von Welek Talren und kehrte in mein Quartier zurück, und sank mit diesen Gefühlen endlich todmüde in mein Bett.

Kapitel 13

Es fiel mir am folgenden frühen Morgen sehr schwer aufzustehen, als mich die Computerstimme weckte. Nur der Gedanke daran, dass jeden Augenblick jemand vor meiner Tür stehen konnte, der mir meine Klostertracht brachte, trieb mich aus dem Bett und ins Bad hinein. Das heisse Wasser half, und bald schon war ich munter. Während ich meine Haare trocknete, liess ich sanfte Musik spielen und überlegte, wie sich wohl meine Vorstellung bei der Morgenfeier im Klostertempel gestalten würde. Ich erwartete sie ängstlich, aber gleichzeitig freute ich mich darauf. Kurz gesagt: Ich hatte Lampenfieber. Wenig später läutete es an meiner Tür und eine Priesterin brachte mir mein Gewand. Sie beglückwünschte mich und drückte ihre Freude darüber aus, ein neues Mitglied des Ordens zu begrüssen. Ich dankte ihr, und als ich das Gewand entgegennahm, war mir als würde ich aus ihren Händen ein völlig neues Leben empfangen. Ich zögerte bevor ich mich anzog. Die Novizentracht war etwas einfacher gestaltet als die Kleidung der Weleks. Sie war kürzer und ohne die zeremonielle Haube. Diese hohen Hauben, die über einer anliegenden Kappe getragen wurden, waren ein überlebendes Relikt aus alten Zeiten, welches allmählich zu verschwinden begann. Aus einem mir unbekannten Grund wurden sie von Frauen vermehrt getragen als von Männern. Es war natürlich wieder Naril gewesen, der mit dieser Tradition offen gebrochen hatte. Er hatte sich geweigert, wie er selbst sagte, sein Gehirn unter Stofflagen schmoren zu lassen. Er war der Meinung, dass Gedanken und die Luft zum Atmen aus den gleichen Elementen geschaffen wären, und sie deshalb nicht durch dicken Stoff voneinander getrennt sein sollten. Im Gegensatz dazu hatte Herrscherin Rinn immer die spitze Haube getragen und sich schon als eine Welek durch ihre Kleidung bewusst konservativ gegeben. Sie hatte auch die altertümliche, goldene Herrschertracht aus der Feudalzeit wieder angenommen, die damals von beiden Geschlechtern getragen worden war. Damit wollte sie sowohl ein Zeichen für ihren Konservatismus setzten als sich auch bewusst von Herrscherin Ilaka abgrenzen. Ich hatte mittlerweile gelernt, dass die Kleidervorschriften der Ordensangehörigen und Weleks sehr tolerant waren, dass man zwar bei gewissen Zeremonien auf strengere Kleiderordnung achtete, dass aber jedem Einzelnem viel Spielraum zur Verfügung stand. Alle Valoranischen Klostertrachten waren in roten Farbtönen gehalten. An der Zusammensetzung und den Abstufungen der Farben waren die Orden erkennbar. Mir war jetzt schon klar, dass ich Narils Bespiel folgen und keine der einengenden, spitzen Hauben tragen würde, wenn es sich nur irgendwie einrichten liess.

Mit diesen Überlegungen zog ich mich an, steckte mein Haar auf und befestigte den zeremoniellen Ohrring. Ich betrachtete mein Spiegelbild nachdenklich und fragte mich, wann es mir wohl zur Gewohnheit werden mochte, mich so zu kleiden. Dann verliess ich mein Quartier, und ging in den Tempel. Als ich die Gänge durchschritt wünschte ich mir fast der Herrscherin zu begegnen.

Der kleinere Tempelraum, der für tägliche Zeremonien wie die Morgenandacht benutzt wurde, wirkte verändert als ich ihn betrat. Der Blumenschmuck war üppiger als sonst und es brannten mehr Kerzen als üblich. Die Weleks, Mönche, Nonnen und Novizen, waren zum grössten Teil bereits anwesend. Es waren sogar einige der Klostergäste da. Welek Talren kam mir entgegen und begrüsste mich herzlich. Er begleitete mich zu einem Platz, der von nun an bei den Zeremonien mir gehören sollte. Nach den ersten Gebeten wurde ich gebeten nach vorne zu kommen, und Welek Talren stellte mich der Gemeinschaft als neues Mitglied vor. Danach wiederholte ich am Altar die Worte des Eintrittseides, die mir Talren vorsprach. Ich erkannte ihn als meinen Lehrer an, und er mich als Schülerin. Dies sollte so lange währen, bis unsere Propheten für mich einen anderen Entscheid fällten. Ich versprach meinen Dienst den Propheten zu weihen und meine Arbeit fortan den Völkern von Valor zu widmen. Zur Bestätigung musste ich drei Flammen am Altar entzünden. Eine Flamme war unseren Propheten geweiht, eine Valor, und die mittlere symbolisierte mich selbst. Welek Talren nahm die drei brennenden Kerzen und hielt sie in einer Hand, so dass alle drei Flammen zu einem einzigen Feuer verschmolzen. Nun verstand ich den Sinn des Eides klar und folgerichtig! Welek Talren ehrte meinen Entschluss vor den Anwesenden und äusserte die Hoffnung, ich möge eine würdige Nachfolgerin meines Bruders sein, den alle gekannt und geschätzt hatten. Narils Bestrebungen und sein viel zu früh beendetes Werk sollten fortgesetzt und mit der Hilfe unserer Propheten zum Erfolg gebracht werden. Das nahm mir einen Augenblick lang fast den Atem. Ich hatte nicht geahnt, dass Talren diese Einzelheit schon so früh öffentlich machen würde. Doch vielleicht gehörte es zu seinem Plan, ausserdem schadete es nicht, die Fronten zu klären.

„Ihr Apagha hat gesprochen, Kind", sagte Talren, als Antwort auf meine Gedanken und indem er die rituelle Anrede eines Lehrers an den Schüler benutzte.

Er fuhr fort: „Unsere Heiligen Energiefiguren der Propheten haben es mir bestätigt. Wenn die Zeit reif sein wird, werden auch Sie vor die Verehrungswürdige Figur der Prophezeiung treten, und sie wird Ihnen all das offenbaren, was mir verschwiegen bleiben musste. Haben Sie Geduld, Kind, und denken Sie darüber gut nach."

Mit diesen vorgeschriebenen Worten der Zeremonie entliess er mich, um die Gebete des Morgens abzuschliessen.

Nach der Andacht wartete ich draussen auf den Welek.

„Kommen Sie, bitte mit mir, Nasheela", forderte er mich auf, „begleiten Sie mich zurück ins Hauptgebäude, wir können unterwegs sprechen."

Ich liess mich wegführen und hörte aufmerksam zu.

„Da Sie nun ein offizielles Mitglied unseres Ordens sind, wird es meine Aufgabe sein, Sie in verschiedene Bereiche unserer Lehren einzuweihen. Weitere Einweihungen werden Sie durch eigene Lebenserfahrungen erlangen, andere wiederum in Ihren Meditationen. An den wichtigsten Schnittpunkten ihres Lebens werden Sie vielleicht die Gelegenheit haben sich einer der Energiefiguren zu nähern, und je nach dem, ob es unsere Propheten als richtig erachten, werden sie Ihnen durch eine Vision Ihren Weg zeigen. Doch nehmen Sie dies nicht als selbstverständlich an. Die Propheten handeln nicht auf unseren Befehl. Sie sind es, die Vergangenheit, Gegenwart und Zukunft kennen. Sie werden sich den Heiligen Energiefiguren sicherlich bald nähern dürfen, doch jetzt sind Sie durch Ihre Arbeit noch zu sehr abgelenkt, um die wirkliche Essenz der Botschaft, die Sie empfangen könnten, zu erfühlen und zu erkennen. Ich habe heute Morgen selbst die Heilige Figur der Prophezeiung befragt und in meiner Vision wurde mir bestätigt, was ich gestern in Ihrem Apagha fühlte."

„Es ist nicht einfach das Werk eines anderen fortzuführen, wie weiss ich denn, was Naril als Nächstes getan hätte?" fragte ich.

„Vielleicht kann ich Ihnen dabei helfen", antwortete Talren geduldig, „Sie sollen wissen, dass Ihr Bruder und ich einige Male über ihre mögliche Zukunft sprachen, doch Naril hat das Gesetz des Freiwilligen Entschlusses immer sehr hoch geachtet. Er hätte Sie gerne als Ordensangehörige gesehen, doch Sie sollten von selbst darauf kommen. Er konnte Ihnen nur hin und wieder kleine Winke geben. Wäre er nicht von uns gegangen, dann hätte sich Ihr Leben wohl in eine andere Richtung entwickelt."

„Mein Leben schlägt nun einen ganz anderen Weg ein…"

„Ist das nicht der hauptsächliche Grund, um in einen Orden einzutreten? Weil man einen anderen Weg sucht? Das bedeutet aber nicht, dass man sich in einem der Klöster sein Leben lang einsperren muss. Wer es vorzieht, bitte, dem sei es gewährt, doch lassen Sie sich sagen, dass Sie weitaus reichhaltigere Lernerfahrungen erleben werden, wenn Sie Ihr äusseres Dasein mit Beruf, Familie, Freunden und Freuden unter die Schirmherrschaft unserer Propheten stellen, und wenn Sie dabei gleichzeitig Dienst in einem der geistigen Orden Valors tun. Es kommt dabei nicht so sehr auf die Wahl des Ordens an. Viele Wege führen zu unseren Propheten, wenn man diese Wege ehrlich und aufrichtig geht. Jeder Einzelne wählt für sich denjenigen Orden, der seiner Überzeugung entspricht. Unglücklicherweise steht einer unserer Orden an einer schicksalhaften Wegkreuzung. Doch wir haben Grund genug zu hoffen, dass wir auf diese Entwicklung guten Einfluss ausüben können. Dazu braucht es Unterstützung von Personen wie beispielsweise Ihres Bruders, und ebenfalls von Ihnen selbst. Damit der eine Orden nicht entgleisen kann, und damit er seine Integrität und seinen Auftrag nicht verliert, braucht es die vereinte Kraft der anderen."

Ich wusste genau wovon er sprach, doch ich selbst wäre nie auf die Idee gekommen, dass ich einen Beitrag zur geistigen Einheit Valors einbringen könnte. Ich war auch erstaunt, dass sich Naril so viele Gedanken über meine Zukunft und meinen Lebensweg gemacht hatte. Lag es daran, dass er sich nach dem Tod unserer Eltern für mich verantwortlich gefühlt hatte?

„Wenn die Zeit kommt, werden Sie immer genau wissen, was zu tun ist", hörte ich Welek Talren sagen, „wenn Sie Ihren Geist der Führung unserer Propheten öffnen, dann wird sich Ihr Leben zwar ändern, aber Ihre Entwicklung wird immer weiter voran schreiten. Auch wenn Valor in den letzten Jahrzehnten oft ungeheure Qualen erdulden musste, so ist unser Glaube und unser Vertrauen zu den Propheten niemals gebrochen worden. Dies wird uns auch durch weitere Wirrungen tragen, bis wir schliesslich gelernt haben werden in Frieden zu leben."

„Es hört sich wunderschön an", entgegnete ich, „aber wie kann ich dabei helfen?"

„Sehen Sie? Durch solche Zweifel verbauen Sie sich einen Weg, bevor Sie ihn überhaupt richtig beschritten haben. Wie Sie helfen können? Sie arbeiten doch im Zentralarchiv. Findet nicht gerade jetzt eine Ausstellung alter Texte statt? Und haben nicht Sie selbst einige Bücher, die längst als verschollen galten im Nachlass Ihres Bruders entdeckt? ... und ich spreche nicht von jenem Büchern, die Sie selbst behalten haben – was natürlich Ihr vollkommenes Recht ist, Sie sind die allein berechtigte Erbin."

Es erstaunte mich bald nichts mehr, was im Zusammenhang mit Welek Talren stand. Ich lachte aus vollem Hals.

„Ja", antwortete ich schliesslich, „ich konnte nicht widerstehen. Doch wenn Sie wollen, werde ich sie Ihnen gerne ausleihen...!"

Doch ich plötzlich verstand ich, worauf der Welek hinaus wollte.

„Sie wollen einige der Verborgenen Schriften wieder neu herausgeben, habe ich recht? Womöglich noch versehen mit Ihren Kommentaren und Auslegungen? Ja, dabei kann ich Ihnen sicher helfen. Dabei würde ich Ihnen sogar äusserst gerne helfen.

Aber was ist mit Herrscherin Rinn? Ich bin überzeugt, dass Sie solche Projekte nicht unbedingt mit Liebe unterstützen wird."

„Natürlich! Sie wird sich so lange wie möglich widersetzen! Aber glauben Sie mir, auch der Orden der Herrscherin wird seine versteinerten und veralteten Ansichten einmal ändern müssen. Die Zeit spielt dabei keine so grosse Rolle – wenn wir nur mit unserer Arbeit beginnen. Die Verborgenen Schriften heissen so, weil sie uns einige unangenehme Wahrheiten mitteilen. Dies gefiel manchen Leuten nicht, und deshalb hatten sie ein Interesse daran die Schriften verborgen zu halten. Man wollte die Bücher nicht zerstören, keinesfalls – denn eines Tages könnten sie sich als nützlich erweisen. Doch das Böse daran ist: Die Schriften sollten für die Öffentlichkeit unsichtbar bleiben. Diese Texte dürfen nicht noch einmal in Vergessenheit geraten!"

Wir waren unterdessen in der grossen Eingangshalle angekommen, von wo aus Treppen und Bogengänge in verschiedene Teile des Klosters führten. Der Welek verabschiedete mich, und ich eilte zu meinem Treffen mit dem Abgesandten der Propheten.

Noch war es nicht zu spät. Ich hatte noch Zeit genug, um mich umzuziehen. In meinem Quartier hängte ich die Ordenstracht sorgfältig auf. Als ich sie im Kleiderschrank verwahrte, wurde mir bewusst, dass ich mich schon freute sie ein nächstes Mal zu tragen. Dann verstaute ich zusammen mit meinem Computerpad alles, was ich vielleicht den Tag durch brauchte, in einer Tasche und beeilte mich ins Zentralarchiv zu kommen. Dort angekommen kontaktierte ich Lin Helahr und informierte ihn darüber, dass ich wahrscheinlich den ganzen Tag unterwegs wäre. Sollten für mich wichtige Nachrichten eintreffen, so wäre ich durch den Kommunikator zu erreichen. Lin Helahr wünschte mir einen schönen Tag und einige Minuten später läutete ich bereits an der Tür des Abgesandten.

„Nur herein!" rief eine äusserst wache Stimme, und die Tür glitt auseinander. Der Abgesandte stand mitten im Raum und wies auf einen gedeckten Tisch, „….ich dachte mir, dass Sie so früh unmöglich gefrühstückt haben können!" sagte er lachend.

„Sie haben sehr richtig gedacht", gab ich zu und äusserte meinen Dank für die Einladung, „ich habe tatsächlich Hunger, der heutige Morgen war bereits sehr ereignisreich."

„Ich möchte alles darüber wissen – natürlich nur, wenn ich es wissen darf", sagte der Abgesandte und bot mir Platz an.

„Ich wurde im Kloster vereidigt, wenn Sie das so nennen wollen. Das heisst, dass ich jetzt offiziell ein Mitglied des Ordens bin, dem auch mein Bruder angehörte. Ich muss mich selbst noch daran gewöhnen. Ich bin noch keine richtige Welek – erst eine Schülerin. Welek Talren ist mein geistiger Lehrer."

„Ich gratuliere!" sagte der Abgesandte. „Wissen Sie, auch bei uns auf Terra gibt es Willkommenszeremonien für Mitarbeiter im Staatsdienst, und man muss sich bei jeder Beförderung erst einmal an seinen neuen Grad gewöhnen."

„Ja, vielleicht besteht da eine grosse Ähnlichkeit. Nur mit dem Unterschied, dass bei uns jeder neue Ordensangehörige einen persönlichen Auftrag offenbart bekommt, den ihm sein Apagha weist, und den sein Lehrer durch eine der Energiefigurvision interpretiert. Ich glaube es wird Sie interessieren, dass es meine Bestimmung sein soll die Nachfolge meines Bruders in seinem Werk anzutreten."

„Heisst das, dass Sie sich jetzt auf die Bühne der Valoranischen Politik begeben werden?"

„Eher indirekt. Nach allem, was sich in den letzten Wochen zugetragen hat, weiss ich selbst noch nicht, wohin es mich ziehen wird, aber ich verstehe im Augenblick meine Nachfolge in Narils Werk auf geistigem und vor allem auf literarischem Gebiet. Da kann ich augenblicklich am meisten von Nutzen sein. Auch deshalb bin ich froh, dass ich jetzt die Gelegenheit habe mit Ihnen zu sprechen."

Der Abgesandte goss mir Tee ein und forderte mich auf, mich nach Lust und Laune mit den Speisen zu bedienen. Ich äusserte mein Erstaunen darüber, dass ich hier, in seinem Gästequartier meinen Lieblingstee vorgesetzt bekam.

„Oh, wissen Sie, ich wusste nicht, was ich für Sie bestellen sollte", erklärte der Abgesandte, „also habe ich den Botschafter von Beharzad ein wenig um Hilfe gebeten. Werden Sie mir diesen Eingriff in Ihre Privatsphäre verzeihen? Ich bin auf keinen Fall nicht weiter als bis zum Tee gegangen!"

Ich gab zu, dass ich darüber im ersten Augenblick betroffen war. So einfach konnte man in die Gedankenwelt einer anderen Person eindringen? Doch dann erkannte ich, dass mir dieser Vorfall genau die Gelegenheit gab, die ich brauchte, um das Gespräch in bestimmte Bahnen zu lenken.

„Ich verzeihe Ihnen noch dieses eine Mal", sagte ich scherzhaft, „wussten Sie übrigens, dass mein Bruder davon überzeugt war, dass Valoraner latente Telepathen sind?"

„Hat er nie erwähnt", schüttelte der Abgesandte den Kopf, „aber wir hatten nie besonders viel Zeit, um uns über Philosophie oder religiöse Themen zu unterhalten. Ausserdem musste er sich seine Zeit während meiner Besuche auf Valor oder auf der Raumstation gut einteilen. Ich war schliesslich nicht die einzige

Person, die er zu sehen wünschte. Offizier Merys Alani war schliesslich auch noch da…"

„So muss es wohl gewesen sein!" lachte ich, „doch es war ihm trotzdem sehr ernst damit, und er wurde bei seiner Theorie über Telepathie von Welek Talren unterstützt. Offen gestanden, ich bin fest davon überzeugt, dass Welek Talren selbst ein Telepath ist. Manchmal antwortet er auf meine Fragen, noch bevor ich sie gestellt habe, erwidert Einwände, die ich nur in Gedanken formulierte, und einmal wusste er sogar, dass ich ihn eine Information über Narils Nachlass noch vorenthielt."

„Darüber habe ich noch nie nachgedacht", stellte der Abgesandte fest, „allerdings ist es oft so, dass Völker, die in hohem Masse künstlerisch veranlagt sind auch gut ausgeprägte Anlagen zu Empathie, oder sogar zu telepathischer Kommunikation, entwickeln. Das wäre eine Erklärung für die Verbindung zu jenen Wesen, die Sie Propheten nennen."

Ich lächelte insgeheim, während ich einen Schluck Tee trank. Die rationale, logische Erklärung eines terranischen Wissenschaftlers und Staatsbeamten. Ich äusserte meine Feststellung, doch der Abgesandte winkte ab.

„Nicht doch, bitte, das ist zu viel der Ehre! Ich bin kein Wissenschaftler. Warten Sie erst bis Sie einige Mitarbeiter von Botschafterin Th'laya kennenlernt haben! Ich war früher ein einfacher Ingenieur, ein Konstrukteur von Raumschiffen. Dann geriet ich auf politische Abwege und landete im Staatsdienst. Ich brauchte schon immer handfestes Material, das ich formen kann, nicht nur Computerdaten! Vielleicht sind solche Eigenschaften auch für die Diplomatie geeignet – da gilt es zu einem Abschluss zu kommen, vor allem bei Friedensverhandlungen… und aus diesem Grund werden Sie sich wahrscheinlich heute mit mir bis zum Äussersten langweilen, denn ich brenne darauf die alten Schriften über die ersten Valoranischen Raumflüge zu sehen. Ich habe mühsam gelernt Valoranische Schriftzeichen zu lesen, aber mein Wortschatz lässt noch viel zu wünschen übrig. Sehen Sie, Professor, Sie werden mir nicht entkommen!"

„Nun ja, ich denke dass Sie im Gegenzug der Erste sein werden, der mir erklären kann, worum es überhaupt in diesen Schriften geht. So langweilig kann das doch nicht sein."

Das Frühstück mit dem Abgesandten war wirklich in jedem Sinn erfrischend. Nach der morgendlichen Zeremonie im Kloster, dem Gespräch mit Talren und der anschliessenden Eile durch die Strassen ins Zentralarchiv, taten mir das Gespräch und die Mahlzeit gut. Doch ich durfte die Gelegenheit nicht ungenutzt lassen. Aus meiner Tasche holte ich einen Speicherchip hervor und legte ihn auf den Tisch.

„Abgesandter", begann ich, „ich möchte Ihnen gerne etwas anvertrauen. Dieser Chip enthält Daten, die sowohl für Sie als auch für Offizier Merys vielleicht von Wert sein könnten. Ich habe auch guten Grund anzunehmen, dass man die Spuren der Auftraggeber jenes Einbrechers, der in meinem Bürocomputer wühlen wollte, bis in den Palast der Herrscherin verfolgen kann."

Ich erzählte dem Abgesandten von meiner ersten Begegnung mit der Herrscherin. Er erinnerte sich an ihre sonderbaren Bemerkungen während des Empfangs vor der Eröffnungsfeier, und äusserte seine Befürchtungen, dass Valor mit einer schwachen Regierung und unter Rinns eiserner Faust, der Rückfall in die Isolation drohte – mit allen restriktiven Folgen für Valors Bevölkerung. Er wies darauf hin, dass er schon früher diesen Umstand mit meinem Bruder diskutiert hatte. Dann schloss er seine Betrachtungen mit den Worten:

„Valors Schicksal liegt mir am Herzen. Der Grund dazu mag sein, dass mich die Bewohner des Wurmlochs zu ihrem Abgesandten auswählten, oder dass ich mich schon mehrere Jahre mit Valors Politik befasse und hier neue Freunde gewonnen habe. Wie Sie wissen, hätte sich die Interplanetare Föderation damals mit gutem Gewissen hinter den Vorschriften verschanzen können, als die Rebellen die Friedensverhandlungen boykottierten. Ich habe nicht dazu geraten, und ich gebe gern zu, dass ihr Bruder auf meinen Entschluss massgeblichen Einfluss hatte. Er hat mir seinen Standpunkt sehr klar dargelegt. Sie beide sind aus dem gleichen Holz geschnitzt. Ich werde deshalb die Daten auf diesem Speicherchip genau studieren. Das Gepäck des Abgesandten ist sicher, Sie brauchen sich keine Sorgen zu machen. …und zum Schluss noch: Ich befürworte Ihren Besuch auf der Station und ein Gespräch mit Offizier Merys.“

Danach verwahrte er den Speicherchip, und wir machten uns auf den Weg zur wissenschaftlichen Abteilung des Zentralarchivs.

Kapitel 14

Ich hatte während der folgenden Tage immer wieder mit dem Abgesandten zu tun. In dieser Zeit informierte er sich intensiv über die ersten Valoranischen Raumflüge und beschaffte sich Kopien alter, technischer Texte. Er erklärte mir, dass ihn der Ehrgeiz gepackt hatte ein solches Schiff nachzubauen. Er steckte sogar unser gesamtes Ingenieurteam mit seiner Begeisterung an. Dazwischen hatte der Abgesandte auch meine Vorträge besucht, wie er versprochen hatte. Ich nahm wahr, dass ihn einige Informationen über Valors Geschichte nachdenklich stimmten, und ich erfuhr von ihm, dass er sich dabei an frühere Ereignisse seines eigenen Heimatplaneten, Terra, erinnert fühlte.

Regelmässig sah ich auch die Korvasianische Professorin als Gast meiner Vorträge. Sie erschien nur selten in Begleitung und wenn, dann waren ihre Begleitpersonen Weleks unseres Ordens.

Meine Zeit war knapp bemessen, denn ich war nun verpflichtet morgens und abends an den Ritualen im Kloster teilzunehmen. Ich lernte auch einige Weleks und Novizen näher kennen, wenn wir uns am Abend zu einem gemeinsamen Mahl trafen. Die Herrscherin liess mich vorerst in Ruhe, obwohl sie sicher schon von meinem Eintritt in den Orden erfahren hatte.

Wenn Zeit übrigblieb, studierte ich, meinem Vorhaben gemäss, sorgfältig die Informationen der Nachrichtenkanäle. Unsere Ausstellung war immer noch ein Hauptthema und würde es bis zur Schliessung bleiben. Im Umfeld der Veranstaltung wurden auch viele Dokumentationen und Gespräche mit Fachleuten aus den Bereichen Kunst und Kultur gesendet. Doch nichts scherte dabei aus den normalen Bahnen der Berichterstattung.

Die Vertreter von Beharzad hatte ich ein wenig aus den Augen verloren und befürchtete schon, dass das versprochene Treffen mit Botschafter Lai vergessen ging. Ich hoffte, dass wenigstens das Treffen der Beharzoiden mit Welek Talren stattfand.

Am vierten Tag verabschiedete sich der Abgesandte und flog in Begleitung von Botschafterin Th'laya zur Raumstation. Er versprach, mich auf alle Fälle zu benachrichtigen wenn sein alt-valoranisches Raumschiff bereit wäre und sicherte mir zu mit Offizier Merys zu sprechen.

Einige Tage später traf ich die Korvasianische Professorin.

An einem Morgen durchquerte ich einen der Ausstellungssäle, um in den Vortragsraum zu gelangen, als ich die Professorin bereits vor der Tür stehen sah. Sie war allein und schien auf den Beginn des Vortrags zu warten. Ich war noch weit genug entfernt, um mir zu überlegen, wie ich mich ihr gegenüber verhalten sollte, als sie mir plötzlich leid tat. Sie musste eine mutige Frau sein. Sie verbrachte bereits mehrere Tage an einem Ort, wo ihr nur wenige Sympathie entgegenbracht wurden. Auch wenn Valoraner immer noch berechtigten Groll gegen Korvasia hegten, die Professorin hatte es nicht verdient so behandelt zu werden. Mein Entschluss stand fest, es konnte nicht schaden einige Worte zwischen „Arbeitskolleginnen" zu wechseln.

Ich begrüsste sie deshalb und fragte, ob ich ihr helfen konnte. Sie schien sich zu freuen und erwiderte, dass sie meinen Vortrag besuchen wollte und deshalb wartete. Es erscheint mir jetzt noch unglaublich, aber nach einer Weile waren wir zum Mittagessen verabredet. Mein Vortrag sollte zusammen mit dem Beantworten von Fragen etwa zwei Stunden dauern, dann hatte ich noch eine Gruppe durch die Ausstellung zu führen – der Vormittag war deshalb verplant.

Mit gemischten Gefühlen sass ich danach im Garten des verabredeten Restaurants. Ich hatte noch nie direkt mir

Korvasiern zu tun gehabt. Während der Besetzungszeit waren hin und wieder Korvasianische Offiziere und ihre Helfer mit schweren Stiefeln durch die Gänge des Zentralarchivs gestapft, und jedes Mal, wenn sie aus meinem Gesichtsfeld verschwanden, hatte ich aufgeatmet. Damals, im Flüchtlingslager, hatte ich diese fahlen Männer in ihren Rüstungen nur von weitem gesehen. Trotzdem verursachten sie mir die Alpträume meiner Kindheit. Nun lebten beide Planeten in Frieden, und Korvasia hatte seine Truppen von Valor abgezogen. Eine andere Zeit war angebrochen, und ich war mit einer Vertreterin dieses Volkes an einem öffentlichen Ort verabredet. Sie war die erste Korvasianische Frau, die ich je gesehen hatte. Ich wusste, dass Frauen, die eine Laufbahn in der Armee hatten, in der Politik oder im Rechtsvollzug arbeiteten – wenn es auf Korvasia so etwas überhaupt gab – nicht anders waren als die Männer. Doch von Professor Yrial Nagrath, so hiess diese einsame Vertreterin ihres Volkes, schien nichts Bedrohendes auszugehen. Im Gegenteil, ich fühlte vage Sympathien für sie, die mich bewogen hatten diese Verabredung vorzuschlagen. Ich nahm erfreut wahr, dass die harte Korvasianische Physiognomie bei den Frauen abgemilderter wirkte. Zu Hause musste Professor Nagrath sicher eine attraktive Frau sein. Ihr lackschwarzes Haar war kunstvoll frisiert und ein hüftlanger, geflochtener Zopf baumelte über ihren Rücken.

„Darf ich mich setzen?" erklang plötzlich eine Stimme in meine Gedanken hinein. Professor Nagrath stand vor mir und wies auf den leeren Stuhl. Ich erhob mich zur Begrüssung.

„Bitte. Schön dass Sie gekommen sind", sagte ich, und um das Gespräch in Gang zu bringen: „Mögen Sie die traditionelle Valoranische Küche?"

Zu meinem Erstaunen bejahte sie und äusserte sich wohlwollend über Valoranische Speisen. Elegant und selbstbewusst setzte sie sich an den Tisch. Unser Gespräch drehte sich nach der Bestellung des Essens erst vorsichtig um die Ausstellung und meine Vorträge. Hin und wieder liess Professor Nagrath durchblicken, dass sie auch auf politischem Gebiet interessiert war, und dass sie wusste, welche Ziele mein Bruder angestrebt hatte, als er den Friedensvertrag mit Korvasia initiierte. Ich gewann den Eindruck, dass sie etwas Wichtiges auf dem Herzen hatte, und dass ich die richtige Person war, die sie darauf ansprechen wollte. Ich liess mich also prüfen. Ich besann ich mich auch auf meine besonderen Wahrnehmungsfähigkeiten von Gefühlen und Stimmungen und setzte sie das erste Mal bewusst ein. Mein Eindruck war sehr günstig. Professor Nagrath schien wirklich ehrlich zu sein. Ich lenkte das Gespräch deshalb noch einmal auf die Friedensverhandlungen und meinen Bruder als damaligen Vermittler, und war ziemlich erstaunt darüber, was mir Professor Nagrath nachfolgend mitteilte.

Sie hatte gehofft, mich zu einem Gespräch einladen zu können. Genau wie ich, wusste sie nicht einzuschätzen, wie ich reagieren würde. Doch schliesslich war ich die Schwester eines Mannes, der eine grosse Rolle beim Zustandekommen des Friedens gespielt hatte. Deshalb war sie schon früh zum Vortragstermin erschienen, weil sie hoffte mich vorher anzutreffen und zu kontaktieren. Professor Nagrath hatte in der Korvasianischen Staatsbibliothek eine ähnliche Stellung inne wie ich in unserem Zentralarchiv. Beruflich befasste sie sich mit der Entwicklung und der Geschichte des Korvasianischen Planetensystems und unterrichtete diese Fächer an der Hochschule. Ungleich der Ansicht ihrer Kollegen, die Korvasia dem Nachbarsystem Valor für überlegen hielten, suchte sie nach Berührungspunkten. Sie hatte die Theorie eines ursprünglich gemeinsamen Systems aufgestellt, welches sich im Laufe der Planetengeschichte in zwei geteilt hatte. Dies hätte auch einige ungewöhnliche Phänomene erklärt, wie die Spuren einer möglichen gemeinsamen Genetik zwischen Valor und Korvasia. Seitdem war Yrial Nagrath zur überzeugten Befürworterin des Friedensabkommens geworden. Dies allein bedeutete schon einen äusserst mutigen Schritt, da eine solche Meinung von der allgemein anerkannten abwich. Auf Korvasia sind Meinungen und Ansichten immer noch staatlich verordnet. Eine abweichende Meinung zu äussern kann weitreichende Folgen haben. Obwohl es inzwischen auf Korvasia infolge der Friedensgespräche mit Valor zu gewissen gesellschaftlichen Veränderungen kam, blieb die strikte Form Korvasianischer Weltanschauung weiterhin bestehen.

Professor Nagrath erwähnte sogar einen geheimen Besuch meines Bruders auf Korvasia! Naril war viel unterwegs gewesen, doch eine solche Reise hatte er niemals erwähnt. Er wird gute Gründe dafür gehabt haben. Wusste wohl Herrscherin Rinn davon? Ich konnte mir nicht vorstellen, dass Naril ausgerechnet ihr einen solchen Schritt anvertraut hätte, ausser sie hätte ihn dazu beauftragt. Sein Besuch hatte zudem am Anfang der Friedensgespräche stattgefunden, als Rinn noch gegen das Abkommen war. Professor Nagrath erzählte mir, dass sie als Mitarbeiterin des Kulturministeriums zu einigen Dokumenten Zutritt hatte, welche den Grund von Narils Reise beleuchteten. Sie war selber nie bei den Gesprächen gewesen, dies war dem Kulturminister und der Korvasianischen Rat der Fünf vorbehalten, den höchsten Regierungsvertretern.

Ich war sehr aufgeregt. Die Tatsache, dass mein Bruder sich in die Zentralstadt Korvasias gewagt hatte, war eine grosse Neuigkeit für mich. Ich fragte, ob Naril in Begleitung gereist war, doch Professor Nagrath verneinte. Er hatte sich alleine nach Korvasia gewagt – mir blieb fast das Herz stehen. Mein Bruder war sonst allgemein als umsichtiger Mann bekannt. Ich konnte nicht glauben, dass er ohne eine Art von Rückversicherung, und nur seinem Wagemut folgend, eine solche Reise unternahm. Ich beschloss bei Gelegenheit die Weleks Taren und Hemala danach zu befragen. Gab es vielleicht in Dakhin noch Hinweise darauf? Wusste der Abgeordnete der Propheten von dieser Reise? Nichts hatte den Anschein dazu erweckt.

Dann berichtete mir Professor Nagrath alles, was sie über das Ziel von Narils Reise wusste: Mein Bruder hatte sich darum bemüht, dass von Korvasia gestohlene Kunstwerke, Literatur und Kultgegenstände wieder nach Valor zurückgeführt wurden. Darunter befand sich auch eine der Heiligen Energiefiguren!

„Ich will nichts beschönigen", sagte Professor Yrial Nagrath, „unser Volk hat dem Ihren bedeutende Werte gestohlen. Valor sollte seine Geschichte und seine Identität vergessen – und damit kann ich nicht einverstanden sein."

Ihre Ehrlichkeit und Offenheit beeindruckten mich. Ich gab es ihr zu verstehen und bedankte mich für die Information über Narils Zweck der Reise nach Korvasia. Es war bekannte Tatsache, dass unsere Heiligen Energiefiguren wieder den Weg nach Valor zurückfanden, und dass sich eine davon zeitweise auf Korvasia befand. Doch in den Nachrichtenkanälen wurde die Rückführung genau dieser Energiefigur als ein Resultat gegenseitiger Bemühungen von Valor und Korvasia dargestellt. Natürlich war damals Narils Name oft genannt worden, doch nur im Zusammenhang der ersten Kontaktnahme und seiner Unterstützung der Verhandlungen zum Friedensabkommen. Niemals war eine Reise ins eigentliche „Feindesland" erwähnt worden, und niemals war es um ihn als den Initiator der Rückkehr der Heiligen Energiefigur nach Valor gegangen. Wenn dies alles so geheim abgelaufen war, dann hatte er wohl nicht genannt werden wollen. Mir kam plötzlich der Gedanke, dass er sich aus Rücksicht auf die Herrscherin bedeckt gehalten hatte. Sie hätte ihm nie verziehen, dass ausgerechnet er es war, der eine Heilige Energiefigur für Valor rettete.

„Sie erwähnten vorher die Rückgabe von Literatur", fragte ich Professor Nagrath, „wissen Sie, worum es dabei ging?"

„Ja, das kann ich Ihnen ziemlich genau sagen", antwortete sie, „es war damals meine Aufgabe die Schriften zu sichten und zu kategorisieren. Es waren in Bände gebundene Bücher. Auch sie wurden ihrem Bruder anvertraut. Die Valoranischen Unterhändler hatten weit grösseres Interesse an den Kunstwerken und Kultgegenständen. Ihr Bruder hatte darum gebeten, die Bücher erst einmal als Welek auf ihren Inhalt hin zu untersuchen, dies wurde ihm gewährt."

"Darf ich Sie fragen, ob Sie sich noch an die Titel oder die Verfasser erinnern?"

Ich konnte vor Neugier und Spannung kaum still sitzen. Die Professorin lächelte nachsichtig. Dann holte sie aus einer Innentasche ihres Handschuhs einen kleinen Speicherchip hervor. Sie schob den Chip über die Tischplatte zu mir.

„Ich habe sogar etwas Besseres als Erinnerung", sagte sie lächelnd, „auf dem Chip finden Sie das gesamte Verzeichnis…"

Als ich Sie verwundert und überrascht ansah, erklärte sie:

„Es ist mir ein grosses Anliegen, dass die Feindseligkeiten zwischen unseren Welten aufhören – und zumindest auf meinem Gebiet kann ich dazu beitragen. Auch wenn meine Ansicht in meiner Heimat nur vereinzelt vorkommt, so bin ich fest davon überzeugt, dass man zusammenarbeiten muss. Dafür bin ich sogar bereit hin und wieder eine geringe Übertretung der Vorschriften in Kauf zu nehmen."

Bei diesen Worten wies sie auf den Chip. Ich verstand.

„Ich danke Ihnen für Ihr Vertrauen", sagte ich leise.

„Sie scheinen das Vertrauen des Abgesandten Ihrer Propheten zu besitzen", fuhr Professor Nagrath fort, "ich halte sehr viel von diesem Föderationsvertreter. Dies und die Taten ihres Bruders – und auch dass Sie sich nun öffentlich zu seiner Nachfolge bekannt haben – geben mir Sicherheit, dass Sie mich nicht verraten werden."

‚…. Verrat…' dachte ich. Professor Nagrath meinte wohl Denunziation, wie es auf Korvasia üblich war. Sie handelte in der Tat furchtlos, da sie sich mit der Übergabe des Speicherchips in meine Hände auslieferte. Mit einem Mal wurde ich demütig.

„Ich weiss Ihr Geschenk sehr zu schätzen", sagte ich, und ich werde Sie gewiss nicht enttäuschen. Ich ehre Ihren Mut…"

Sie neigte nur schweigend den Kopf als Anerkennung. Ich steckte den Chip in eine sichere Tasche meiner Kleidung, und konnte es kaum erwarten seinen Inhalt zu sehen. Doch zuerst widmeten wir uns unserem Essen und sprachen dabei nur noch von unwichtigen Einzelheiten unserer Arbeit und natürlich von der Ausstellung.

Eine geraume Weile später verabschiedete ich mich von einer neu gewonnenen Verbündeten. Yrial Nagrath sicherte mir ihre Hilfe zu, sollte ich sie benötigen, und ich bot ihr an, zu allen Themen, die unsere Berufe betrafen, Auskunft zu geben, wenn sie Interesse daran hätte. Dann verabredeten wir uns zu einem späteren Treffen, bevor sie nach Korvasia zurückkreiste.

Ich konnte das Ende des Arbeitstages kaum erwarten. Meine Geduld und Selbstbeherrschung wurden auf die Probe gestellt. Doch endlich sass ich in meinem Klosterräumen vor dem Computer und wartete darauf, dass der geschenkte Speicherchip sein Geheimnis preisgab. Eine Katalogliste erschien auf dem Bildschirm. Sie war nicht allzu lang. Die Daten enthielten Buchtitel, deren Verfasser und jeweils eine kurze Beschreibung des Inhalts. Mir stockte der Atem – bei den Büchern handelte es sich um die Verborgenen Schriften. Als ich mich einigermassen von meiner Bestürzung erholt hatte, verglich ich die Liste mit jener, die ich von den Büchern in Narils Dakhiner Versteck angefertigt hatte. Die Titel stimmten überein. Die Verborgenen Schriften im Altarversteck meines Bruders im Kloster Dakhin waren also jene Bücher, die Korvasia von Valor entführt hatte. Demnach wussten die Korvasier von der grossen Bedeutung der Schriften. Das bedeutete – die Korvasianische Regierung wusste mehr über unsere literarischen Schätze und rituellen Schriften als wir Valoraner selbst! Auf Valor waren die Verborgenen Schriften in Vergessenheit geraten. Sie waren den Völkern von Valor schon von früheren Valoranischen Machthabern vorenthalten worden. Möglicherweise wollte dies Herrscherin Ilaka mit Narils Hilfe ändern. Sie beide mussten gewusst haben, dass es den Literaturschatz noch gab, und dass er sich auf Korvasia befand. Doch Ilaka starb bevor sie in dieser Sache etwas unternehmen konnte, und Naril hatte es als seine Aufgabe erachtet, nicht nur die Heilige Energiefigur zurückzuführen, sondern die Verborgenen Schriften in seinen Besitz zu bekommen. Ich war nun davon überzeugt, dass Herrscherin Rinn ebenfalls von diesen Büchern wusste, dass sie jedoch keine Skrupel gehabt hätte, sie zu vernichten. Deshalb war Naril alleine auf Korvasia gereist und hatte sich grosser Gefahr ausgesetzt.

Korvasia wollte sich damals sowohl Valors Bodenschätze als auch seinen Geistesschatz aneignen. Die Völker von Valor sollten um ihr geistiges Erbe betrogen werden – als hätte es dieses Erbe niemals gegeben. Die Zeugen unserer Geschichten sollten uns entwendet und versteckt gehalten werden, um unseren Geist zu brechen. Korvasia hätte somit billige und trotzdem erfahrene Arbeitskräfte in der Rohstoffförderung erhalten. Um nichts anderes ging es. Die Valoraner wären dann selbst zu Rohstoffen geworden – Arbeitsrohstoffen. Dabei hatten unglücklicherweise auch einige Valoranische politische Gruppierungen mitgeholfen, die mit den Korvasiern kollaborierten. Eine dieser Gruppierungen bestand um unsere gegenwärtige Herrscherin Rinn. Korvasia und seine Kollaborateure wollten Valors Kulturschatz in der Hinterhand behalten bis zu einem Zeitpunkt, an dem er sich nützlich erweisen mochte. Valors Völker sollten ihre Geschichte vergessen. Sie sollten alles vergessen, was sie als Valoraner ausmachte. Danach hätten sie selbt den Glauben an ihre Propheten und alles, was damit zusammenhing nicht nur vergessen, sondern auch geleugnet. Dann wären die Völker von Valor den Korvasiern ausgeliefert gewesen, und zu den Bodenschätzen wären willenlose Arbeitskräfte gekommen, die allein dem System Korvasias gehorchten. Valor hätte seine Seele freiwillig aufgegeben und verloren.

Nun begriff ich das ganze Ausmass der Bemühungen meines Bruders. Es war ihm nicht alleine um das Beenden eines Krieges gegangen, einer feindlichen Besetzung oder Ausbeutung. Naril ging es in erster Linie um die Seele Valors. Die Bücher der Verborgenen Schriften spielten dabei eine wichtige Rolle.

Allerdings – den Korvasiern war nicht klar gewesen, dass die Verborgenen Schriften auf Valor bereits in Vergessenheit geraten waren. Korvasia war sich nicht bewusst, dass die Valoraner diese Zeugen schon längst nicht mehr kannten! Ich musste lachen. Die Korvasier hatten die Bedeutung der Schriften nicht einschätzen können. Wie auch? Auf Korvasia gab es kein geistiges und kein rituelles Leben mehr. Es war im Lauf der Zeit erstickt worden, als Korvasia sich nur noch auf die Entwicklung der Technologie und der Ausbeutung der Rohstoffe ihrer Welten konzentrierte. Für Korvasier gab es nur noch staatlich verordnete Wissenschaft oder die Disziplin ihrer Armee. Aber offenbar musste es auch eine Unterströmung in der Gesellschaft gegeben haben. Anders konnte ich mir die Ansichten von Professor Nagrath nicht erklären. Stand sie alleine mit ihrer Meinung da, oder konnte es sein, dass viele Korvasier nicht in allen Punkten mit dem offiziellen Standard ihrer Führung übereinstimmten? Dann wäre es nur folgerichtig gewesen, wenn diese Korvasier friedlichen Kontakt zu anderen Völker suchten.

Noch ein Gedanke beschäftigte mich: Welches Ziel verfolgte bei all dem die jetzige Herrscherin Rinn? Konnte es sein, dass sie tatsächlich daran glaubte, selbst unter Korvasianischer Zwangsherrschaft eine Machtposition auszuüben? War sie wirklich so von der Gier nach Macht verblendet? Und war es möglich, dass sie jetzt einfach nur umschwenkte, da sie sah, dass mit der Interplanetaren Föderation mehr zu erreichen war, als mit Korvasia? So oder so, es war nicht in Rinns Interesse eine freiheitliche Entwicklung von Valor gemäss der Lehren der Verborgenen Schriften zuzulassen. Es war richtig die Bücher versteckt zu halten. Ich war nun fest davon überzeugt, dass Rinn von der Existenz der Bücher ahnte, und dass sie sie vernichten würde, sollten sie in ihre Hände fallen. Mich fröstelte...

Ich musste darüber unbedingt mit Welek Talren sprechen – und am besten auch mit Welek Hemala. Mir wurde klar, dass ich bald nach Dakhin reisen musste, und dass ich dort für längere Zeit bleiben sollte. Ebenfalls durfte ich den Besuch auf der Raumstation und ein Gespräch mit Offizier Merys nicht aus den Augen lassen. Wann sollte ich das alles tun? Meine Pflichten hielten mich in der Hauptstadt fest. Ich verzweifelte fast. Doch dann erinnerte ich mich an die regelmässigen Unterredungen, die ich mit Welekt Talren als meinem Lehrer vereinbart hatte, und ich beschloss das nächste Gespräch gut zu nutzen.

Welek Talren sollte mich aber wieder einmal überraschen.

Als ich ihn das nächste Mal traf, hörte er sich alles genau an, was ich zu sagen hatte, und nahm gerne eine Kopie des Speicherchips von Professor Nagrath entgegen.

„Das hatte ich nicht erwartet", bemerkte er, nachdem er den Inhalt des Chips durchgesehen hatte.

„Naril scheint genau gewusst zu haben, welcher Schatz da in seinen Händen war", sagte ich, „er kam aber nicht mehr dazu ihn auszuwerten."

Welek Talren nickte. Er blickte vor sich hin und dachte nach.

„Sie wissen, wo sich die Schriften jetzt befinden, nicht wahr?" fragte er nach einer Weile.

„Ja. Die alten Originale sind noch dort, wo ich sie fand. Ich habe aber auch Kopien angefertigt. Welek Hemala half mir dabei."

„Weiss sonst noch jemand davon?"

Ich schüttelte den Kopf.

„Die Bücher sind also in Dakhin", sagte Welek Talren, „das ist einerseits gut... anderseits..."

Er unterbrach sich und blickte mich durchdringend an.

„Sie sind in Gefahr, Nasheela", sagte er, und ich fühlte tiefe Besorgnis aus seiner Stimme.

„Sie sind in Gefahr, weil jeder Telepath Ihnen das Geheimnis entlocken kann – und wie Sie sich jetzt vorstellen können, gibt es auf Valor mehr Telepathen, als wir vielleicht annehmen."

Ich erschrak. Soweit war ich bei meinen Überlegungen nie gekommen. Es schien ungeheuerlich, dass es auf Valor überhaupt eine Menge Telepathen gab, und dass sie auch noch meine tiefsten und geheimsten Gedanken lesen konnten. In jedem Fall hätte dies bedeutet, dass Telepathen auch für die Gegenseite tätig waren.

„Sie müssen lernen Ihre Gedanken zu schützen", fuhr Welek Talren fort, „Sie wissen bereits, dass sie eine latente Telepathin sind. Diese Fähigkeiten verpflichten zu ihrer Ausbildung. Doch wir müssen schnell handeln, und die Zeit, um zu lernen wie man sich vor unerwünschtem, fremdem Zugriff auf die eigenen Gedanken schützt, die haben Sie nicht."

Plötzlich kam mir ein ganz anderer Verdacht.

„… ist Welek Hemala auch ein Telepath…", fragte ich zögerlich.

Talren nickte zur Bestätigung.

„Genau aus diesem Grund ist er der Leiter von Dakhin…" sagte er, „doch für ihn verbürge ich mich. Er würde es sich niemals erlauben in fremden Gedanken zu lesen, ohne die Erlaubnis der Person vorher einzuholen. Welek Hemala hat einen sehr schwerwiegenden Eid geschworen. Sollte er ihn brechen, so könnte sein Bewusstsein Schaden nehmen. – Aber nun zu Ihnen. Es ist viel zu gefährlich, wenn Sie mit Ihren Gedanken frei herumlaufen – bitte, verstehen Sie mich nicht falsch…"

„Sie glauben, dass jemand die Information über das Versteck der Bücher unbemerkt aus meinen Gedanken herauslesen könnte?"

„Ja. Für die Meister der Gedanken ist das kein Hindernis. Leider gibt es auch solche, die für die andere Seite arbeiten… Das haben Sie nun mittlerweile auch erkannt."

Ich schwieg. Es war keine angenehme Vorstellung, dass jemand mein Bewusstsein nach Informationen scannen konnte wie den Inhalt eines Speicherchips.

„Wir müssen Sie notfallmässig schützen, Nasheela", hörte ich Welek Talren sagen, „es ist fast ein Wunder, dass die Gegenseite noch nicht dahinter gekommen ist. Aber vielleicht sind Sie dermassen intensiv mit Ihrer Arbeit beschäftigt, dass diese Gedanken alle anderen abschirmen. Kurzfristig ist das in Ordnung, aber wenn Sie aufhören an die Arbeit zu denken, dann liegen Ihre Gedanken wieder frei. Kommen Sie...."

Welek Talren stand schnell auf und bedeutete mir ihm zu folgen. Ich stellte keine Fragen mehr. Es war nun sehr klar geworden, wer die Information über die Verborgenen Schriften haben wollte, und dass ich mit meinen eigenen Schlussfolgerungen recht hatte. Die Gegenseite, wie Talren es nannte, war der Personenkreis um die Herrscherin, sie selbst mit eingeschlossen. Es lag auf der Hand, dass es diesen Leuten nicht um die Bewahrung Valoranischen Kulturguts ging, auch nicht um eine Erweiterung unserer geistigen Lehren und unserer Rituale, sondern einzig darum, jene Lehren und Rituale, die nicht in ihr Machtkonzept passten zum Verschwinden zu bringen.

Welek Talren durchquerte rasch die Gänge des Klosters. Ich hatte Mühe ihm zu folgen, so sehr beeilte er sich. Schliesslich betraten wir einen mir noch völlig unbekannten, etwas abgelegenen Klostertrakt. Was mir sofort auffiel war ein eigenartig sanftes Licht, das in dem Gebäude herrschte – und eine fast hörbare Stille. Als hätte sich ein Vorhang aus Ruhe hinter uns geschlossen, und als umgäbe ein starkes Kraftfeld die Räume. Mir wurde ein wenig schwindlig.

Talren blieb vor einer Tür stehen. Zu meiner Überraschung legte er eine Hand flach auf die Wand neben der Tür, dann berührte er die Wandfläche mit seiner Stirn. Hinter der Tür ertönte ein glockenähnlicher Klang. Welek Talren forderte mich auf, die Wand neben der Tür in der gleichen Art zu berühren. Als ich es tat, öffnete sich die Tür mit einem leisen Klicken und glitt zur Seite. Wir traten ein. Der Raum hinter der Tür glich einem kleinen Tempel, doch auch hier herrschte das diffuse, sanfte Licht. Es gab keine Quelle dafür. Das Licht erfüllte den Raum gleichmässig wie eine Art Nebel. Ich sah eine Priesterin auf uns zukommen. Sie trug ein langes weisses Gewand. Eine weisse Kapuze umschloss ihren Kopf und gab nur das Gesicht frei. Das gleiche nebelartige Licht schien aus ihrer Kleidung zu strömen. Ich fühlte mich auf einmal begrüsst und willkommen geheissen. Die Priesterin sprach kein Wort, doch ich wusste nun, wozu ich hier war, und was folgen sollte.

Die weisse Priesterin führte mich vor einen Altar. Sie bedeutete Welek Talren sich hinter mich zu stellen, sie selbst stellte sich vor mich. Dann legte sie beide Hände auf meinen Kopf, so dass ihre Handflächen eine Art Dach darüber bildeten. Ich schloss die Augen. Das diffuse Licht war nun in meinem Kopf, in meinem Bewusstsein, und es umschloss meine Gedanken. Es fühlte sich weich an, und vermittelte mir Sicherheit.

Ich konnte mich später nicht erinnern, wie lange ich vor dem Altar gestanden war. Welek Talren und ich verliessen später den Raum genauso schweigend, wie wir ihn betreten hatten. Auch auf dem Weg zurück sprachen wir kein Wort. Erst als mich der Welek in seinem Besprechungsraum wieder Platz nehmen liess, begann er zu reden.

„Dies war eine Meisterin der Gedanken. Nun wissen Sie, was diese Bezeichnung bedeutet. Sie hat einen Schutzschild um ihr Bewusstsein gelegt, doch dies ist nur eine Notfallmassnahme. Der Schutz wird mehrere Tage andauern, dann muss er erneuert werden. Das Ziel ist aber, dass Sie selbst es lernen. Sie müssen in Zukunft allein in der Lage sein Ihr Bewusstsein und Ihre Gedanken zu schützen.

Ich begnügte mich mit einem wortlosen Nicken. Nach diesem Erlebnis war mir nicht nach reden zumute. Ich war also eine latente Telepathin, die lernen musste mit ihrer Gabe umzugehen. Wie hatte der Welek solche Personen genannt? Meister der Gedanken? Ich erinnerte mich nun: So stand es im Text der Kalligraphie in Narils Dakhiner Quartier. Ich ahnte, dass nun eine lange Zeit des Lernens vor mir lag.

Welek Talren beschwichtigte mich:

„Sie brauchen sich vorerst keine Sorgen zu machen. Ich werde noch ein anderes Ritual für Sie einleiten, damit der Schutz länger anhält. Ich möchte Ihnen jetzt erzählen, wozu Sie auserwählt wurden. Haben Sie keine Angst, Nasheela, vertrauen Sie. Vertrauen Sie mir, so wie Sie Ihrem Bruder vertrauten, und vor allem – vertrauen Sie unseren Propheten."

„Ich gebe zu, dass ein wenig verwirrt bin", brachte ich endlich mit leiser Stimme heraus.

„Das ist verständlich. Doch die Zeit drängt. Das ist mir klar geworden, als Sie mir von Narils Reise nach Korvasia und von den Verborgenen Schriften erzählten. Ihr Bruder wollte diese Schriften zusammen mit Ihnen redigieren und kommentieren. Jetzt ist das allein Ihre Aufgabe. Das alte Wissen soll wieder unter die Völker Valors gebracht werden. Leider wehrt sich eine bestimmte Gruppe vehement dagegen… Sie wissen, um wen es sich handelt. Deshalb müssen wir behutsam vorgehen…

…das ist aber noch nicht alles. Die Redaktion der Verborgenen Schriften bedingt, dass Sie Ihren Posten wechseln und die Arbeit im Zentralarchiv aufgeben. Sie werden von nun an eine geistliche

Mitarbeiterin des Kulturministeriums sein. Dies hatte Ihr Bruder Ihnen vorschlagen wollen – leider kam er nicht mehr dazu…"

Ich war masslos erstaunt. In einigen wenigen Stunden hatte sich mein gesamtes Leben verändert.

„Aber", begann ich, „ich kann doch jetzt nicht einfach von meiner Arbeit wegbleiben. Die Ausstellung dauert noch an."

„Machen Sie sich deswegen keine Sorgen", beruhigte mich Welek Talren, dann lächelte er. „Als Ihr geistiges Oberhaupt kann ich Sie von Ihrem Vorgesetzten jederzeit – sagen wir – erbitten. Der Grund dazu wird Ihr Noviziat als angehende Welek sein. Glauben Sie mir, da kann nicht einmal die Herrscherin etwas dagegen tun. Und noch etwas – wir beide werden nach Dakhin reisen. Erstens sind Sie dort sicher und zweitens brauchen wir die Unterstützung von Welek Hemala."

So kam es also, dass nach diesem Gespräch meine geliebte Arbeit im Zentralarchiv abrupt endete, damit ich eine neue Aufgabe antreten konnte. Gleich am Tag darauf flog ich mit Welek Talren nach Dakhin. Ich musste zugeben, dass mir die Abgeschiedenheit von Dakhin willkommen war, und dass ich es begrüsste der Hauptstadt den Rücken zu kehren. Es tat mir nur leid, dass ich das Treffen mit Professor Nagrath absagen musste. Ich hinterliess ihr eine Nachricht, und mit dem Einverständnis von Welek Talren bot ich ihr an, dass sie sich jederzeit an ihn wenden durfte, sollte dies notwendig sein.

Welek Hemala bestätigte Talrens Aussagen. Er machte mich vertraut mit der Ausbildung zur Meisterin der Gedanken. Ich sollte sofort damit beginnen, zu lernen wie meine Gedanken vor fremdem Zugriff zu schützen waren.

Kurze Zeit später erreichte mich eine Nachricht. Sie war ungewöhnlicherweise über einen verschlüsselten Armeekanal durchgekommen und stammte von Offizier Merys. Ich freute mich sehr über die Mitteilung. Merys Alani kündigte an, dass sie für einige Tage dienstlich nach Valor reisen musste, und dass sie diese Gelegenheit ergreifen wollte, um mich persönlich zu treffen. Als sie erfuhr, dass ich in Dakhin war, schlug sie vor dorthin zu kommen, da ihr der Ort geeigneter erschien. Sie kam in Begleitung eines Sicherheitsoffiziers. Ich hatte Merys Alani noch nie persönlich kennen gelernt, und auch sie schien begierig zu sein die Schwester ihres Freundes zu sehen. Wir verstanden uns von Anfang an gut. Zusammen mit den beiden Weleks hielten wir zuerst ein kurzes Trauerritual für Naril. Danach setzten wir uns in meinen Räumen zur Besprechung. Ich übergab Merys Alani jene Gegenstände, die Naril für sie bestimmt hatte, und trotz ihrer militärischen Selbstbeherrschung war sie für einige Augenblicke tief ergriffen. Dann legte sie die Sachen sanft beiseite und sah mich direkt an.

„Ich möchte Ihnen erzählen, Nasheela, dass ich einige Nachforschungen auf der Raumstation angestellt habe, die Narils Unfall betrafen. Sie sollen wissen – und Sie können gerne Welek Talren darüber in Kenntnis setzen – dass ich nun von einem geplanten Anschlag ausgehe."

Ich atmete tief durch. Was Offizier Merys äusserte stimmte mit meinen eigenen Befürchtungen überein. Ich vertraute es ihr an und bedankte mich für ihre Ermittlungen. Sie war schliesslich die dazu am besten geeignete Person. Auf der Raumstation war sie Mitglied des leitenden Teams, sie war Verbindungsoffizier zwischen Valor, der Interplanetaren Föderation und Korvasia – und nicht zuletzt war sie die Frau gewesen, die mein Bruder geliebt hatte.

Merys Alani erzählte daraufhin, wie sie versucht hatte die Ursache des Unfalls zu ermitteln, und dass man sie gleich danach daran gehindert hatte – angeblich aus Gründen persönlicher Befangenheit. Man hatte sie sogar einige Tage zwangsbeurlaubt. Als sie später wieder ihren Dienst antrat, hatte sich die Version eines Terroristenanschlags in einen technischen Unfall gewandelt. Von da an wurde an der Unfallversion festgehalten.

An Bord des Shuttles hatten sich nur der Pilot, mein Bruder, die Herrscherin und ein Sicherheitsmann befunden. Der Pilot war sofort tot gewesen. Der Sicherheitsmann erlag nur einige Tage nach meinem Bruder seinen Verletzungen. Es musste um jenen Zeitpunkt herum gewesen sein, als im Grossen Tempel die Trauerzeremonien stattfanden. Als einzige blieb die Herrscherin unverletzt, von einigen unbedeutenden Schrammen abgesehen. Zu Merys Alanis grosser Verwunderung waren die beschädigten Teile des Shuttles nicht mehr auffindbar. Es fehlte sogar das Herzstück des Bordcomputers. Ebenso geheimnisvoll war das Verschwinden des Technikteams, welches das Shuttle geborgen und zur Raumstation gebracht hatte. Die Techniker arbeiteten nicht mehr auf der Station. Alle ausser einem waren zum Dienst auf andere Planeten beordert worden, somit waren sie unerreichbar. Merys Alani hatte nur mit dem einen Techniker sprechen können, doch das Resultat war mehr als unbefriedigend. Gemäss seiner Aussage wurde das Wrack des Shuttles auf Geheiss des herstellenden Werkes von der Station nach Valor geholt, angeblich, um die Unfallursache zu ermitteln und das Material zu prüfen. Dann verlor sich die Spur. Der Chefingenieur der Station hatte allerdings andere Informationen erhalten. Er sollte das Wrack nach Valor bringen lassen, damit es dort verschrottet werde. Angeblich war diese Anordnung vom Ministerium für Sicherheit gekommen. Im Übrigen waren in den Protokollen einzelne Stellen gelöscht worden, und wer auch immer das veranlasst hatte, war dabei so geschickt vorgegangen, dass man es erst Tage später herausfand, als schon nichts mehr zu machen war.

Merys Alani sprach auch mit dem Arzt, der Naril nach dem Unfall behandelt hatte. Mein Bruder hatte noch zwei Tage lang auf der Raumstation um sein Leben gekämpft. Der Arzt erzählte, dass kurz davor ein regulärer Austausch des Pflegepersonals stattgefunden hatte. Das wäre an sich nichts Ungewöhnliches gewesen, doch man hatte nicht wie üblich erfahrene Pfleger zur Station geschickt, sondern junge Leute, die gerade ihre erste Ausbildung abgeschlossen hatten. Dies allein war schon verwunderlich, denn zum Dienst auf der Raumstation wurde immer nur erfahrenes Personal geschickt. Der Arzt hatte erklärt, dass nur charakterlich und professionell gefestigte Mitarbeiter auf die Herausforderungen des Lebens auf einer Raumstation richtig reagieren konnten. Im Übrigen waren die jungen Pfleger bald wieder nach Valor zurückgeschickt worden.

Sämtliche Spuren verloren sich auf die eine oder andere Weise. Einzig der Arzt hatte später noch ausgesagt, dass die Herrscherin, als sie Naril in der Klinik der Raumstation besuchte, sich nicht an die Vorgaben hielt meinen Bruder nicht zu berühren. Der Arzt hatte die Herrscherin mehrere Male aufgefordert, sich von Narils Krankenbett fernzuhalten, doch sie hätte die Anweisungen nicht beachtet. Schliesslich hatte sich der Arzt gezwungen gesehen, der Herrscherin den Zutritt zum Krankenraum zu verbieten.

Berührung... Ich mochte mir nicht vorstellen, was die Herrscherin damit beabsichtigt hatte. Dem bewusstlosen Naril sein Apagha zu stehlen? Ihm die Information über den Verbleib der Verborgenen Schriften entlocken? Wie dem auch war, ich war mir sicher, dass ihr nicht gelungen war, was immer sie auch vorhatte. Ich bat Merys Alani bei ihrer Rückkehr dem Arzt meinen tiefempfundenen Dank auszudrücken...

Der Rest war mir bekannt. Die Herrscherin hatte eine grosse Zeremonie daraus gemacht, als sie den Körper meines Bruders in einem Shuttle der Raumstation nach Valor transportieren liess. Sie selbst hatte zur Rückkehr ein Shuttle der Regierung angefordert. Der tote Naril war gemäss der Sitte einbalsamiert und während der Zeremonie im Grossen Tempel bestattet worden – wo auch ich anwesend war. Merys Alani bedauerte sehr, dass sie zu dem Zeitpunkt als stellvertretende Leiterin auf der Raumstation zurückbleiben musste. Sie bedauerte ebenfalls, dass ihr Bericht über die Begleitumstände von Narils Tod dermassen ernüchternd war. All dies liess darauf schliessen, dass eine Aufklärung unerwünscht war, und dass sie sogar behindert wurde. Ich ging mit Merys Alani einig, dass der sogenannte Unfall ein Attentat gewesen war, geplant und ausgeführt von einer Gruppe, deren Narils Arbeit und Bemühungen um den Frieden mit Korvasia ein Dorn im Auge waren. Diese Gruppe konnte nur im Umkreis der konservativen Partei, dem Umkreis von Herrscherin Rinn, zu suchen sein.

„Wenn Sie möchten, Nasheela", bot Merys Alani an, „so kann ich eine offizielle Untersuchung anordnen. Die Befugnis dazu habe ich. Eine solche Ermittlung wird dann nicht vor den Toren des Herrscherpalastes halt machen."

Ich seufzte und schüttelte den Kopf.

„Danke, Alani, vielen Dank für Ihre Hilfe", erwiderte ich, „doch lassen wir die Sache ruhen. Dies ist auch in Narils Geist. Er hätte keine Genugtuung gewollt. Wenn die Herrscherin tatsächlich schuld an seinem Tod ist, so wird sie sich eines Tages dafür vor unseren Propheten verantworten müssen. Eine offizielle Untersuchung würde mir meine neue Aufgabe nur erschweren.

Es ist für mich besser, die Aufmerksamkeit der Herrscherin gegenwärtig nicht auf mich zu lenken."

„Wie Sie wollen", meinte Merys Alani, „die Entscheidung ist Ihre Sache. Aber ich kann Sie gut verstehen."

Sie musste bald darauf wieder zur Raumstation zurückkehren, und sie lud mich ein, wann immer ich es einrichten konnte, ihr Gast auf der Station zu sein. Wir verabschiedeten uns im gegenseitigen Vertrauen und mit einigen schmerzlichen Erinnerungen an meinen Bruder.

An dieser Stelle endeten vor vielen Jahren meine Aufzeichnungen, als sich damals die Ereignisse um mich herum überschlugen und mein Leben eine völlig neue Wendung nahm. Ich wollte im Laufe der Jahre immer wieder zu meinem Tagebuch zurückkehren und hatte regelmässig Notizen dazu gesammelt, die ich in Ruhe aufarbeiten wollte. Warum es dazu nicht gekommen war, ist heute nicht mehr nachzuvollziehen. Die Dateien hatten lange Jahre in meinem Computerpad und auf Speicherchips geschlummert. Nicht, dass ich sie vergessen hätte, doch der Lauf der Zeit hatte ihnen ihre Wichtigkeit genommen. Nun tauchten sie von selbst wieder auf und fordern meine Aufmerksamkeit.

Dass das Schicksal diese Geschichte so lange überleben liess, betrachte ich als Wink sie wiederzugeben – wenn vielleicht auch in gekürzter Form.

Vieles ist in der Zwischenzeit geschehen. Ich bin einem Orden beigetreten, wie mein Bruder vor mir. Ich hatte die Zeit des Noviziats durchlaufen und wurde in die Aufgaben einer Welek eingeweiht. Eine besondere Unterweisung erhielt ich bei der Ausbildung meiner Anlagen zur Telepathie. Ich wurde zur beginnenden Meisterin der Gedanken. Es war eine arbeitsreiche Zeit. Ich war viel unterwegs, und das nicht nur auf Valor. Ich verbrachte immer wieder Tage in Dakhin, ich flog zur Raumstation, ich reiste sogar auf Korvasia Prime. Dort hatten wir einen Erfolg gefeiert, als wir, das heisst der Vorgesetzte und die Mitarbeiter des Valoranischen Kulturministeriums, weitere ursprünglich gestohlene Kulturschätze nach Valor zurückholten. Es gab tatsächlich noch eine letzte Heilige Energiefigur, die sich ausserhalb von Valor befand! Sie war sogar meinem Bruder unbekannt geblieben. So war es endlich gelungen, alle

Kommunikationsmittel unserer Propheten auf ihrem Heimatplaneten zu vereinen. Korvasias Regierung hatte sich einsichtig gezeigt – wenn auch den Korvasiern einige regelmässige, langjährige Lieferungen von Rohstoffen den Weg zu dieser Einsicht geebnet hatten. Während der Verhandlungen über die Rückgabe der Energiefigur hatte ich nach langer Zeit Professor Nagrath wieder getroffen. Sie hatte sich gefreut zu hören, dass ich an der Redaktion und den Kommentaren zu den Verborgenen Schriften arbeitete. Diese Arbeit ist nun beendet. Die Herausgabe wird allerdings noch nicht so bald stattfinden. Noch ist der richtige Zeitpunkt dafür nicht gekommen.

Ich durfte auch Visionen durch die Heiligen Energiefiguren erleben. Dabei zeigten sich mir unsere Propheten in Gestalten meines Bruders und meiner Lehrer. Die Visionen wiesen mir meinen weiteren, sehr persönlichen Lebensweg.

Die Aufgabe mit der Aufbereitung der Verborgenen Schriften bereitete mir während langer Zeit grosse Sorgen. Mein Vertrauen in unsere Propheten als auch in meine eigenen Fähigkeiten wurde immer wieder auf die Probe gestellt. Erfolge und Rückschläge wechselten sich ab. Mein Lehrer, Welek Talren und der Leiter des Dakhiner Klosters, Welek Hemala, standen mir dabei immer zur Seite und unterstützten mich. Zusammen fanden wir sogar handfeste Beweise, dass der Orden der Herrscherin am Verschwinden der alten Literatur beteiligt gewesen war. Noch schlummern diese Beweise an einem sicheren Ort. Uns genügt es zu wissen, dass die Wahrheit keine Zeit kennt, und dass sie sich eines Tages offenbaren wird.

Dank der früheren Bemühungen meines Bruders waren die kostbaren Bücher der Verborgenen Schriften gerettet worden. Bald wird der Augenblick kommen, da sie veröffentlicht werden können, ohne dass danach ein Bürgerkrieg ausbricht. Noch ist die Partei von Herrscherin Rinn sehr stark. Doch unsere Propheten liessen uns wissen, dass die Zeit sich bald ändern wird. So lange müssen wir noch warten. Es steht viel Aufwühlendes in diesen Büchern. Es ist vieles darin, das noch missverstanden werden könnte. Valor wird die Aufzeichnungen seiner Geschichte berichtigen müssen, und das wird sicher Vielen nicht gefallen. Wir ergänzen auch die Schreibung unserer Geschichte fortwährend mit all jenen Fakten, die seit der Besetzungszeit durch Korvasia unerwähnt blieben. Dieser Teil unserer Geschichte ist schmerzlich, denn wir müssen uns eingestehen, dass einige von uns ihr eigenes Volk verrieten, als sie mit Korvasia kollaborierten. Nichtsdestotrotz sind es geschichtliche Fakten – wir können sie nicht leugnen, wir dürfen uns selbst nicht verleugnen.

Doch die Bücher der Verborgenen Schriften sind nun für unsere Nachkommen gerettet. Die nachfolgenden Generationen brauchen Schriften, an denen sie ihre Abkunft und ihre Lebensrichtung ablesen können. Sie sollen sich im Raum der Vergangenheit orientieren können, damit sie ihre Gegenwart und ihre Zukunft nicht verlieren. Zeit verläuft zyklisch. Zeit ist Illusion. Jeder Planet hat seine eigene Zeit und seine Zeitzählung. Die Terraner schreiben jetzt das Jahr 2392. Was bedeutet schon eine Zahl? Die Zeit ist nicht linear, lehren uns die Propheten, doch unser Bewusstsein braucht noch die Illusion des Verlaufes, um sich nicht im Unendlichen zu verlieren.

Wenn der richtige Zeitpunkt gekommen sein wird, so werden die Verborgenen Schriften umbenannt werden müssen – ich schlage als Titel vor: Enthüllte Wirklichkeiten.